Mauvais pas

Du même auteur
aux Éditions J'ai lu

CETTE NUIT-LÀ
N° 9485

LES VOISINS D'À CÔTÉ
N° 9768

NE LA QUITTE PAS DES YEUX
N° 9944

CRAINS LE PIRE
N° 10154

Vous pouvez consulter le site de l'auteur
à l'adresse suivante : www.linwoodbarclay.com

Linwood
BARCLAY

Mauvais pas

*Traduit de l'anglais (Canada)
par Daphné Bernard*

Titre original :
BAD MOVE

Éditeur original :
Bantam Dell, a division of Random House, Inc. New York

© Linwood Barclay, 2004

Pour la traduction française :
© Belfond, 2012

*À ma femme Neetha
et à mes enfants, Spencer et Paige*

1

Pendant des années, j'ai jalousé mon copain Jeff Conklin qui, à l'âge de treize ans, a trouvé un type mort.

Nous étions en cinquième, dans la classe de M. Findley. En général, on rentrait à pied ensemble, Jeff et moi, mais ce jour-là ma mère est passée me prendre à l'école en voiture, non tant parce qu'il pleuvait fort, mais parce que j'avais rendez-vous avec le docteur Murphy, notre dentiste familial, pour un bilan. La mère de Jeff n'étant pas du genre à venir chercher son fils à l'école juste parce qu'il pleuvait, Jeff est donc retourné seul chez lui sans parapluie et sans imper, en sautant avec ses tennis dans toutes les flaques d'eau.

À un moment, les cieux se sont ouverts, la pluie a redoublé, et elle est tombée si dru que les rues ont littéralement été inondées. Je me souviens qu'en entrant dans le parking du dentiste avec notre Dodge Polara 1965 on ne voyait pas à travers le pare-brise, malgré les essuie-glaces à pleine vitesse. On avait l'impression d'être sur le bateau *Maid of the Mist*, qui fait les excursions aux chutes du Niagara.

Entre-temps, le plus gros de l'orage était passé et Jeff, aussi mouillé que s'il avait nagé dix longueurs dans la piscine municipale, a tourné au coin de Gilmore Street. Une Ford Galaxie bleue y était garée et, juste à côté, un homme était couché sur le ventre en travers du trottoir.

D'abord, Jeff a cru qu'il s'agissait d'un enfant, mais les enfants ne portent pas d'imperméables chics, ni de pantalons habillés ou de chaussures élégantes. C'était un homme de petite taille. Jeff s'en est approché lentement. Les jambes courtes étaient allongées sur la chaussée, mais ses chaussures formaient un angle bizarre et surtout, de là où mon camarade se trouvait, il avait l'impression d'avoir affaire à un décapité, ce qui lui a flanqué une trouille d'enfer.

Il s'est avancé de quelques pas, submergé par le déluge, et a crié :

— Monsieur ?

Le petit homme n'a rien dit, n'a pas bougé.

— Monsieur ? Vous allez bien ?

Jeff s'est encore approché. Le torse reposait au-dessus d'une bouche d'égout dans laquelle s'engouffraient des torrents d'eau. Son bras droit et sa tête étant comme soudés à la grille, Jeff a compris pourquoi il avait cru que la tête du type avait été coupée.

— Monsieur ? a-t-il crié une dernière fois.

Jeff m'a avoué qu'à ce moment-là il avait fait pipi dans son pantalon, mais ça n'avait pas d'importance : il était tellement trempé qu'on ne pouvait pas s'en apercevoir. Il a couru jusqu'à la maison la plus proche, tapé à la porte et informé le vieux bonhomme qui lui a ouvert qu'il avait vu un homme mort, la tête coincée dans une bouche d'égout. Après avoir inspecté le ciel, le type a jugé préférable d'appeler la police plutôt que de mener sa propre enquête.

Selon les conclusions de la police, voilà ce qui s'était passé : l'homme – un comptable du nom d'Archie Roget – avait quitté son travail de bonne heure, pour faire quelques courses avant de rentrer chez lui. En voyant les nuages noirs approcher, il s'était dit que la pluie fine allait se transformer en déluge et s'était garé pour sortir son imperméable du coffre. (Sa femme informa les enquêteurs qu'il n'allait nulle part sans un imperméable dans son coffre, ni un coussin à poser sur son siège pour lui permettre de bien voir la route.) Il avait donc ouvert le coffre avec sa clé de contact (c'était du temps où l'ouverture électronique n'existait pas encore), enfilé son imperméable et refermé le coffre d'un coup sec. Ensuite, pour une raison quelconque, sa clé lui avait échappé des mains et avait glissé entre les barreaux de la bouche d'égout. Il s'était alors rendu compte qu'il avait tout juste la place pour y passer le bras.

Roget s'était mis à quatre pattes, avait sans doute aperçu sa clé et glissé son bras qui, comme le reste de son corps, était trop court. Alors, pour gagner quelques centimètres, il avait passé la tête.

Qui était restée coincée.

Puis l'orage avait éclaté.

Comme les essuie-glaces de la voiture de ma mère, les bouches d'égout ne parvenaient pas à évacuer toute l'eau qui se déversait. Elle s'était accumulée et avait empli les poumons d'Archie Roget.

Une mort aussi étrange a fait les choux gras des journaux et a été reprise par les agences de presse. Jeff a été interviewé non seulement par les reporters locaux, mais par des envoyés spéciaux d'endroits aussi éloignés que Spokane ou Miami. Il est devenu une célébrité, du moins à l'école communale de Wendell Hills. Quant à moi, si je n'avais pas eu ce rendez-vous chez le dentiste, j'aurais été là pour partager avec lui les feux des projecteurs. La cruauté du destin, je l'ai découverte ce jour-là.

J'ai passé la semaine suivante à broyer du noir à la maison. Pourquoi c'était pas moi qui avais trouvé un type mort ? Pourquoi c'était Jeff qui avait toutes les chances ? Tout le monde voulait devenir son copain et j'ai essayé de récupérer quelques bribes de sa gloire.

Ainsi, j'ai raconté aux louveteaux de ma bande de scouts – un groupe différent de mes copains de classe :

— Vous avez entendu l'histoire du type qui s'est noyé, la tête coincée dans la bouche d'égout ? Eh bien, c'est mon meilleur ami qui l'a trouvé, et j'aurais été avec lui si j'avais pas été obligé d'aller chez le dentiste.

Au fait, pas la moindre carie. Des dents parfaites. J'aurais pu rater le rendez-vous sans problème. Une telle ironie du sort a de quoi donner le vertige à un gamin de onze ans.

Mon père a cependant jugé qu'il y avait au moins une leçon à en tirer :

— Zack, quand tu seras adulte, n'oublie pas de devenir membre de l'Automobile Club AAA. C'est comme une assurance vie. Si cet homme en avait fait partie, quelqu'un serait venu à son secours, aurait récupéré sa clé, et aujourd'hui il serait vivant. Souviens-t'en !

C'est sans doute depuis ce jour que je suis obsédé par la sécurité, mais nous en reparlerons.

Si l'histoire de Jeff a pris de telles proportions, c'est qu'on ne tombe pas sur un cadavre à chaque coin de rue. À part lui, je ne connais personne à qui pareille aventure soit survenue. Bien sûr, je n'ai jamais posé la question. Pas la peine. Si un de vos amis tombe sur un cadavre, il y a de fortes chances pour qu'il vous en parle à la première occasion :

— Tu ne vas pas croire ce qui m'est arrivé vendredi dernier. J'ai pris un raccourci – tu vois, l'allée derrière chez le traiteur ? Eh bien, il y avait des jambes qui dépassaient de derrière une poubelle.

À mon sens, certaines rencontres avec un cadavre comptent pour du beurre. Par exemple, aller vérifier si votre tante Hilda, quatre-vingt-dix-neuf ans, qui vit seule et n'a pas répondu au téléphone depuis trois jours, est toujours de ce monde et la découvrir raide comme un piquet dans son fauteuil préféré devant la télévision allumée, la télécommande à ses pieds, son chat grimpant aux rideaux de faim. Cela n'a rien d'étrange et fait partie des événements courants.

Dans certaines professions, ces contacts sont tout ce qu'il y a d'ordinaire. Celle de policier, bien sûr. La plupart du temps, un inspecteur recherche un cadavre avant de le trouver, ce qui élimine l'élément de surprise. Dans ces conditions, le choc n'est pas le même que pour le type qui se promène tranquillement. On imagine le flic disant à son collègue :

— Ah, enfin, le voilà ! Bon, maintenant on peut aller casser la croûte.

Je ne suis pas le candidat idéal pour tomber sur un cadavre inopinément. Ce qui est une banalité pour les policiers arrive rarement aux auteurs de science-fiction, comme vous pouvez vous en douter. De plus, le jour où je suis moi aussi tombé sur un cadavre, je n'habitais pas une grande ville où, à en croire les journaux et la télé, il est aussi courant de tomber nez à nez avec un mort que de sortir acheter des bagels.

Le mien, je l'ai trouvé dans une banlieue résidentielle où, malgré l'absence de statistiques récentes pour corroborer mes dires, on est plus susceptible de mourir d'ennui que de faire une mauvaise rencontre. Oui, j'ai rencontré mon cadavre dans un lieu d'une rare beauté et d'une tranquillité parfaite.

Sur une rive de la Willow Creek, pour être exact. Où mes pas me mènent souvent. Le bruit d'une eau peu profonde cascadant sur de petits cailloux m'aide à m'éclaircir l'esprit et à résoudre les problèmes que je rencontre dans l'écriture de mes romans. Mais quand on est plongé dans des explorations interplanétaires ou qu'on réfléchit à l'éventuelle capacité de Dieu à superviser des mondes autres que le nôtre, rien ne vous ramène à la réalité comme de découvrir un type au crâne défoncé.

Il avait le visage enfoui dans le ruisseau. Rien à voir avec le figurant de la série *New York, police judiciaire* qui tombe sur un inconnu ayant rendez-vous avec son destin. Cet homme, je le connaissais, comme je connaissais celui qui avait voulu l'occire.

Deux points à préciser. D'abord, alors que j'avais jalousé Jeff quand j'étais enfant, j'aurais été ravi de ne jamais faire de macabre découverte de ma vie. Car cela ne m'a pas apporté la popularité que Jeff en avait retiré, mais a posé sur mes épaules d'adulte un lourd fardeau de responsabilités.

Et puis, si ce cadavre avait été le premier et le dernier à croiser ma route, eh bien cette histoire se serait sans doute arrêtée là. Il n'y aurait pas eu grand-chose à raconter.

Mais ce n'est pas ainsi que cela s'est passé.

2

Je n'insisterai pas trop là-dessus. Disons seulement qu'il ne vous faudra pas longtemps avant de penser que je suis un vrai con. Ou du moins un connard. En fait, je ne crois pas être un con, parce que le con de base a peu de chances d'être conscient de son état (combien de cons savent-ils qu'ils le sont ?). Ce que je veux donc souligner, c'est que si je me suis conduit comme un con en certaines circonstances, je ne fais pas partie de la confrérie. Je comprendrai toutefois que vous ne soyez pas convaincu. Quand vous en aurez fini avec cette histoire, vous risquez de penser : Bon sang ! Ce Zack Walker, quel gros con !

La vérité, c'est que mes motivations n'ont pas toujours été comprises ou approuvées – je sais, ce sont les mots mêmes qu'emploient les crétins d'hommes politiques qui perdent leur siège : ils n'ont pas réussi « à faire passer leur message ». Je dois cependant à la vérité de reconnaître que ma méthode éducative pour apprendre à mes proches à se conduire de manière responsable aurait pu être un peu plus élaborée. Pourtant, en règle générale, je ne suis pas un mauvais bougre. J'ai toujours aimé ma famille et voulu lui offrir ce qu'il y avait de mieux : une vie agréable, le bonheur, et surtout la sécurité. Tant pis si, à trop insister sur les dangers du monde extérieur, j'ai passé les bornes et obtenu l'effet inverse. Je ne vous en voudrai pas si vous en retirez l'impression que je me suis conduit en Monsieur Je-sais-tout, en imbécile – comme un con, si vous préférez – qui, au lieu de passer son temps à expliquer aux gens la façon de mener leur vie, aurait mieux fait de s'occuper de ses oignons.

On pourrait trouver dans ma vie conjugale tout un tas d'exemples de ma stupidité. Mais les choses ont commencé à vraiment déraper le jour où j'ai regagné notre nouvelle maison à pied depuis l'intersection de Chancery Park et de Lilac Lane après avoir déposé dans la boîte aux lettres le chèque de ma taxe foncière.

La femme au peignoir fleuri était en train d'arroser son allée. Comme chaque jour, et parfois plusieurs fois en vingt-quatre heures, mais toujours dans la même tenue, elle déroule le tuyau depuis son dévideur, près du garage, agrippe l'embout et force chaque débris d'herbe, chaque détritus microscopique à dégringoler le long de l'allée goudronnée jusque dans la rue. Elle et son mari sont aux petits soins pour leur jardin, dont ils enlèvent les mauvaises herbes tout en se préoccupant particulièrement de l'aspect irréprochable de la ligne de démarcation entre la pelouse et le trottoir. Si « Tu entretiendras ta haie » est un de leurs commandements favoris, conserver une allée parfaitement propre constitue la vertu suprême. Les jours de beau temps, on pourrait procéder à une opération chirurgicale sur son revêtement tant il est impeccable, vierge de toute tache d'huile, de toute trace de pneu. En passant à la hauteur de la femme ce jour-là, je lui fais un signe de la main et crie « Comme c'est joli ! » par-dessus le bruit du jet d'eau.

Notre maison se situe à l'angle de Chancery Park et de Greenway Lane. En m'en approchant, je vois quelque chose briller sur la porte d'entrée. En y regardant de plus près, je reconnais un trousseau de clés.

La Toyota Camry de ma femme, Sarah, stationne à côté de ma vieille Civic. Elle a dû rentrer de son journal les bras chargés de dossiers ou de victuailles, pour les laisser ainsi dans la serrure. Au même anneau pendouillait tout un tas d'autres clés : celle de ma Civic, celle de son casier de la salle de gym de son bureau et enfin un boîtier de commande à distance.

Ce n'est pas la première fois qu'elle laisse ses clés sur la porte. Un matin, il y a six semaines, je les y ai déjà trouvées en descendant chercher le journal qui à la fois nous alimente en nouvelles et constitue le gagne-pain de Sarah. La veille, elle était rentrée du bureau vers huit heures du soir, ce qui signifiait que le trousseau était resté dehors pendant plus de dix heures. Non seulement quelqu'un aurait pu s'introduire dans la maison, mais on aurait aussi pu voler nos deux voitures garées dans l'allée. Je suis entré dans la cuisine avec le *Metropolitan* et l'ai jeté sur la table devant Sarah, ainsi que ses clés. Elle a admis son erreur et je lui ai soutiré la promesse de ne pas recommencer.

Mais, là encore, c'était une récidive. Deux mois plus tôt, notre fils Paul, âgé de quinze ans, avait trouvé les clés sur la porte, cinq minutes après le retour de sa mère. Elle avait prétendu être au courant, expliquant qu'elle était entrée les bras chargés d'un paquet de la teinturerie et qu'elle était sur le point de les récupérer quand Paul était arrivé. Personne ne l'avait crue, mais impossible de prouver le contraire. Innocente, au bénéfice du doute.

Peut-être est-ce encore le cas. Admettant la possibilité qu'à n'importe quel moment elle réapparaisse pour récupérer son trousseau, je décide de lui donner une chance. Appuyé contre le pare-chocs de sa Camry, j'attends tout en inspectant notre rue.

À vrai dire, il n'y a pas grand-chose à voir. La mairie d'Oakwood a planté des érables le long des trottoirs pour offrir à chaque propriétaire un arbre – deux si l'on habite un coin de rue comme nous –, mais cela ne date que d'un an et on peut faire le tour des troncs avec ses deux mains. Un jour, longtemps après que Sarah, moi et sans doute nos enfants aurons quitté ce monde, ils donneront beaucoup d'ombre, mais pour le moment la seule chose qu'ils fournissent c'est un peu de travail pour quelques jeunes du voisinage. Les seules voitures garées dans la rue sont celles parquées devant chez Trixie, à deux maisons d'ici. Elle gère de chez elle un cabinet d'expertise comptable et ce sont ses clients qui se déplacent. Il s'agit donc de leurs véhicules. La plupart des maisons possèdent deux ou trois garages, et personne ne loue son sous-sol.

Pendant que j'attends Sarah, Earl, le type qui habite en face de chez Trixie, tourne le coin de la rue au volant de son pick-up. Il fait marche arrière dans son allée, puis se met à décharger des sacs de terreau de l'arrière de son véhicule. Quand il m'aperçoit, je lui fais un signe de la main et il me répond sans beaucoup de chaleur. Aussi je renonce à aller tailler une bavette. Puis Earl se met à regarder au-dessus de son épaule, sans doute pour voir si je le surveille toujours. Je me sens mal à l'aise quand il s'aperçoit que je n'ai pas bougé. Pour me donner une contenance, je lui lance :

— Salut !

Il hoche la tête, hausse vaguement les épaules et, comme il continue à regarder dans ma direction, je traverse la rue.

— Bonjour, Zack !

La conversation n'est pas son fort. Il faut lui arracher chaque mot. Son crâne rasé luit de sueur et son T-shirt est trempé. Un mégot reste collé entre ses lèvres. Earl fume sans arrêt.

Je hausse les épaules à mon tour.

— Bonjour, comment va la vie ?

— Je m'occupe, répond-il en faisant un geste désabusé de la main.

Nous nous taisons un moment jusqu'à ce que je pose une question particulièrement brillante :

— Tu reviens encore de la jardinerie ?

Earl sourit.

— J'y suis tous les jours.

Il hésite avant d'ajouter :

— Et l'écriture, ça boome ?

— Plutôt une bonne journée.

Earl a du mal à comprendre comment je peux gagner ma vie en restant enfermé chez moi sans me salir les mains.

— Moi, je reviens du coin de la rue, où j'ai posté ma taxe foncière.

Earl se tourne vers la boîte aux lettres, puis demande :

— Et la maison, ça va ?

— Il m'a fallu trois rouleaux de calfeutrage pour la fenêtre de notre chambre. Je ne prends même plus la peine de ranger l'échelle. Chaque averse aggrave les infiltrations d'eau.

— Tu t'es plaint ?

— J'ai appelé le promoteur. Ils m'ont promis de venir, mais rien. Je vais passer à leur bureau. Ça les fera peut-être bouger. T'as entendu la nouvelle ?

— Quoi ?

— Un type est entré dans une épicerie et a tiré une balle en plein dans la tête du gérant, sous les yeux de sa femme.

— Mon Dieu ! Ici ?

Il jette son mégot dans l'allée et se penche pour récupérer un autre paquet de clopes sur le tableau de bord de son pick-up.

— Non, dans le centre-ville. Sarah m'a appelé de son bureau pour m'en parler ; elle a envoyé un reporter et un photographe couvrir l'événement. Ensuite, j'ai entendu ça à la radio.

— Mon Dieu ! répète Earl. Jamais j'habiterai dans le centre.

Il se plante une nouvelle cigarette dans le bec, l'allume, aspire une grande bouffée et rejette la fumée par le nez. La vie d'Earl telle qu'il me l'a racontée s'est déroulée entre la côte Est et la côte Ouest. Il est divorcé, sans enfant. Seul dans une aussi grande maison, il est loin d'être l'habitant type de notre quartier. Mais il m'a expliqué qu'il avait besoin de « s'enraciner » quelque part, et qu'un nouveau lotissement où des tas de gens seraient susceptibles de recourir à ses talents de paysagiste lui semblait particulièrement indiqué. Paul est allé le voir plusieurs fois pour lui demander conseil, quoique dire « pour l'enquiquiner » conviendrait mieux. Earl a été réticent au début, mais ensuite, peut-être pour s'en débarrasser, il a accepté de lui donner quelques tuyaux. Pendant deux week-ends, je les ai vus au fond du jardin, torse nu et transpirant à grosses gouttes sous un ciel sans un nuage, en train de creuser des trous et de planter des buissons.

— Nous, quand on vivait au centre-ville, on n'arrêtait pas de se faire du souci, surtout avec des gosses. Devenus ados, ils peuvent s'attirer tellement d'ennuis dans une grande ville !

— Ici aussi, objecte Earl. Les gosses, ils débloquent partout... C'est qui ce guignol ?

Earl a repéré un type qui fait du porte-à-porte de l'autre côté de la rue. Grand et mince, cheveux gris coupés court, dans la cinquantaine, un carnet à la main. Sa tenue – jean, chaussures de marche et chemise à carreaux – est trop décontractée pour être celle d'un fonctionnaire.

— Aucune idée, je réponds.

Une femme lui a entrouvert sa porte tout en la coinçant avec sa chaussure et l'écoute débiter son baratin.

— Je parie qu'il lui propose de goudronner à neuf son allée, commente Earl. Un jour sur deux, un connard vient me faire ce genre de proposition.

La femme refuse de la tête, et le type le prend plutôt bien à en juger par la manière polie avec laquelle il réagit. Il se dirige vers la maison voisine lorsqu'il nous aperçoit.

— Salut ! dit-il en agitant la main.

— Ou alors il veut te cirer les pompes, suggère Earl.

— C'est plutôt mon fric, qu'il veut pomper, non ?

Le bonhomme n'est plus qu'à deux mètres de nous quand il demande :

— Messieurs, vous avez une minute à m'accorder ?

— Certainement, acquiesçons-nous en chœur.

— Je m'appelle Samuel Spender et j'appartiens à la Société de préservation de Willow Creek.

— Ouais, je murmure.

Je ne lui donne pas mon nom. Earl non plus.

— J'essaie d'obtenir un maximum de signatures pour ma pétition. Il s'agit de protéger le site de la rivière.

— De quoi ?

— Des promoteurs. Willow Creek est un lieu fragile du point de vue environnemental, et l'un des derniers secteurs d'Oakwood encore préservé. Mais des promoteurs envisagent de construire des centaines de maisons au bord de l'eau, ce qui met en danger différentes espèces animales, en particulier la salamandre Mississauga.

— Qui ça ?

C'est la première intervention d'Earl.

— Voici une photo, propose Spender en sortant un cliché de son bloc-notes.

On y voit une créature vert pâle à quatre pattes et aux yeux immenses qui repose dans une main.

— On dirait un lézard, suggère Earl.

— C'est une salamandre, rectifie Spender. Très rare. Et menacée par ces promoteurs gourmands qui se préoccupent davantage de leurs bénéfices que de l'environnement.

Il nous tend son bloc, où figurent une vingtaine de noms. Il y a d'autres feuilles en dessous, mais je ne réussis pas à voir si elles sont vierges ou non.

Je déteste signer des pétitions, même pour des sujets qui me tiennent à cœur. Mais quand il s'agit de quelque chose que je connais mal, j'ai une réponse toute prête :

— Pourriez-vous me laisser une brochure que j'étudierai à tête reposée ?

— Ouais, fait Earl. Pareil pour moi.

L'étincelle dans le regard de Spender s'éteint. Il comprend qu'il a perdu la partie.

— Vous n'avez qu'à lire le *Suburban*. Ils suivent cette campagne de près. Les journaux des grandes villes, comme le *Metropolitan*, s'en fichent car ils appartiennent aux groupes qui financent ces promoteurs.

Ce n'est pas le moment de mentionner que ma femme y travaille. Spender nous remercie de lui avoir accordé un peu de notre temps et poursuit sa route.

Je lui désigne ma maison :

— Celle-là est à moi, vous pouvez la passer.

— Les salamandres, me demande Earl à voix basse, tu crois qu'on peut les griller au barbecue ?

— Je crains bien qu'elles glissent au travers.

On reste encore un moment à bavarder. J'apprends à Earl, bien qu'il ne m'ait rien demandé, que Paul a l'intention de poursuivre ses études de paysagiste et d'aller un jour à l'université pour se spécialiser dans la création de jardins. Son choix m'a surpris. À son âge, la majorité des ados veulent créer des jeux vidéo.

— Il est doué. Se salir les mains ne lui fait pas peur.

— Ce n'est pas mon truc. Nous, les écrivains, si on nous met une pelle dans les mains, au bout de cinq minutes on se plaint d'avoir des ampoules.

Il me paraît de plus en plus évident que Sarah ne sortira pas pour récupérer ses clés. Considérant que je lui ai laissé suffisamment de temps pour se racheter, j'annonce à Earl que je dois y aller et je reprends le chemin de la maison. Avant d'entrer, je décroche le trousseau de Sarah que je glisse dans la poche de mon jean. Je l'entends s'agiter dans la cuisine et crie :

— Bonsoir !

— Je suis là ! répond-elle.

Notre cuisine est plutôt grande, avec une large baie vitrée donnant sur le jardin à l'arrière, un vaste plan de travail et une tache sombre au plafond, au-dessus du double évier, formée par l'eau qui s'écoule depuis des mois de la douche, du fait d'un carrelage défectueux. Je m'efforce ne pas la regarder trop souvent car elle me rend fou. Je dois absolument effectuer une descente dans le bureau de vente de ce promoteur et faire un scandale.

Mon hypothèse selon laquelle Sarah est rentrée chargée de victuailles est exacte. Des sacs à provisions vides jonchent le comptoir. Des carottes et du lait attendent d'être mis au frais.

Je me tourne vers le frigo qui, si ma mémoire est bonne, est blanc – recouvert comme il l'est de magnets, de bons de réduction pour des pizzas et de photos, il est difficile d'en être certain. Une grande partie de la porte est occupée par un calendrier planifiant nos activités du mois. C'est là que nous notons les rendez-vous chez le dentiste, les horaires de Sarah, les déjeuners avec mon éditeur, les dîners avec nos amis, le tout au marqueur effaçable. Juste avant de ranger les carottes et le lait, je remarque un rendez-vous avec le professeur de sciences de Paul dans un peu plus d'une semaine. Et que, deux jours plus tard, c'est l'anniversaire de Sarah : la date a été entourée d'étoiles et de points d'exclamation, le tout de sa main.

— Bonsoir, dit-elle.

— J'ai entendu la nouvelle du truc – enfin, du meurtre – à la radio.

Elle hausse les épaules.

— On va en faire la une du *Metropolitan* et ajouter une photo en couleurs.

— Ouais.

Ma main dans ma poche, je tripote les clés.

— Il reste des trucs à sortir de ta voiture ?

— Non, c'est tout. Je suis crevée. J'ai fait les courses, alors je te laisse aux fourneaux. J'ai ma dose.

Elle a assuré quasiment une double permanence à la rédaction.

— Qu'est-ce que je prépare ?

— Il y a du poulet, des hamburgers, de la salade, tu n'as qu'à choisir. Je suis vraiment naze.

Cette semaine, Sarah doit être à son journal à six heures du matin. Ça signifie un réveil à quatre heures et demie.

— Tu as pris ton porte-documents ?

En mentionnant les dossiers qu'elle rapporte à la maison, j'espère lui rappeler qu'elle n'a pas ses clés.

— Je l'ai, répond-elle en s'asseyant sur une chaise de la cuisine et en enlevant ses chaussures.

— Tu as envie d'une bière ?

— Si elle est accompagnée d'un massage des pieds.

J'en sors une du frigo et la décapsule avant de la lui donner.

— Le massage suit. Mais j'ai un truc à faire. Je reviens dans une minute.

Sans se poser de questions, Sarah avale une grande gorgée de bière. Une fois dehors, j'ouvre sa Camry et la sors de l'allée. Je n'ai pas loin à aller. Juste au bout de Chancery, puis à droite sur Lilac, un peu au-delà de la boîte aux lettres. Assez loin pour qu'elle ne soit pas visible de notre rue. Je la gare le long du trottoir, m'assure que les vitres sont relevées, la ferme à clé et reviens en courant à la maison, croisant sur mon chemin Spender, le défenseur de la salamandre. Quand j'entre, Sarah n'a pas bougé.

— Où étais-tu passé ?

Je lui mens :

— J'ai acheté du papier pour l'imprimante que j'avais oublié dans ma voiture. Ensuite, j'ai vu Earl et on a bavardé.

Sarah ne réagit pas. Elle ne connaît pas nos voisins aussi bien que moi. Quant à Earl, elle ne l'apprécie pas tellement.

Elle pense encore à son travail :

— Tu te rends compte, ce type, cet employé, sa femme était sur les lieux où il a été abattu.

— Le drame de l'épicerie... Ouais, c'est horrible.

— Parfois tu as raison.

— Comment ça ?

— On a bien fait de déménager ici. Quitter le centre-ville était vraiment la dernière chose que je désirais faire, mais j'avoue ne plus regarder sans cesse derrière moi comme ça m'arrivait quand on habitait sur Crandall. Ici, pas de drogués qui bazardent leurs aiguilles à côté des toboggans dans les jardins publics, pas de filles qui sucent des mecs pour 50 dollars sur les banquettes arrière, pas de type pour te balancer sa queue sous le nez au coin de...

— Je me souviens de lui. Comment s'appelait-il ?

— Terry ? Un nom dans ce genre. Pour moi, c'était monsieur Bite-à-l'air.

— Je suis tombé sur lui, un jour, à la boulangerie italienne. Il achetait des cannolis. Tu crois que ç'a un rapport ?

— Mon Dieu, des cannolis ! s'exclame Sarah en reprenant une gorgée de bière. Ce soir, en rentrant, j'ai essayé d'en trouver au supermarché. Ça n'existe pas ici. Pas de cannolis.

Presque impossible de dénicher ce genre de choses dans ce coin. Les Twinkies, eux, ne manquent pas. Comme le pain de mie industriel en tranches.

— Je sais, dis-je doucement.

— Et pas un seul chinois ni indien digne de ce nom. Les gosses n'arrêtent pas de se plaindre. L'autre soir, Paul m'a dit qu'il était prêt à tuer pour un samosa... Où en est mon massage de pieds ?

Je déballe du bœuf haché maigre, sans penser à un plat en particulier, trop absorbé par le plan que j'ai mis en route. Plus tard dans la nuit, ou peut-être demain matin, j'aurai ma récompense. À un moment donné, Sarah regardera par la fenêtre ou sortira prendre l'air et elle s'apercevra que sa voiture a disparu. D'abord, elle ne se fera aucun souci, en se disant qu'Angie, notre fille de dix-sept ans, ou moi l'avons empruntée. Puis elle se rendra compte que je suis dans mon bureau à relire ce que j'ai écrit dans la journée et qu'Angie est dans sa chambre ou qu'elle se chamaille avec son frère. Alors elle aura des sueurs froides et murmurera : « Pas possible ! »

À cet instant, elle visualisera ses clés sur la porte et tout lui reviendra.

— Je peux préparer des hamburgers ou te masser les pieds, je réponds. Ou les deux. Mais, en tant que porte-parole de la famille, je dirais que les hamburgers ont priorité.

Deux portes coulissantes en verre s'ouvrent sur une petite terrasse à l'arrière de la maison. Je les passe, soulève le couvercle du barbecue, ouvre le propane, choisis l'un des brûleurs et, quand j'entends le gaz arriver, j'appuie sur le bouton rouge pour allumer le gril.

Une fois. Puis une deuxième fois, puis une troisième fois.

— Ce machin est une vraie merde ! je crie à Sarah à travers la porte.

Après un quatrième essai également infructueux, l'odeur m'assaille. Je referme la bonbonne et vais chercher une boîte d'allumettes dans la cuisine. Ce n'est pas la première fois – j'ai déjà laissé tomber une allumette enflammée au fond du barbecue avant d'ouvrir le gaz. Ça marche aussi bien que le bouton rouge – du temps où il fonctionnait.

Je frotte donc une allumette et la lâche sur le gril, persuadé que le propane a eu le temps de se dissiper. Mais quand l'air explose avec un énorme *bang !* et me brûle les poils du dos de la main, je comprends mon erreur.

Je recule d'un bond si violent que j'attire l'attention de Sarah qui ouvre la porte en catastrophe.

— Ça va ?

— Ouais, dis-je en agitant la main et me sentant idiot.

— Bon sang, c'est malin !

Le gaz superflu s'étant maintenant évaporé, je procède à un second essai, lâche une allumette sur le gril et ouvre le gaz. La flamme prend avec un *bang !* plus discret, et je referme le couvercle.

— Tu as besoin de quelque chose, pour ta main ? s'enquiert Sarah.

— Non, ça devrait aller.

— Je vais quand même te chercher un truc.

Elle monte au premier étage, pénètre dans notre salle de bains où elle range un nécessaire d'urgence. Elle m'appelle de là-haut :

— Je dois avoir de l'aloe vera quelque part dans le coin !

La porte d'entrée s'ouvre et Paul apparaît.

— Salut ! fais-je depuis le vestibule, la main droite toujours dans la gauche.

— B'soir ! répond-il en passant devant moi.

Puis il voit ma main écarlate.

— Qu'est-ce t'as fait ?
— Le barbecue.
— Le bouton ne marche pas.
— Je sais.
— Maman rentre quand ?
— Elle est là. En haut.
— J'ai pas vu sa voiture.

Il indique l'allée de la tête.

— Je suis au courant. Mais ne dis rien.
— Au sujet de quoi ?
— De sa voiture. Elle ne sait pas qu'elle n'est plus là.

Paul me dévisage.

— Qu'est-ce qui est arrivé ? Tu l'as esquintée ? Je voulais lui demander de me conduire chez Hakim après le dîner.

— Je ne l'ai pas esquintée. Juste déplacée.

Son regard se fait sévère.

— Tu manigances un truc, non ?
— Possible.
— Arrête tes conneries, p'pa ! Tu veux lui donner une leçon, c'est ça ? Qu'est-ce qu'elle a fait ? Laissé ses clés dans la voiture ?

— Pas tout à fait. Mais presque. Va donc dans la cuisine et commence à beurrer les petits pains pour les hamburgers.

— J'ai pas faim.

— Je ne t'ai pas demandé si tu avais faim. Je veux que tu beurres…

— Je n'arrive pas à trouver l'aloe vera, crie Sarah depuis la salle de bains.

— T'inquiète pas, dis-je alors que le dos de ma main me pique vraiment beaucoup. On a peut-être autre chose. Je sais pas, moi… du beurre, non ?

— Du beurre ? Où t'as entendu ça ?

— Je ne sais pas. Il me semblait.

— Je vais sortir t'acheter de l'aloe vera.

— Inutile, je me sens très bien.

Mais Sarah ne m'écoute pas. Elle descend, va décrocher sa veste, attrape son sac sur le petit banc de l'entrée et fouille dedans à la recherche de ses clés.

— Bon sang, où sont-elles…, murmure-t-elle.

Elle lance le sac sur le banc et se dirige vers la cuisine.

— J'ai dû les laisser là quand j'ai rapporté les courses…

Je n'avais pas pensé que ça viendrait si vite sur le tapis. Ma brûlure a précipité les choses. Le timing était censé être plus adapté.

— Je les ai peut-être oubliées dans la voiture, dit Sarah en se parlant à elle-même. Sauf que je me rappelle avoir ouvert la porte d'entrée…

La lumière se fait dans son esprit. Je le vois à ses yeux. Elle sait précisément où les récupérer. Elle traverse le vestibule d'un pas tranquille, ouvre la porte, le regard fixé sur la serrure.

Mais rien.

— Oh merde ! s'écrie-t-elle. J'étais sûre qu'elles seraient là. Tu n'as pas fermé à clé quand tu es sorti ?

— Je ne crois pas.

— Elles sont donc dans la voiture.

Un pas à l'extérieur, et Sarah se fige. Comme elle me tourne le dos, il m'est impossible de voir son expression. Mais je n'ai pas de mal à l'imaginer. Abasourdie. Médusée. Paniquée.

— Zack, dit-elle, sans crier mais d'un ton inquisiteur, Zack, Angie est sortie, n'est-ce pas ?

— Non.

Je la rejoins, agitant la main pour essayer de soulager la douleur.

— Écoute...

— Merde ! Merde ! Et merde ! Tu avais raison ! Merde ! C'est entièrement de ma faute. Seigneur ! Quelle merde !

Elle fait demi-tour, me bouscule en rentrant dans la maison et fonce droit vers la cuisine. Je dois presque courir pour la rattraper. Elle a déjà saisi le téléphone.

— Je préviens la police.

Il faut absolument éviter qu'elle appelle le commissariat. Empêcher que les flics reçoivent encore une fausse alerte de chez nous.

— Ma voiture a été volée, avoue-t-elle. Merde, je n'arrive pas à le croire. Je ne sais même pas ce qu'il y avait dedans. Tu le sais, toi ? Il y avait ces trucs de notre dernier voyage, nos cartes électroniques de l'Automobile club ; et, dans le coffre, un sac de vieilles fringues que j'allais donner à une œuvre de charité et...

— Ne téléphone pas, dis-je.

— ... ce n'est pas qu'elles aient de la valeur, mais, bon sang, on devait les donner à des nécessiteux, pas au connard qui a volé...

— Pose le combiné.

Elle ne m'écoute pas. Sarah est sur le point de composer le 911 quand je sors de ma poche son trousseau de clés et le pose sur le plan de travail, bien en vue.

Elle le contemple un moment, incapable de comprendre comment je peux avoir ses clés si sa voiture a été volée.

— Elle est au coin de la rue, je précise d'une voix douce.

— Je ne comprends pas. Tu as utilisé ma voiture ?

— Elle est juste au coin, je répète dans un murmure. Je l'ai déplacée. Tout va bien.

Sarah raccroche, le visage rouge, le souffle coupé.

— Pourquoi as-tu déplacé ma voiture ? Et pourquoi as-tu mes clés ?

— Écoute, voici ce qui s'est passé... Tu as pensé que tes clés étaient sur la porte ?

Sarah acquiesce.

— Et tu sais que je t'ai déjà parlé de ça ?

Elle acquiesce à nouveau, mais après un léger temps de réflexion.

— En tout cas, quand je suis rentré à la maison, une ou deux minutes après toi...

— Je venais de rapporter les courses, me coupe Sarah. Je m'étais arrêtée en revenant du bureau, alors que j'avais passé une journée merdique, travaillé cinq heures supplémentaires parce que Kozlowski était malade, bossé sur le meurtre de l'épicerie et acheté de quoi dîner.

Mes affaires ne s'arrangent pas. Sarah a changé de ton. Ce qui signifie qu'elle m'a pris de vitesse. Elle a compris où cette histoire nous mène et comment elle se terminera. Je décide cependant d'aller presque au bout de ma démarche :

— Elles étaient donc accrochées à la porte, où n'importe qui pouvait les piquer. Voilà le problème. Quand on y pense, tu as eu de la chance, oui, de la chance que ce soit moi qui arrive après toi, et pas un tueur cinglé, un voleur de voitures ou je ne sais qui. Parce que ç'aurait bien pu arriver. Je t'ai déjà dit combien il est dangereux de laisser les clés sur la porte. Je voulais seulement enfoncer le clou, t'aider à ne plus oublier, à t'empêcher de nous faire courir des risques inutiles.

La respiration de Sarah se calme. Elle ne me quitte pas des yeux.

— Voilà, je t'ai expliqué les raisons de mon acte.

— Tu peux être plus précis ?

— J'ai déplacé ta voiture un peu plus loin dans la rue.

— Là où je ne la verrais pas.

— Oui, c'était mon plan.

— Et quand j'aurais cherché mes clés, je ne les aurais pas trouvées et je me serais aperçue que la voiture avait disparu. J'aurais cru qu'elle était volée, j'aurais eu une *putain de crise cardiaque*. Tout ça pour te permettre de me punir. C'est exact ?

— Je n'ai jamais voulu te causer une crise cardiaque. Seulement te donner une leçon.

— Une leçon !

J'avale ma salive avec difficulté.

— Oui.

— Zack, je ne suis plus une enfant. J'ai un diplôme universitaire. Je suis une adulte, et tu es la dernière personne à avoir le droit de me donner des leçons.

— J'ai pensé que ça te servirait de pense-bête pour l'avenir.

— Tu sais ce qui aurait été aussi efficace ? D'enlever les clés de la serrure et de me dire : « Tiens, ma chérie, tu as laissé tes clés sur la porte. » Alors moi, pleine de reconnaissance, je t'aurais répondu : « Merci beaucoup, la prochaine fois je ferai plus attention. »

— En fait, la première fois que ça t'est arrivé, c'est exactement ce que j'ai fait...

— Tu vois, c'est ça qui me fout les boules. De cavaler dans toute la maison à la recherche de mes clés alors que je voulais foncer à la pharmacie t'acheter un putain de baume à mettre sur ta conne de main que tu as brûlée parce que tu as jeté une allumette en flamme dans le barbecue plein de gaz – ce que, si ma mémoire est bonne, je t'ai souvent dit de ne jamais faire !

Paul, qui était resté appuyé à la porte de la cuisine pendant tout ce temps, décide de profiter d'un moment d'accalmie pour se faufiler entre nous et atteindre le frigo.

— Bien joué, papa. C'est l'incident du sac à dos qui recommence.

Avant de m'envoyer récupérer la voiture, Sarah me lance :

— Bon Dieu, quel con !

Vous voyez ce que je veux dire ? Vous n'êtes pas les seuls.

3

Malgré la priorité que j'ai toujours accordée à la sécurité, mon rêve n'était pas de vivre en banlieue. Nous aimions habiter en centre-ville, sur Crandall. Le voisinage avait du caractère et un passé. La plupart des maisons dataient au moins des années quarante, et les camionnettes d'entreprises de rénovation ne manquaient pas. Les nouveaux propriétaires restauraient à tour de bras, mettant leur demeure aux normes actuelles, changeant le système électrique, supprimant un grenier pour le transformer en chambre d'ami, en salon, en solarium rempli de plantes, démolissant les cloisons d'un rez-de-chaussée pour en faire une cuisine-salon-salle à manger. D'étroites allées séparaient les maisons, les garages étaient trop réduits pour héberger des 4 × 4 ou trop pleins de bazar pour qu'on y gare même une petite voiture étrangère. Mais on pouvait aller partout à pied. L'école communale de Paul et d'Angie n'était qu'à cinq rues et, plus tard, pour aller au lycée, il ne leur fallait pas plus d'un quart d'heure de marche. Au bout de notre rue qui donnait sur une grande artère, il y avait un traiteur, un magasin de livres d'occasion et, une rue plus loin, une librairie qui ne vendait que de la SF (de la science-fiction, pour les non-initiés), un délicieux chinois chez lequel Paul prenait toujours comme hors-d'œuvre trois pâtés impériaux enrobés dans une pâte très fine, un restaurant thaïlandais (sympa mais trop épicé à mon goût), une boulangerie italienne où Sarah, en rentrant du bureau, achetait souvent ses cannolis et le meilleur pain que j'aie jamais mangé. Il y avait aussi un snack qui n'avait sans doute pas changé depuis un demi-siècle, avec des box étroits, des tabourets de bar pivotants, et au sol un lino à carreaux noirs et blancs tout craquelé. Un petit déjeuner composé de trois œufs avec saucisses, frites maison et toasts ne coûtait que 4,99 dollars. Il y avait un dépôt-vente de vêtements, un salon de tatouage, un coiffeur, une pizzeria indépendante, et un magasin vidéo qui proposait les derniers Woody Allen, John Sayles, John Waters ou Edward Burns. Et aussi le magasin de primeurs d'Angelo, où l'on payait un peu plus cher que dans les grandes surfaces les raisins sans pépins et les cœurs de romaine, mais où officiait parfois Marissa, la fille d'Angelo, qui à quatre ans était capable de calculer le prix de vos achats, de vous rendre la monnaie et de vous dire : « N'oubliez pas de saluer votre charmante femme Sarah de ma part. » J'aurais payé 10 dollars un lot de bananes rien que pour le plaisir de sa conversation.

Le voisinage ne se vidait pas dans la journée comme les banlieues, désertées par leurs habitants, qui vont tous travailler en ville. Ce n'était pas une cité-dortoir. Là vivaient de jeunes familles, de vieux retraités et tous les intermédiaires. Chaque matin, Mme Hayden, dont le mari était mort dans les années soixante lors de l'effondrement d'une mine en Pennsylvanie, passait devant chez nous en allant au coin de la rue acheter le journal. Nous avions trouvé gentil de sa part qu'elle choisisse le *Metropolitan*, en l'honneur de Sarah. Mais c'était à double tranchant car, chaque fois qu'elle voyait Sarah sur la terrasse, elle s'arrêtait pour lui faire remarquer les erreurs grammaticales, factuelles ou typographiques qu'elle avait notées dans les précédentes éditions. Quand elle ne se plaignait pas de la grille de mots croisés qui, selon elle, était du vrai charabia.

Mais Sarah en avait pris son parti. Sans s'énerver, elle expliquait à Mme Hayden que les quotidiens doivent rassembler, disséquer, présenter des milliers d'événements dans un temps très limité, et que ce qui était extraordinaire, pour citer un des éditeurs les plus estimés du journal mais hélas ! décédé, c'était non pas les erreurs qui paraissaient mais le fait qu'ils parviennent à en éliminer autant. Mme Hayden, après avoir écouté poliment, demandait alors :

— Pourquoi votre dessinateur humoristique ne fait pas la différence entre « ses » et « c'est » ?

Et Sarah lui proposait une tasse de thé ou un verre de limonade glacée qu'elle acceptait toujours.

Un autre voisin était un acteur que l'on voyait beaucoup dans des séries télé, et lorsqu'il décrocha un petit rôle dans un des films d'Oliver Stone, il nous régala des tas de potins le concernant. L'homme qui habitait derrière la maison était un artiste dont le grenier était éclairé par des verrières. À une rue de là vivait une célébrité de la littérature qui avait remporté un prix pour un roman dont tout le monde disait un bien fou – quoique personne de ma connaissance n'ait vraiment réussi à le finir. On la croisait parfois chez Angelo ou dans la rue, rapportant du chinois un plat cuisiné. Un jour, Sarah l'avait vue au dépôt-vente.

— Tu te rends compte ! Combien a-t-elle reçu comme avance pour son dernier livre ? Le journal parlait de 1 200 000 dollars ! Et elle farfouille quand même dans des fringues DKNY vieilles de cinq ans !

Nous n'avions qu'une seule voiture quand nous habitions sur Crandall et, selon les horaires de Sarah, il arrivait qu'elle stationne pendant des jours derrière la maison. Quand elle était de permanence de jour, elle marchait jusqu'au bout de la rue, tournait à gauche et prenait le métro deux rues plus loin. Sa station était à trois rues du journal. Elle ne prenait la voiture que lorsqu'elle était de nuit. Question sécurité, bien qu'étant beaucoup moins paranoïaque que moi, elle admettait qu'il était risqué de poireauter alors à un arrêt de bus ou sur un quai de métro.

C'était donc un endroit idéal pour y vivre. Culturellement et artistiquement riche. Un lieu où l'on connaissait ses voisins. Pratique pour les écoles et les transports.

Puis les aiguilles ont fait leur apparition.

Des seringues en plastique usagées jetées au bord des trottoirs. Des bruits autour des lampadaires tard dans la nuit. On regardait par la fenêtre et on voyait une demi-douzaine de jeunes accroupis là. Sans savoir ce qu'ils mijotaient, on devinait que ce n'était pas génial. Et, le lendemain matin, on découvrait des rayures sur sa voiture ou une vitre arrière défoncée. Une nuit qu'ils s'étaient réunis au bout de notre allée, vers une heure du matin, je suis sorti et, à sept ou huit mètres d'eux, je leur ai demandé de s'en aller. L'un d'eux s'est tourné lentement vers moi et, avec un regard à la fois endormi et menaçant, m'a invité à m'approcher, m'agenouiller et lui faire une gâterie.

Comme je rebroussais chemin, j'ai perçu du mouvement au sein du groupe ; le niveau des conversations s'est élevé, comme s'ils décidaient d'une marche à suivre qui avait toutes les raisons de me concerner. Soucieux de ne pas attirer l'attention par des mouvements brusques, ainsi que l'on procède avec une meute de chiens, j'ai décidé de ne pas courir et tenté d'accélérer le pas sans en avoir l'air. Je montais les trois marches du perron quand, jetant un regard en arrière, j'ai vu que la bande se rapprochait. J'ai gravi les deux dernières marches d'un bond, ouvert grand la porte avant de la claquer si fort que j'ai dû réveiller toute la maison, si ce n'est la rue entière. Mes poursuivants se sont arrêtés, ont brandi le bras en signe de triomphe, se félicitant de la facilité avec laquelle ils m'avaient fait peur. Mon cœur battait la chamade, j'étais rouge de honte.

Après, les putes ont débarqué à trois rues de chez nous, mais quand l'association des résidants s'est plainte au conseil municipal en mettant le maire au défi d'intervenir, la police a surveillé l'endroit pendant plusieurs nuits de suite. Les résidants ont crié victoire. Ils avaient délogé ces dames de leurs rues sans savoir qu'ils les avaient seulement déplacées jusqu'à nos portes.

Une femme habitant au coin du pâté de maisons, plus active politiquement que je ne l'avais jamais été, a pris les choses en main : elle a rédigé une pétition et a obtenu la signature de tout Crandall. Mais entre-temps la rue avait déjà été jonchée de capotes ; les gosses de CE2 avaient appris, en rentrant de l'école, l'art de la fellation grâce à un type qui en avait pour son argent à l'arrière d'une Jetta. Après plusieurs descentes de police, les prostituées ont réémigré dans les rues qu'elles occupaient précédemment. À ce rythme, elles risquent de travailler un jour dans la Glen River et d'être obligées de troquer leurs talons aiguilles contre des échasses.

Le directeur de l'école communale de nos enfants, muni d'une solide pince coupante, a sectionné le cadenas à code du casier voisin de celui de Paul pour y trouver deux revolvers qui avaient servi lors d'un cambriolage. Le gamin fréquente depuis un autre établissement scolaire.

Un jour, Angie est rentrée en nous disant avoir été suivie par un homme vêtu d'un long imperméable. Nous l'avons conduite en voiture à l'école pendant trois semaines, le temps que la police mette la main sur le vieil exhibitionniste.

Une autre fois, un gosse de seize ans a pénétré par effraction chez Mme Hayden, et lui a démoli le visage à coups de poing pour s'enfuir avec 11 dollars.

C'est probablement à cette époque que j'ai harcelé Sarah, Paul et Angie pour qu'ils n'oublient jamais de fermer la porte à clé, et pas seulement en sortant. Je leur rappelais combien il était risqué de laisser un objet de valeur près de la porte : n'importe qui pouvait entrer, s'en saisir, faire demi-tour et s'en aller sans que nul ne s'en aperçoive. Surtout quand nous étions au premier ou au sous-sol. Et même de la cuisine, située au rez-de-chaussée, on n'entendait pas toujours la porte s'ouvrir. Un intrus pouvait fort bien dévaliser la pièce adjacente alors que nous nous trouvions de l'autre côté de la cloison.

Je répétais également qu'il ne fallait pas laisser des paquets en évidence dans la voiture. Angie avait pris l'habitude de poser son sac à dos sur le siège passager afin d'y puiser ce dont elle avait besoin.

Je l'ai prévenue :

— Un de ces quatre, quelqu'un va casser la vitre pour le piquer.

— Mais il n'y a rien dedans, a-t-elle répliqué, me prenant pour le débile intégral. Il n'y a pas de fric. C'est pas comme si tu me donnais beaucoup d'argent de poche.

À ce stade de la discussion, je lui ai expliqué que la plupart des voleurs n'avaient pas des rayons X à la place des yeux, et qu'ils ne se rendraient compte que son sac ne contenait rien de précieux qu'après avoir brisé la vitre et l'avoir emporté. Angie a alors levé les yeux au ciel et m'a rétorqué :

— Tu deviens totalement parano, papa ! Y aurait pas un médicament que tu pourrais prendre ?

Et puis il y a eu Jesse.

Aucun des signes de la détérioration du quartier ne nous avait préparés au meurtre de Jesse Shuttleworth.

Quand j'ai vu sa photo en première page du *Metropolitan*, je l'ai immédiatement reconnue. Je l'avais souvent croisée chez Angelo quand sa mère l'emmenait faire des courses. Cinq ans, les cheveux roux et frisés, adorant les bananes. Elle aimait qu'on lui lise les histoires de Robert Munsch mais détestait Barney le dinosaure.

Aperçue vivante pour la dernière fois un mercredi après-midi, vers quatre heures et quart, jouant dans le square à une rue de chez nous. La dernière fois que sa mère avait regardé depuis sa fenêtre, elle faisait de la balançoire. Deux minutes plus tard, celle-ci continuait d'osciller, vide.

Après l'avoir cherchée pendant une demi-heure, Mme Shuttleworth avait appelé la police et, deux heures après, celle-ci passait le voisinage au peigne fin. Un centre d'opération était mis en place, et des dizaines de flics faisaient du porte-à-porte, remuant les haies, fouillant les garages. Des équipes de volontaires étaient descendues dans les ravines des environs. Sarah, qui supervisait les reporters couvrant cette disparition, s'était montrée étrangement peu loquace à la maison. Figée devant la télévision, elle regardait des reprises de *Seinfeld*, se couchait de bonne heure, mais se réveillait à trois heures du matin, incapable de se rendormir.

Au bout de quatre jours, on trouva le corps de Jesse dans le réfrigérateur d'un appartement loué à un homme ayant dit s'appeler Devlin Smythe, et vraisemblablement de l'Ouest. Un portrait-robot fut établi. Une tête hirsute, une moustache, une solide mâchoire. Plutôt trapu, d'après ce qu'on en savait. Un retraité, chez qui ce Smythe avait effectué des travaux d'électricité, se souvint que celui-ci avait relevé ses manches un jour de grande chaleur et qu'il avait alors remarqué sur l'épaule de Smythe un tatouage représentant la fameuse montre molle de Salvador Dalí. « De l'art corporel », avait précisé le gars avant d'ajouter :

— Il a refait tout le circuit électrique de la maison. Du bon boulot.

La propriétaire de Smythe avait appelé la police pour signaler qu'elle ne l'avait plus vu depuis la disparition de la petite fille et qu'il avait un loyer de retard. Au même moment, une série de cambriolages mineurs avait pris fin. La police établit que l'enfant n'avait pas vécu plus d'une heure après son enlèvement. Elle avait été étouffée.

Je suivis l'affaire au jour le jour, découpant tous les articles de presse en pensant pouvoir en tirer une histoire. Arrêter la science-fiction pour écrire une nouvelle ou un roman basé sur un vrai fait divers. Mais l'affaire n'eut pas d'issue, le criminel ne fut jamais retrouvé. Le dossier fut donc enterré au fond d'un tiroir de mon bureau.

Ce crime fut pour moi le déclencheur. Il était temps d'aller vivre ailleurs, dans un endroit plus sûr, un quartier où il ne serait pas nécessaire de regarder par-dessus son épaule vingt-quatre heures sur vingt-quatre. Mais, si stressée qu'ait été Sarah par le meurtre de Jesse, il ne lui était pas venu à l'esprit de déménager. Pour elle, ce genre d'horreurs arrivaient sans cesse. Et la vie continuait.

Pour ma part, je consultais les annonces immobilières dans le journal dominical.

Ainsi, j'interpellai un jour Sarah, plongée dans une lecture critique des titres des pages d'information :

— Tu sais, à seulement vingt minutes d'ici, on pourrait avoir une maison deux fois plus grande.

— Je n'arrive pas à le croire, lança alors Sarah. Est-ce si difficile que ça de préciser le lieu d'un incident ? Voilà un type qui se fait agresser, et personne n'est fichu de donner le nom de la rue la plus proche. Les gens ont envie de savoir si ce genre de trucs s'est passé près de chez eux.

Parfois, j'ai l'impression que travailler dans un journal vous prive de tout plaisir de le lire. Mais, au lieu de lui répondre, je préférai revenir à mon sujet :

— Comme cette maison, dans Oakwood.

Les publicités pour Oakwood avaient attiré mon attention car j'y étais souvent allé en voiture. Il s'y trouvait un magasin de modélisme, tenu par Kenny, qui proposait la gamme complète des kits SF.

— Elle a une chambre principale avec salle de bains attenante, trois autres chambres dont l'une ferait un bureau, et un grand sous-sol. On pourrait le couper en deux pour qu'Angie ait son labo. Si elle continue à s'intéresser à la photo, elle en voudra un, et il est possible que je m'y remette. Et il y a un garage pour deux voitures. Tu imagines si on avait un garage pour deux voitures ? Et une allée ? Plus besoin de partager celle des Murchison ? Avec tout cela, nous en aurions pour notre argent. Les enfants bénéficieraient de chambres plus spacieuses, disposeraient d'une salle de jeux pour recevoir leurs copains.

Je n'eus même pas besoin de mentionner que les drogués, les putes et les meurtriers d'enfants ne fréquentaient pas l'avenue des Verts-Prés ou des Sapins-Bruissants. Un dimanche, Sarah accepta d'aller y faire un tour « pour nous rendre compte ». Après trente kilomètres d'autoroute, nous sortîmes à la hauteur du Domaine des Vallées-Boisées, dans la ville d'Oakwood. Malgré son nom, le lotissement était totalement dépourvu d'arbre. Encore à un stade peu avancé, ce quartier semblait avoir subi une attaque nucléaire. Amas de détritus, trous de fondations, piles de poutres, va-et-vient de bétonnières. En pénétrant dans le parking des maisons témoins, Sarah me demanda :

— Tu crois qu'il nous faudra des combinaisons d'astronautes ? L'atmosphère sera respirable ?

Au bureau de vente, une femme en tailleur de lin jaune pâle debout près d'une photocopieuse dernier cri nous vanta la qualité de la construction, la proximité des trains de banlieue et la beauté des vues panoramiques avant de nous montrer moult fiches techniques, plans des différents modèles de maison avec leur superficie millimétrée, les options proposées, les choix de moquette, les garanties.

— De nombreux aménagements peuvent être ajoutés, tels des circuits téléphoniques ou un système centralisé d'aspiration.

— Un système centralisé d'aspiration, répétai-je, au cas où Sarah n'aurait pas bien entendu.

Chez nous, c'est en général moi qui passe l'aspirateur mais je pensais qu'elle serait impressionnée.

— C'est très pratique, précisa la vendeuse. Il suffit de vider le réceptacle quand il est plein. Il est fixé dans le garage, à côté de la porte de la buanderie.

Sarah eut un flash :

— Une buanderie ?
— Évidemment.
— Elle n'est pas à l'intérieur du garage ?
— Non. Vous pouvez bien sûr l'utiliser comme vestibule l'hiver et faire entrer les enfants par là. Idéal pour qu'ils enlèvent leurs bottes ou leurs pantalons de neige.

Même quand nos enfants étaient petits, nous n'avons jamais réussi à leur faire porter des bottes ou des pantalons de neige. Une manière pour eux de refuser le changement de saison et de résister à tout ce qui leur semblait « geek ».

— Donc, insista Sarah, il est bien prévu une buanderie au rez-de-chaussée ?
— Oui, tout près de la cuisine.
— Vous avez un exemple à nous montrer ?

Ainsi, alors que je m'efforçais de masquer mes vrais motifs de quitter la ville et de convaincre Sarah que je n'étais nullement parano mais ne songeais qu'à disposer de plus d'espace pour nous et les enfants, Sarah se révéla prête à rejeter tout ce que la ville avait à offrir en échange d'une buanderie de plain-pied. Fini les descentes périlleuses par un escalier étroit jusqu'à un sous-sol humide.

— C'est vraiment top, me murmura-t-elle tandis que la vendeuse nous faisait visiter différents modèles de maison.

Je ne l'aurais pas juré, mais j'eus l'impression que Sarah était de plus en plus excitée.

Quelle que soit la taille ou la disposition des pièces, toutes les maisons comportaient une buanderie de plain-pied. Une fois Sarah conquise, elle vit d'un meilleur œil les autres options telles que les rangements supplémentaires dans la cuisine, les doubles lavabos dans notre salle de bains, le vrai dressing (« Quel pied ! »), la verrière au-dessus de notre lit.

— Merveilleux les nuits de pleine lune, insista la vendeuse quand elle remarqua que Sarah regardait en l'air.

— Il y a un lycée près d'ici ? s'enquit ma femme.

La réponse, après une seconde d'hésitation :

— Pas encore. Mais devant l'accroissement de la population locale et la demande insistante d'établissements scolaires, la municipalité n'aura pas d'autre choix que de faire construire un lycée. En attendant, nous mettons à disposition des cars de ramassage scolaire.

La semaine suivante, nous emmenâmes les enfants visiter les lieux.

— Plutôt crever, fit Paul.

— Rappelez-moi le nom de ce lotissement, fit Angie. C'est Looseville ?

Mais, maintenant que Sarah était devenue une alliée grâce à la buanderie, nous pouvions faire équipe et travailler les gosses au corps. Des chambres plus vastes, un immense sous-sol comme salle de jeux, plein de place dans l'allée quand vous aurez une voiture...

— On va avoir une voiture ?

L'abus de promesses est un procédé risqué. Une prudente marche arrière me sembla nécessaire :

— Quand vous aurez un boulot et que vous gagnerez de quoi vous en acheter une, il y aura de la place pour la garer.

Lorsqu'il leur apparut clairement qu'ils n'auraient pas une Mazda Miata chacun, les enfants persistèrent dans leur refus, surtout Angie dont toutes les amies vivaient dans le centre. Mais je savais, au fond de moi, que sortir de la ville était la meilleure solution pour eux et pour nous. Je ne voulais pas que le casier de mon fils jouxte celui d'un cambrioleur. Ni que ma fille, en rentrant à la maison, soit obligée de slalomer entre les capotes et les seringues usagées. Et je souhaitais que Sarah puisse aller à son bureau le matin sans courir le risque de se faire arracher son sac par un punk.

La promesse de vente fut signée avec un certain Don Greenway. Son bureau était tellement classe qu'il aurait pu se trouver en ville. Moquette moelleuse, luminaires sur rail, immense carte murale représentant l'avancement des travaux. Impossible de se croire dans un assemblage de baraques de chantier et non dans une luxueuse agence immobilière.

— Vous avez pris une excellente décision qui changera votre vie, nous annonça Greenway.

Je me demandai si c'était son vrai nom. Cela ressemblait à une des rues du lot n° 2. Puis je me souvins que c'était le nom de la rue où nous avions vu un terrain qui nous avait plu.

Je désignai la carte. Les parcelles en construction étaient en vert. Mais plusieurs réseaux de rues donnant sur une petite rivière qui sillonnait ce quartier restaient en blanc.

— Vous n'allez rien construire là ?

— Un jour. Quand le conseil municipal nous en aura donné l'autorisation. Certains de ses membres sont préoccupés par la proximité d'une zone protégée, où une petite salamandre serait, paraît-il, en danger. Ils ne comprennent pas que notre société est à fond pour la protection de la nature et la préservation des espèces… Voyons, désirez-vous un bidet ? De nombreux clients, surtout ceux qui viennent d'Europe, en réclament au moins un.

N'étant pas habitué à avoir le cul aspergé par en dessous, je déclarai que l'équipement sanitaire américain standard nous irait.

Nous avons mis notre maison de Crandall sur le marché et l'avons vendue en deux jours, après une sorte de mise aux enchères. À l'évidence, il existait des gens qui avaient autant envie de s'installer dans notre quartier que nous de le quitter. Résultat ? Un bénéfice de 20 000 dollars par rapport au prix que nous avions déterminé. Dès que la nouvelle maison a été terminée, nous avons emménagé, après avoir versé l'argent restant à la banque. Au sous-sol, nous avons créé un vrai labo photo pour Angie et aménagé un endroit où les enfants pourraient traîner avec leurs copains.

— Si jamais on s'en fait, a commenté Angie, histoire de contrebalancer sa joie d'avoir un labo photo. Je parie que par ici y a que des losers.

Une fois dans les lieux, j'aurais pensé que ma vieille parano me laisserait tranquille. Mais j'ai continué à prendre certaines précautions – à fermer à clé la voiture dans le centre commercial le temps d'aller acheter du lait, à conduire Angie chez ses amies après la tombée de la nuit. Une fois en banlieue, Sarah, en revanche, a baissé sa garde. Pas de quoi s'affoler si elle laissait sa clé sur la porte d'entrée. Ici, il n'y avait pas de crimes. Personne ne mettait des petites filles au frigo.

— À quoi bon habiter un coin où règnent cet insipide pain sous cellophane et cette chantilly en bombe s'il faut regarder au-dessus de son épaule comme sur Crandall ? argumente-t-elle alors que j'ai du mal à me débarrasser de mes vieilles habitudes.

Et voilà. Le déménagement a eu lieu depuis presque deux ans et le bilan est mitigé. Pas de traiteur chinois, pas de librairie SF, pas de possibilité d'aller à pied acheter le journal ou en classe. La moindre course implique un trajet de cinq minutes en voiture jusqu'au supermarché le plus proche et nous occupons une maison absolument semblable à toutes ses voisines de la rue, ce qui a incité Paul à nommer notre lotissement la vallée des Clones. C'est la volonté de différencier notre maison qui l'a conduit à s'intéresser au jardinage. L'élément architectural le plus distinctif du bâtiment est le débordement massif du garage sur le trottoir, telle la bouche d'une baleine prête à avaler les passants. Le seul arbre susceptible de donner un peu d'ombre se situe à cinq kilomètres de chez nous. Quant au magasin vidéo le plus proche, il possède cent exemplaires du film *Fast and Furious*. Mais si vous demandez au jeune derrière le comptoir le film irlandais où des villageois complotent pour berner les autorités de la loterie en leur faisant croire que le gagnant local est encore vivant, il vous dira :

— C'est de Tarantino ?

Oui, nous avons dû faire des compromis, comme l'abandon d'un certain éclectisme pour un environnement stérile, tout cela à cause d'une buanderie de plain-pied. Mais j'ai acquis une chose que j'avais perdue lorsque nous habitions sur Crandall.

La paix de l'esprit, maintenant que les risques sont réduits au minimum.

4

Après l'incident des clés de voiture et de la Camry cachée, je passe une nuit agitée. Sans doute parce que je dors dans le salon et que les couvertures glissent sur le cuir du canapé. Je me réveille à peu près toutes les heures en grelottant des pieds à la tête.

Finalement, à quatre heures trente, je m'assieds, allume la lumière et caresse l'éventualité d'une promenade. Presque tous les jours, je me balade dans le Domaine des Vallées-Boisées en passant devant des maisons à divers stades de construction. Quelques-unes, comme la nôtre, sont fin prêtes, et leurs jardins parfaitement paysagés. D'autres ont l'air terminées mais ne comportent ni pelouse ni éclairage extérieur. Devant certaines sont encore empilés des panneaux d'isolation. Il y a aussi des maisons à l'état de squelette, dont les structures de bois laissent voir l'intérieur. À l'extrémité du lotissement, d'énormes trous creusés dans le sol, parfois recouverts de béton, sont en attente de fondations. Enfin, au-delà, se trouvent des champs et un chemin qui mène aux rives de la Willow

Creek, la terre d'élection de la salamandre Mississauga en voie d'extinction prochaine.

Mais il fait trop sombre pour sortir. En outre, il me semble plus raisonnable de garder mes velléités de promenade pour quand j'en ai vraiment besoin : ces moments de la journée où je fixe mon écran d'ordinateur, totalement incapable de taper une nouvelle ligne de dialogue ou de décrire les fonctions digestives d'un monstre extraterrestre. Marcher est la meilleure façon de faire avancer une intrigue.

Ces promenades m'ont amené à m'intéresser à notre petite communauté. Enfin, jusqu'à un certain point ! Je lis en tout cas ce qui concerne la vie de notre lotissement. Les habitants d'une banlieue résidentielle, surtout ceux qui viennent de la ville et qui y maintiennent des liens étroits, telle Sarah avec son job, se fichent comme de leur dernière chaussette de ce qui se passe chez eux. La banlieue, c'est uniquement le lieu où ils dorment, alors que le centre-ville est l'endroit où tout se passe. Ils se tiennent donc au courant des projets du maire, même s'il n'est plus *leur* maire, et de ceux du chef de la police, même s'il n'est plus *leur* chef de la police, tout ça parce que la politique municipale et les crimes urbains sont bien plus passionnants que la politique et les crimes d'une banlieue huppée. Quel que soit votre lieu de résidence, vous savez forcément comment s'appelle le maire de New York. En revanche, le nom du maire de White Plains ? Celui de Darien, Connecticut ? Et à vrai dire on s'en moque un peu, non ?

Trois fois par semaine, un journal local – appelé de manière appropriée le *Suburban* –

atterrit sur notre paillasson. Service gratuit. Il est aussi lourd que la voiture familiale du même nom et aussi épais qu'un supplément week-end. Pourtant, pas de magazine ni de supplément littéraire ou de guide télé dans le *Suburban* ; il comprend rarement plus de vingt pages d'information, le reste étant constitué d'assez de coupons et d'offres promotionnelles pour couvrir la consommation mensuelle de *fish and chips* d'un village d'Angleterre. Quant aux « nouvelles », elles sont liées à la publicité, si bien que les papiers sur l'inauguration d'un restaurant ou l'ouverture d'une quincaillerie occupent pas mal d'espace. Quant aux éditoriaux, ils sont du genre mollasson et évitent comme la peste tout sujet polémique.

La seule rubrique digne d'intérêt est le courrier des lecteurs. On y trouve immanquablement la lettre d'un type qui tempête contre le montant des impôts, voire la réponse d'un politicien local se défendant de l'attaque d'un râleur dans le numéro précédent et un billet sur le thème « le monde ne tourne plus rond, il faut que quelqu'un réagisse ».

Ayant renoncé à cette promenade ultra-matinale dans le noir, j'attrape quelques vieux exemplaires de notre gazette locale stockés sur l'étagère inférieure de notre table basse et commence à les feuilleter. Dans le courrier des lecteurs, je repère un nom qui ne m'est pas étranger. Samuel Spender, qui se présente comme le président de l'Association pour la défense de l'environnement de la Willow Creek, lance un appel :

Quand donc ce conseil municipal, et particulièrement les membres de la commission d'attribution des terrains, reconnaîtront-ils l'importance des terres bordant la Willow Creek et empêcheront-ils le déséquilibre de cet écosystème particulièrement fragile ? On a déjà autorisé la construction d'un complexe immobilier trop près de cette zone, mais le conseil a encore une possibilité pour réagir dans le bon sens et s'opposer à la phase finale de développement prévue par le Domaine des Vallées-Boisées. Phase qui, si elle est autorisée, prévoit la construction d'une centaine de maisons supplémentaires à un jet de pierre des rives, menaçant l'habitat et la survivance d'une large variété d'espèces terrestres et aquatiques.

Au cours de ces derniers mois, c'est sur les berges de la Willow Creek, entouré par les seuls arbres présents dans un périmètre de sept kilomètres, que j'ai imaginé les péripéties de mes personnages. (Est-ce parce qu'il a faim que le monstre visqueux de l'au-delà grignote la cervelle du Terrien ou une enfance perturbée est-elle la cause de ce comportement ?) Là, au bord de la Willow Creek, lorsqu'on retient sa respiration et qu'on écoute le bruit de l'eau, il est difficile d'imaginer qu'on se trouve à une centaine de mètres d'un lotissement sans âme. Je me souviens de cette immense carte dans le bureau de Don Greenway, le jour de la signature de la vente. Et je ne peux qu'être d'accord avec la lettre de Spender, tout en me sentant hypocrite. À quoi ressemblait ce coin avant que les promoteurs ne s'en emparent ? Et le terrain sur lequel s'élève notre maison avant que les gens du cadastre ne tracent des rues, que les bulldozers ne rasent tout ? Notre terrain était-il boisé ? Était-il couvert de champs cultivés ? Du maïs poussait-il là où nous garons désormais nos voitures ? Combien d'oiseaux, de marmottes et d'écureuils ont dû fuir après la création du Domaine des Vallées-Boisées ?

Au moins notre maison n'est-elle pas bâtie sur les berges de la Willow Creek. Au moins ne balance-t-on pas nos ordures dans la rivière. Je n'ai jamais été ce qu'on appelle un agitateur, un type qui se lève pendant les meetings pour exiger des changements. Je ne suis pas le genre de contribuable qui téléphone à son député pour lui demander de faire poser un stop au bout de sa rue. Je me suis toujours contenté de laisser les autres batailler en faveur de causes diverses, et cet état d'esprit vient peut-être de mon passé de reporter. Un journaliste pense que se tenir au courant des actions des militants est suffisant. Le genre « je vous donne la possibilité de vous exprimer, je publie un papier sur vous dans mon journal mais ne me demandez pas de m'impliquer personnellement, j'ai des articles à écrire, moi ».

J'ignorais que les promoteurs du Domaine des Vallées-Boisées se moquaient de l'environnement. En revanche, je sais qu'ils sont incapables de pourvoir leurs maisons de fenêtres étanches et d'empêcher une douche de fuir, l'eau traversant le plafond de la cuisine. Peut-être faudrait-il les empêcher de construire non seulement sur les berges de la Willow Creek, mais partout dans le pays.

Il fait jour quand j'ai fini ma lecture des vieux numéros de *Suburban* et de quelques rubriques du *Metropolitan* du week-end dernier. J'entends Sarah entrer dans la cuisine. Mais quand je la rejoins, elle ne m'adresse pas la parole.

Il faut dire que le reste de la soirée n'a pas bien tourné. Après avoir récupéré la voiture de Sarah, j'espérais faire amende honorable. Mais, dès mon retour, elle est partie pour le drugstore afin d'acheter – je ne l'ai cependant découvert qu'après – une pommade pour ma main. Quand elle est revenue, une demi-heure plus tard, j'étais toujours dans la cuisine à me demander si ma femme m'avait quitté pour de bon et si, dans ce cas, je devrais préparer moins de hamburgers que prévu. Elle m'a lancé le tube de pommade en me fustigeant du regard, et ne m'a pas dit un mot de toute la soirée. Une fois au lit, sous les couvertures, j'ai senti un abîme entre nous. J'ai tenté un rapprochement avec une légère caresse sur son dos, un petit geste pour essayer de rétablir le contact, mais elle s'est dégagée, s'enveloppant dans les couvertures comme elle se serait protégée derrière un bouclier. Je me suis donc levé et, mon oreiller sous un bras et une couverture prise dans le placard sous l'autre, je suis descendu dans le salon.

Les enfants ont pris le parti de leur mère et m'ont fait la tête toute la soirée. Paul a mis sa sœur au courant de mon sale coup dès qu'elle est arrivée à la maison. Pendant que Sarah se trouvait au premier, j'ai tenté de leur expliquer qu'il n'était pas dans mon intention d'être méchant. Ce que j'avais fait était pour le bien de leur mère. Bien sûr qu'elle était furax, mais elle n'oublierait plus jamais ses clés sur la porte d'entrée. C'était une bonne leçon, non ? Non ?

Ils ont quitté la pièce en me laissant en plan. Et, le lendemain au petit déjeuner, ils ont bu leur jus d'orange et leur yoghourt à la fraise dans un silence sépulcral, Paul ne recourant à sa cuiller que pour gratter le fond du pot. Puis ils sont partis tous les deux en direction de l'arrêt du car de ramassage scolaire, au coin de la rue.

J'ai proposé à Sarah de lui faire du thé et des toasts, mais d'un « Reste pas dans mes pattes ! » parfaitement clair, elle m'a fait savoir qu'elle pouvait très bien s'en occuper, merci.

Alors que j'allais prendre la bouilloire, elle m'a poussé pour la remplir elle-même.

— Je suis vraiment navré, ai-je dit.

Pas de réponse.

— Et merci pour la pommade. Je suis étonné que tu te sois donné la peine d'aller au drugstore. Si tu n'y avais pas été, j'aurais trouvé ça normal. J'en ai mis et ce matin ma main était guérie. J'ai eu un peu mal cette nuit mais maintenant c'est fini.

Sarah a pris un sachet de thé et a glissé une tranche de pain dans le toasteur. Quand un couple ne s'adresse pas la parole, les bruits d'une pièce s'intensifient. Le chuintement de l'eau qui chauffe dans la bouilloire, le grattement du couteau sur le toast, le tintement de la cuiller dans la tasse de porcelaine. Pour meubler le silence autant que pour découvrir les dernières nouvelles du monde, Sarah a allumé la petite télé posée sur le buffet. Non seulement elle lit deux quotidiens du matin, mais elle regarde CNN et les nouvelles locales de manière à être au courant des événements avant d'arriver à son journal.

« ... Cette année, c'est la troisième maison de la région à être perquisitionnée, annonce le présentateur du matin, celui à la chevelure fournie. La police s'inquiète du nombre croissant de personnes qui cultivent chez elles de la marijuana. Une pratique non seulement illicite mais dangereuse, car ces cultivateurs clandestins se branchent illégalement, parfois en bricolant, sur les câbles électriques. Il y a alors des risques d'incendie importants dus à la surchauffe des circuits.

» À Bentley, une femme a déclaré que l'homme qui avait dérobé son sac posé dans un chariot de supermarché avait emporté par la même occasion un ticket de loto ayant gagné la somme de 100 000 dollars. En conséquence, la direction des jeux a annoncé que tous les joueurs de la semaine venant réclamer leurs gains seraient soumis à une surveillance particulièrement renforcée.

» Et, pour terminer, des révélations dans l'affaire criminelle qui, bien que vieille de deux ans, hante toujours l'esprit des habitants de la ville. D'après la police, de nouvelles pistes pourraient mener à la capture de Devlin Smythe, toujours recherché pour l'assassinat de la petite Jesse Shuttleworth dont... »

Sarah attrape la télécommande et augmente le son.

« ... le corps avait été retrouvé dans le réfrigérateur de l'appartement de Smythe. Le suspect aurait utilisé plusieurs noms d'emprunt, comme Devin Smythe, Daniel Smithers et

Danny Simpson. Un individu ressemblant au présumé coupable aurait été aperçu à différentes reprises dans les régions de Seattle et de Vancouver. »

— Incroyable ! Deux ans déjà, s'exclame Sarah. Ils l'appellent encore la petite. Bien sûr qu'elle était petite ! Bon sang, elle n'avait que cinq ans.

Depuis hier, c'est la plus longue tirade qu'elle a prononcée en ma présence.

« ... Les autorités de ces régions apportent leur aide à la police locale dans leurs recherches. Prochain sujet : examinez avec attention les factures que vous conservez dans votre portefeuille. Elles pourraient... »

Sarah éteint la télé, pose sa tasse et son assiette dans l'évier, et monte au premier se laver les dents avant de partir à son journal. Je remplis la bouilloire et la branche afin de me préparer un café. Pendant que l'eau chauffe, je vais dans mon studio jouxtant la buanderie du rez-de-chaussée qui, je dois le préciser, a perdu de ses attraits avec le temps. J'allume mon ordinateur et ouvre le classeur où je range mon manuscrit. Le mot « Position » barre la page de titre mais c'est une blague. Le vrai titre, celui qui apparaîtra sur le catalogue de printemps de ma maison d'édition, sera « Le Dieu Techno ». Trois cent cinquante-sept pages sont déjà écrites. Je n'ai plus qu'un chapitre à finir et des corrections à faire avant de l'expédier à mon éditeur.

J'écris surtout des ouvrages de science-fiction et je suppose qu'on peut le deviner rien qu'en entrant dans mon studio. À moins que l'on ne s'imagine que je suis un adolescent de treize ans déguisé en homme de quarante et un ans. Les deux sont peut-être vrais. La pièce est jonchée de tout un bazar de SF plutôt kitsch. Des statuettes des personnages de *La Guerre des étoiles* et de *Terminator*, des dinosaures en plastique de *Jurassic Park* achetés chez Toys'r'Us, un requin en caoutchouc des *Dents de la mer*, des moulages miniatures des différents engins volants des *Sentinelles de l'air*, un assortiment des vaisseaux de *Star Trek*, version film ou feuilleton. Sur mon grand bureau en forme de L, la partie la plus courte est réservée à l'écriture, l'autre à la présentation de mes figurines. Aujourd'hui, on peut voir deux modèles en cours d'élaboration : la reproduction du sous-marin *Seaview*, de la série télé des années soixante *Voyage au fond des mers*, et un moulage en résine de Ripley, le personnage incarné par Sigourney Weaver dans *Alien*. Dans le modélisme, j'avoue une préférence pour l'assemblage de maquettes d'objets – vaisseaux spatiaux, sous-marins, voitures futuristes. En revanche, pour ce qui se rapporte à *Alien*, je suis preneur de tout.

Bizarre, pour un quadragénaire, de collectionner des jouets de ce genre ? Peut-être, mais je gagne ma vie dans un secteur hors normes. Si être romancier de profession est déjà assez singulier, la science-fiction vous place automatiquement dans une catégorie différente. Il n'y a pas de critiques de bouquins de SF dans les journaux, encore que, deux fois par mois, le *New York Times* leur paye son tribut en en publiant des comptes rendus dans son supplément littéraire. Je trouve cette ghettoïsation inexplicable.

À mes yeux, la science-fiction constitue une critique acérée de la société, offre des allégories intéressantes, ouvre un large point de vue sur les courants sociaux et politiques du moment, permet une exploration de la condition humaine. Le tout illustré de métaphores high-tech, avec en prime des petits monstres aux dents pointues jaillissant des torses humains.

Je viens d'apporter la dernière touche à mon quatrième livre et j'ai l'espoir, comme la plupart des écrivains, qu'il sera *celui* qui me vaudra l'attention des critiques, au moins dans le cénacle confortable des amateurs de SF. Mais, au fond de mon cœur, je n'y crois pas. Pas assez de bruit autour de sa publication. Pratiquement aucune promotion. La campagne de lancement consistera au mieux en deux interviews téléphoniques pour des magazines. Les grandes chaînes de librairie le commanderont en si peu d'exemplaires qu'il ne sera pas présent en tête de gondole avec les best-sellers. Non, il sera rangé avec le tout-venant, sur un rayonnage accessible aux seuls champions de NBA, et donc impossible à trouver pour le commun des mortels. La maison d'édition organisera certes une signature, mais pas dans une succursale de grande chaîne : dans une petite librairie où, assis derrière une table, je serai exposé aux regards des passants, chargés de sacs Gap et Banana Republic et de cornets de frites au vinaigre, qui s'interrogeront sur mon identité sans avoir envie de s'arrêter pour demander. Pendant ce temps je sourirai, hocherai la tête, et quand, par miracle, un couple d'âge moyen ralentira en passant devant moi, jettera un coup d'œil à ma pile de livres, reviendra et s'approchera, mon cœur se gonflera à l'idée que quelqu'un va me parler et peut-être même acheter mon livre, que je serai enchanté de signer en y ajoutant un petit mot personnel. Mais la femme entrera pour me demander : « Vous savez où sont les toilettes ? »

En fait, je pense que mon nouvel ouvrage a quand même une chance : c'est la suite de mon premier roman, *Le Missionnaire*, un titre que mon éditeur aime particulièrement en raison du sous-entendu de baise que certains peuvent y voir, alors qu'il s'agit de missionnaires du futur. L'action se déroule plusieurs centaines d'années après notre ère et, sur Terre, la religion est hors la loi. La technologie a pris le pas sur la foi. Les nouveaux dieux sont les ordinateurs. Les missionnaires en question décident de partir dans d'autres mondes pour persuader les civilisations considérées comme plus primitives que la nôtre d'abandonner leurs croyances surnaturelles au profit des puces d'ordinateur. Les choses se passent mal pour nos gros malins de Terriens quand, au moment de mettre le feu à un lieu de culte sur la planète Endar, ils sont massacrés par une main gigantesque sortie des nuages.

Je ne suis pas particulièrement religieux, mais ce livre a fait son chemin dans les librairies chrétiennes et quelques autres, où il a bien marché, et son succès m'a poussé à continuer. Ça faisait plutôt bizarre de voir *Le Missionnaire* en vitrine à côté de *Dieu est ma vedette*, écrit par un journaliste de télévision connu, et de *Touché par un ange*, une œuvre collective. Mon roman ne se serait sans doute pas trouvé là si les propriétaires de la librairie s'étaient doutés de l'arrière-pensée salace de mon éditeur. Lui non plus n'est pas spécialement croyant, et c'est son irrévérence qui m'a conduit à intituler mon dernier manuscrit « Position ». Mes autres livres ? Des flops. Le deuxième, *Immondices*, avait pour sujet de pernicieux habitants des égouts qui s'introduisaient parmi nous en se faisant passer pour des employés du câble. Quant au troisième, *Transporté dans le temps*, évoquant un type qui remontait les siècles et empêchait l'inventeur du sèche-mains de naître, il avait un réel potentiel mais fut un vrai bide. D'où ma décision de revenir à mes missionnaires peut-être porteurs d'un autre modeste succès.

Quand *Le Missionnaire* a été publié, j'œuvrais dans le journalisme. J'avais commencé avec une double casquette de reporter et de photographe, ce qui signifiait que je traitais la plupart des sujets extérieurs. La rédaction faisait de substantielles économies : pas besoin de payer deux sièges d'avion. J'aimais beaucoup la photo, mais j'en ai eu assez de vadrouiller sans arrêt et, dès qu'un job au bureau de presse de l'hôtel de ville s'est libéré, je me suis porté candidat. Ce qui s'est avéré une véritable erreur. Je suis devenu imbattable sur les affaires municipales. Je savais tout ce qu'il fallait savoir au sujet du zonage et de ses comités, des plans officiels, des modifications, des modifications de modifications, des restrictions, des heures de parking autorisées, du déblaiement de la neige, des budgets à croissance zéro. Parfois, j'avais envie de m'attacher l'ensemble des arrêtés municipaux autour du cou avant de me jeter dans le vide depuis le quai surplombant Majesty Street.

J'ai commencé à penser qu'au fond le journalisme n'était pas mon truc et qu'il me fallait trouver un moyen d'en sortir. Mon premier roman, écrit pendant mes soirées et mes week-ends, a été ma porte de sortie.

Comme l'argent du *Missionnaire* n'a pas duré aussi longtemps que je l'aurais souhaité, j'ai dû reprendre un boulot de pigiste. J'ai écrit des articles pour le *Metropolitan* (des trucs futuristes du genre « où en sera la ville dans cinquante ans ») et pour des magazines. Mais, sans traites à payer pour la maison, nous avons calculé que nous pouvions vivre convenablement sur le salaire de Sarah en attendant que je fasse fortune.

Donc, je travaille de la maison. Je suis là quand les enfants partent pour l'école et en reviennent, et presque tous les matins je fais la bise à Sarah avant qu'elle file à son journal. Aujourd'hui, pourtant, ma contribution affectueuse n'a pas l'air d'être la bienvenue. « Salut ! » C'est tout ce que Sarah dit en sortant. Assez pour me faire savoir officiellement qu'elle quitte la maison et qu'elle n'a rien à faire de mes mamours matinaux. Embusqué derrière les rideaux, je l'observe, tandis qu'elle prend ses clés et ouvre sa Camry, recule dans l'allée et disparaît au coin de la rue.

En général, le symptôme de la page blanche se fait sentir avant midi. Donc aujourd'hui, vers onze heures, de retour de ma promenade le long de la rivière, je m'arrête au bureau de vente du Domaine des Vallées-Boisées. Mes coups de fil n'ont rien donné. Mais je me dis que, notre maison étant encore sous garantie, un entretien en tête-à-tête sera sans doute plus efficace.

Le bureau est situé à l'entrée du lotissement : deux modules de chantier maquillés en élégante maisonnette. Quand le projet sera terminé, je parie qu'ils emballeront leurs jolis bureaux, leurs photocopieuses dernier cri et les maquettes d'architecture, balanceront leurs baraques et construiront une dernière maison de pacotille sur l'emplacement.

D'accord, je suis peut-être injuste. Les malfaçons de la maison peuvent certainement être réparées. Je les aurai au charme, ces têtes de nœud !

Une fois à l'intérieur, je jette un coup d'œil au panneau sur lequel sont accrochées les photos des directeurs de la boîte et des commerciaux. Je cherche le type qui nous a vendu la maison. Le voilà. Don Greenway. Celui qui a donné son nom à notre rue. Sa célébrité nous réjouit le cœur tous les jours. Exactement comme si on vivait boulevard Tom-Cruise et qu'on le rencontrait en chair et en os.

Je m'approche de la réception.

— Bonjour, fait une blonde guillerette en chemisier blanc dont les cheveux s'étalent sur les épaules. Bienvenue au Domaine des Vallées-Boisées.

— Bonjour. M. Greenway est-il là ?

— Vous avez rendez-vous ?

— Non. Je passais et j'espérais le trouver.

— Êtes-vous intéressé par le Domaine des Vallées-Boisées ? Désirez-vous voir notre brochure et les différents modèles de maison ?

Elle est tout sourires, comme la présentatrice du show de variétés du samedi soir.

— Nous avons déjà une maison ici.

Le sourire disparaît immédiatement.

— Ah ! Et qu'est-ce qui vous amène ?

— Deux problèmes que nous souhaitons voir résolus.

— Oh !

Visiblement, je ne suis pas le premier à venir me plaindre.

— M. Greenway est très occupé aujourd'hui. Mais si vous me laissez votre numéro de téléphone, je ferai en sorte qu'il vous rappelle le plus tôt possible.

— Merci, mais voyez-vous, au début de notre emménagement, nous avons déjà eu un dégât des eaux au sous-sol. J'ai été obligé de venir ici plusieurs fois avant que quelqu'un daigne se déranger pour évaluer les dommages. Je suis aussi venu vous parler de notre fenêtre du premier qui n'est pas étanche. Je la colmate sans arrêt, mais sans réussir à empêcher le vent et la pluie de s'y infiltrer. Et maintenant la douche fuit, faisant une énorme tache sur le plafond de la cuisine. Alors, si vous en êtes d'accord, j'attendrai jusqu'à ce que M. Greenway soit disponible.

— Euh, monsieur... Votre nom, s'il vous plaît ?

— Walker. Zack Walker.

— Monsieur Walker, je peux vous assurer que le Domaine des Vallées-Boisées prend vos problèmes à cœur et que je ferai part de vos préoccupations à M. Greenway...

La porte du bureau où Sarah et moi avons signé l'acte de vente s'ouvre, et Don Greenway paraît, avec son mètre soixante-cinq, et le début de bedaine qu'il camoufle en gardant fermée la veste de son costume hors de prix.

— Stef, fait-il à la réceptionniste. Pourriez-vous me donner les papiers pour...

— Monsieur Greenway, dis-je d'un ton cordial tout en tendant la main. Je suis content de vous voir.

— Oui, explique la dénommée Stef, ce monsieur, M. Walker, attendait pour vous rencontrer. Je lui ai dit que vous étiez très occupé mais que nous pourrions trouver un moment.

— Ça prendra seulement quelques instants.

— On s'est déjà vus, non ? répond Greenway. Vous êtes dans ma rue, au coin de Chancery Park.

— C'est ça. Ma femme et moi habitons là.

— Vous avez opté pour la moquette sur thibaude.

Quelle mémoire !

— C'est bien nous. Vous avez deux secondes à m'accorder ?

— J'allais partir pour montrer une maison mais d'accord, allez-y.

Je lui parle de notre problème le plus récent, la tache sur le plafond de la cuisine qui résulte, d'après moi, de carreaux mal jointoyés dans la cabine de douche du premier étage.

— Quelqu'un doit venir refaire la douche et ensuite refaire l'isolation du mur. Nous sommes sous garantie pendant deux ans, si je me souviens bien.

Greenway réfléchit un moment avant de répliquer :

— Vous êtes sûr que vous utilisez la douche correctement ? Parce que, dans le cas contraire, ce n'est pas de notre ressort.

— Utiliser la douche correctement ? On tourne le robinet et on se douche. S'il existe une fausse manœuvre dans ce processus, je ne l'ai pas encore découverte.

Greenway secoue la tête, suggérant par là que je ne comprends pas.

— Des longues douches ? s'enquiert-il. Je crois me souvenir que vous avez des adolescents à la maison. Ce n'est pas à moi de vous rappeler la façon dont ils laissent couler l'eau interminablement.

Ce type commence à m'énerver sérieusement.

— Écoutez, je ne vois pas le rapport. L'eau coule et salope le plafond de la cuisine. Je pense qu'il est de votre devoir d'intervenir. Ce n'est pas la première fois que nous avons un problème et, apparemment, nous ne sommes pas les seuls dans le coin.

Je pense à Earl, dont les fenêtres sont souvent couvertes de buée, et me demande s'il est passé déposer une réclamation.

— Par exemple les fenêtres de mon voisin d'en face sont couvertes de buée due à la condensation qui stagne entre les doubles vitrages.

— Cette histoire n'a rien à voir ! Vous venez d'admettre que vos adolescents laissent couler l'eau de la douche vingt-quatre heures sur vingt-quatre. Pas étonnant qu'elle jaillisse au-dessus du rebord et que vous ayez ensuite des problèmes.

— Je viens d'admettre ? Moi ? Je n'ai jamais dit ça. C'est *vous* qui venez de prononcer ce mot. Qu'est-ce que c'est que ces magouilles ?

Le visage de Greenway s'empourpre, une veine de son front enfle à vue d'œil. Un doigt levé, il est sur le point de rétorquer quand il aperçoit quelqu'un arrivant dans mon dos. Le doigt pointé dans cette direction, Greenway s'écrie :

— Vous ! Fichez le camp d'ici !

En me retournant, je vois à qui il s'adresse : Samuel Spender, toujours en jean et chaussures de marche, avec cette fois une chemise de coton blanc. Il fixe Greenway avec fureur.

— Je sais ce que vous mijotez, espèce de salopard ! Si vous pensez que vous pouvez acheter tout le monde, vous vous trompez !

— Foutez le camp ! Dégagez, je vous dis !

La réceptionniste se lève.

— Monsieur Spender, je dois vous demander de partir. Sinon je serai dans l'obligation d'appeler la police.

— Eh bien allez-y, appelez les flics. J'ai plein de trucs à leur raconter.

— Rien que des rumeurs et des mensonges, crache Greenway.

La veine de son front ressemble maintenant à un tuyau d'arrosage et menace d'éclater.

— Vous êtes prêt à foutre en l'air le boulot des gens, à leur faire perdre leur gagne-pain, tout ça pour sauver quelques têtards de merde ! Pauvre type !

— Des salamandres, pas des têtards, connard, mais de toute façon vous n'en avez rien à foutre, hein ?

Quand Greenway se jette sur Spender, je tends la main instinctivement pour le retenir. Il se dégage de mon étreinte, assez mollassonne je dois dire. Ma brève intervention est cependant assez forte pour le calmer un peu.

Au moment de l'assaut, Spender n'a pas reculé. Il avait l'air disposé à se battre. Si je ne me trompe, vu ses chaussures de marche, il fait sûrement plus d'exercice que Greenway et peut sans doute l'envoyer au tapis.

— Vous ne pouvez pas m'acheter ! s'écrie-t-il. Je ne suis pas à vendre.

Sur ces belles paroles, il quitte le module en laissant la porte grande ouverte.

Greenway fait aller et venir son index entre son cou et le col de sa chemise dans le vain espoir de reprendre son souffle. Saisissant un mouchoir dans la poche de sa veste, il s'éponge les joues et le front.

— Vous devriez vous asseoir, lui conseille Stef.

— Appelez-moi Carpington puis M. Benedetto, dit Greenway avant de rentrer dans son bureau et d'en fermer la porte.

Stef se glisse derrière son bureau, attrape le téléphone et s'aperçoit soudain que je suis encore là.

— Et pour ma douche, on fait quoi ?

Elle me dévisage quelques secondes et commence à passer ses appels.

De retour à la maison, je me laisse tomber dans le fauteuil qui fait face à l'ordinateur et fixe l'écran pendant une bonne dizaine de minutes, pour me calmer. Ensuite j'appelle Sarah.

« Rubrique "Faits divers". Sarah à l'appareil.
— Salut ! C'est moi ! »

J'ai l'impression d'être en ligne avec le pôle Nord. Un froid glacial paraît se dégager du récepteur.

« Quoi ?

— Je veux te dire une fois encore que je suis désolé. »

Silence.

« Je t'ai parlé d'un type qui se balade dans le Domaine avec une pétition ?

— Quel type ?

— Il s'appelle Spender et essaie d'empêcher les promoteurs des Vallées-Boisées de construire le long de la rivière.

— Oh !

— Je suis tombé sur lui quand je suis passé au bureau ce matin.

— Tu les as mis au courant de la tache sur le plafond de la cuisine ? »

Au moins, elle parle !

« Eh bien, j'ai attiré leur attention sur le problème. Il faudra sans doute que je revienne à la charge. J'ai l'impression qu'ils ont d'autres chats à fouetter. Mais ce n'est pas si difficile à arranger. Je pourrais m'en occuper.

— Tu plaisantes ?

— Je peux essayer. Je vais refaire les joints de la douche et voir si ça marche.

— Je t'ai déjà vu à l'œuvre avec ton pistolet à mastic. À mon avis, il faudrait suivre un stage d'initiation de trois jours avant d'être autorisé à en posséder un.

— Bon, on verra... Dis-moi, Benedetto et Carpington, ça te dit quelque chose ?

— Hein ? Quoi ? »

À nouveau désagréable.

« Benedetto et Carpington. Greenway, le type des Vallées-Boisées qui nous a vendu la maison, a prononcé ces deux noms après une altercation avec Spender.

— Je crois que Carpington est notre conseiller municipal. En ville, je connaissais le nom de tous les officiels, y compris les membres du conseil scolaire, mais depuis que nous avons déménagé je ne suis plus trop au courant. Mais, oui, c'est bien lui.

— Et Benedetto ?

— Ça me dit quelque chose. Attends – gros soupir –, je vais consulter les archives. »

S'ensuivent bon nombre de cliquetis de clavier et de « Allez ! Allez ! » marmonnés.

« C'est le vrai nom du chanteur Tony Bennett mais j'imagine que tu t'en fiches. Attends, il y a eu deux sorties sur le sujet cette année, quatre l'an dernier, et une trentaine l'année d'avant... Une seconde ! C'est ça ! Je me disais bien ! Benedetto est un homme d'affaires plutôt magouilleur qui aurait versé des pots-de-vin à un type de la commission des sites pour son offre sur des terrains. Ne quitte pas, j'ouvre un autre dossier... Ça y est ! Évidemment, l'offre était ridiculement basse. Benedetto a revendu les terrains morcelés en lots et a gagné dix fois sa mise.

— Et alors ?

— Attends, je regarde. Il n'y a pas grand-chose... Si ! Le gouvernement a mis une commission d'enquête sur le coup, mais tu sais comment ça se passe dans ces cas-là : les gens oublient, les recherches n'aboutissent à rien. C'est tout.

— Merci. Au fait, à quelle heure comptes-tu rentrer ce soir ?

— Horreur malheur ! Sans doute tard. Je n'ai pas laissé mes clés au bon endroit, alors ma voiture a dû être volée, si bien que je rentrerai tard. »

Et elle raccroche.

5

C'est le matin suivant, plus précisément le matin du jour où je suis tombé sur mon premier cadavre et deux jours après l'incident des clés, que Trixie me demande :

— C'est quoi, exactement, l'incident du sac à dos ?

Elle est assise dans notre cuisine et boit du café.

Trixie habite à deux maisons de chez nous et, comme moi, elle ne va pas au bureau. J'essaie vraiment de m'intéresser au boulot des gens, mais la première fois que Trixie m'a parlé de la boîte d'expertise comptable qu'elle gère de chez elle, j'ai cru mourir d'ennui. Pour moi, un job qui consiste à remplir des tas de dossiers et à aligner des colonnes de chiffres est le type même du truc à fuir.

Trixie et moi avons l'habitude de bavarder, sur le trottoir, comme je le fais avec Earl, et je l'ai rencontrée devant le conteneur à ordures.

— Bonjour ! ai-je lancé.

— Ça va ? a-t-elle répondu en déposant un sac plein de journaux.

Même en jean usé et sweat-shirt, elle est drôlement bien. C'est une jolie brune aux yeux verts d'une trentaine d'années, toute mignonne. Quand nous avons été présentés, je lui ai dit que le prénom de Trixie me rappelait *The Honeymooners*, une vieille série télé des années cinquante, synonyme pour moi d'époque tranquille et saine.

Un jour que nous parlions de nos jobs respectifs, elle m'a demandé si je profitais des déductions d'impôts auxquelles mon statut de travailleur indépendant à domicile me donnait droit et m'a filé gratuitement deux tuyaux très utiles. Pour quelqu'un qui travaille entre quatre murs, elle semble avoir une vision assez large des choses.

Aujourd'hui, ma réponse à sa question n'a sans doute pas été convaincante – un haussement d'épaules accompagné d'un grommellement.

— Que se passe-t-il ? a-t-elle insisté.
— Je ne suis pas en odeur de sainteté à la maison. Depuis avant-hier, Sarah m'adresse à peine la parole.
— À cause de quoi ?
— Tu as envie d'un café ? Je viens d'en faire. Sauf si tu es occupée.
— Mon premier client se pointe après le déjeuner, ce qui me laisse largement le temps d'enfiler mes fringues de bureau. Alors oui, pourquoi pas ?

Ainsi, tout en sortant les tasses, je lui ai raconté l'histoire de la voiture cachée et comment, à partir de ce moment-là, la situation a dégénéré entre Sarah et moi. Trixie n'a pas eu l'air vraiment choquée. De toute façon, elle n'est pas du genre à porter des jugements. Vis-à-vis des problèmes des gens, elle se montre très ouverte et tolérante à l'égard des faiblesses humaines. Au cours de nos précédentes pauses café, elle a tour à tour défendu le mariage homosexuel, les infidélités de Bill Clinton, les bénéficiaires d'allocations familiales. Et elle appelle un chat un chat.

— Bon sang, Zack, tu es un drôle de type, a-t-elle dit en hochant la tête et en prenant un biscuit. (Sarah m'a appris à ne jamais offrir de friandises directement dans leur paquet.) Tu veux tout contrôler, tout vérifier. Qu'est-ce que ça t'apporte de jouer les flics ?

— Sarah m'a traité d'emmerdeur.

Trixie a hoché la tête.

— Quelle surprise ! Et les enfants ? Ils pensent quoi du tour que tu as joué à leur mère ?

— Que c'est une séquelle de l'incident du sac à dos.

C'est à ce moment que Trixie m'a posé sa question :

— C'est quoi, exactement, l'incident du sac à dos ?

— Oh, c'est un peu gênant à expliquer. J'ai une sorte de maladie qui consiste à employer n'importe quel moyen pour faire admettre mon point de vue. La plupart du temps lorsqu'il s'agit de sécurité et de protection. C'est pour ça que j'ai caché la voiture de Sarah. Pas pour la ridiculiser mais pour lui apprendre...

— Oui, d'accord. Compris. Mais revenons-en au sac à dos.

— Quand les gosses reviennent de classe, ils ont tendance à flanquer leurs affaires n'importe où. Vestes, chaussures et autres. Depuis que nous avons emménagé, ils n'ont jamais ouvert le placard de l'entrée. D'ailleurs, ils n'ont même pas dû le remarquer. Le concept d'un manteau sur un cintre leur est totalement étranger.

— Et donc ?

— Bien entendu, leurs sacs à dos traînaient par terre. Si on arrivait après eux, on avait de fortes chances de se casser la figure dessus.

— Ta vie est un enfer !

J'éclate de rire.

— J'ai l'impression d'entendre Sarah ! Donc, à force de leur crier de monter leurs sacs à dos au premier, ils ont obéi. Mais cela n'a fait que déplacer le problème, parce qu'ils les laissaient juste en haut des marches. Tu as déjà soulevé un sac à dos de collégien ? Il y a de quoi se bousiller le dos. Bref, ils laissaient leurs sacs à dos là.

— Où ?

— Au sommet des marches.

— Mais ce n'est pas ce que tu voulais ? En haut ?

— Si ! Mais pas au sommet des marches… Imagine ! Tu montes avec un panier à linge dans les bras ou un autre truc qui te bouche la vue, et, en arrivant, tu ne penses pas trouver un obstacle…

— … mais tu te trompes !

— Exactement. Si tu ne fais pas attention, tu te prends les pieds dans leurs sacs et tu risques de te casser le cou.

— OK. Alors, tu leur en as parlé ?

— Plus d'une fois. Avec toujours la même réponse : « Oui, papa, on a compris », sur ce ton excédé des gosses d'aujourd'hui... À propos, je ne me souviens plus : tu as des enfants ?

Trixie fait non de la tête.

— Un jour où leurs sacs étaient en haut de l'escalier, Sarah a failli se tuer. Heureusement qu'elle a réussi de justesse à agripper la rampe, sinon elle dévalait les marches la tête la première.

— Elle a dû piquer une crise.

— Une explosion ! Elle a flanqué leurs sacs dans l'escalier. J'ai pensé que la leçon aurait plus d'effet que mes remontrances. Mais deux semaines après ils ont recommencé.

— La goutte d'eau qui fait déborder le vase !

— J'ai décidé d'agir.

Trixie sourit, lève les yeux au ciel. Moi, je poursuis :

— Ils étaient dans la chambre de Paul. Contrairement à beaucoup de frères et sœurs, ils ne se chamaillent pas tellement. Ils se confient l'un à l'autre, se parlent de trucs dont leur mère et moi n'avons aucune idée. Ce jour-là, ils avaient mis de la musique pour le cas où j'aurais essayé de les espionner.

— Ce que tu ne fais jamais, bien sûr.

— J'ai pris les deux sacs à dos et les ai flanqués n'importe comment dans l'escalier, comme si quelqu'un les avait heurtés. Ensuite, je suis descendu et j'ai pris la pose au bas des marches.

— Comment ça, tu as pris la pose ?

— Comme si j'étais tombé. Allongé sur le ventre, jambes en l'air, tête en bas et bras écartés.

Trixie reste muette un bon moment.

— Tu plaisantes ? fait-elle enfin.

— Pas du tout.
— Et tu n'as pas rajouté un peu de ketchup ? Au coin de la bouche ou sous les narines ?
— La moquette est neuve.
— Tu as fait semblant d'être mort.

Ce n'est pas une question mais une affirmation.

— Blessé, en tout cas. Je pouvais m'être assommé. Un genre de commotion. Pas question qu'ils s'imaginent le pire tout de suite.
— Ils t'ont trouvé ?
— Pas tout de suite. Au bout de cinq minutes, comme je commençais à avoir un torticolis, j'ai décidé de faire du bruit, de simuler un bruit de chute. J'ai donc cogné de toutes mes forces sur le sol. Mais le supplément de thibaude sous la moquette a amorti le coup. Alors je me suis remis debout et j'ai commencé à sauter aussi lourdement que possible avant de me replacer dans la position initiale.

Je reprends mon souffle puis continue :

— Angie a entendu. Elle s'est pointée la première en haut de l'escalier et s'est mise à hurler. Paul a alors surgi, et Angie a dévalé les marches. Moi, je faisais mon possible pour rester immobile et retenir ma respiration…
— Tu faisais le mort.
— Angie a prononcé mon nom en me demandant si j'allais bien. J'ai légèrement ouvert les yeux pour voir ce qui se passait. Paul n'était plus là. Du coup, je me suis demandé si mon fils se fichait que je sois tombé. Son père s'était rompu le cou et il ne lui proposait même pas une aspirine ?
— J'ai deviné : il passait un coup de fil.

— Deux, pour être précis.

Je raconte à Trixie que, quand Paul est réapparu en haut de l'escalier, j'ai vraiment ouvert les yeux. Angie a presque hurlé de surprise, si bien que Paul a failli dégringoler l'escalier. Je me suis assis, et Paul m'a dit de ne pas bouger et qu'une ambulance arrivait.

— Une ambulance ? ai-je répété. Et pourquoi donc ?

— J'ai cru que tu étais mort. Tu n'es pas blessé ?

— Pas du tout, ai-je répondu, avec un non énergique de la tête. Ça va très bien. Tu ne vois pas que je n'ai rien ? En fait, je voulais juste vous donner une bonne leçon. Ne laissez plus traîner vos maudits sacs à dos en haut des marches ! Combien de fois je vous l'ai dit et répété ?

— Je ne sais pas, papa, a fait Paul. Combien de fois on t'a dit et répété de ne pas faire semblant d'être mort ?

— C'est dingue ! s'est exclamée Angie en s'éloignant de moi. Papa, t'es vraiment un taré !

Paul a cessé de secouer lentement la tête d'un air excédé pour marmonner :

— Bordel !

— Quoi ?

— Je ferais mieux de rappeler maman.

— Tu as téléphoné à ta mère ?

— Quand je t'ai vu mort, j'ai pensé que c'était une bonne idée de la mettre au courant.

— Bordel !

Cette fois c'était moi qui jurais. Comment m'imaginer que mon fils se montrerait si responsable, et appellerait d'abord le 911 et ensuite

Sarah ? Les enfants vous surprennent d'une façon étrange, parfois.

— Dis-lui que ça va. Et préviens les secours ! Pas la peine qu'ils se dérangent.

Paul, qui avait commencé à monter, s'est arrêté :

— Pas question que j'appelle.

— Hein ?

— Tu les appelles et tu leur expliques. Moi, j'en ai ras le bol de toutes ces conneries.

Il est redescendu, a récupéré son sac à dos et m'a enjambé pour rejoindre ses chers jeux vidéo.

— Il a raison, papa, a renchéri Angie en se dirigeant vers la cuisine.

J'ai entendu la sirène de l'ambulance au loin. Je me suis levé, précipité dans la cuisine pour joindre Sarah. Un des journalistes du service m'a répondu :

« Elle vient de sortir. Son mari a eu un accident.

— C'est son mari à l'appareil.

— Zack ? C'est Dan. On était assis ensemble à la fête de Noël, vous vous souvenez ? Bon sang, comment va ? Vous êtes à l'hôpital ?

— Tout va bien. Pensez-vous que je peux joindre Sarah avant qu'elle n'arrive à la maison ?

— Je n'en sais rien. Elle est partie à toute allure il y a, je dirais, deux minutes. »

J'ignorais si Sarah avait son mobile sur elle. Et en supposant qu'elle l'ait eu, rien ne garantissait de toute façon qu'elle l'ait ouvert. C'était d'ailleurs le sujet d'un de mes autres sermons : à quoi ça sert d'avoir un portable s'il est fermé ? Et, même ouvert, à quoi ça sert s'il est enfoui au fond d'un sac et qu'on ne peut pas l'entendre...

On a frappé fort à la porte.

« Ne quittez pas, Dan, c'est sûrement l'ambulance !

— Quelqu'un d'autre est blessé ? Un des enfants ?

— Restez en ligne ! »

J'ai posé l'appareil avant de me précipiter à la porte. Deux secouristes, un homme et une femme, se tenaient sur le seuil, portant des sacs de cuir, une radio accrochée à la ceinture.

— Bonjour, ai-je dit, exhibant mon plus amical sourire, comme s'ils venaient quêter pour l'Association des mères contre l'alcool au volant et que j'allais chercher mon carnet de chèques...

— Bonjour, monsieur, a répondu la femme. On nous a signalé que quelqu'un était tombé. Dans l'escalier.

J'ai ri.

— Oui, c'est moi. Mais tout va bien, je vous assure.

— Nous devons vous examiner, néanmoins, pour nous assurer que vous n'êtes pas blessé.

Ce que je n'ai su que plus tard, c'est que pendant ce temps Sarah essayait désespérément de me joindre, depuis sa voiture. D'abord sur le parking du journal, ensuite le long du lac, alors qu'elle s'engageait sur la voie express. Un œil sur la route et l'autre sur son portable, appuyant nerveusement sur la touche pour n'obtenir qu'un signal occupé et recommençant, alors que moi, désireux de reprendre ma conversation avec Dan, je n'avais pas raccroché.

— Ce n'est pas la peine, vraiment.

— Le dispatcheur nous a fait part de l'appel d'un jeune garçon ayant signalé que son père avait dévalé un étage tête la première.

— Pas dévalé, en fait, c'était plutôt... une pose.

Les deux secouristes se sont regardés puis l'homme m'a dit :

— Nous aimerions parler à votre fils.

— Il est en bas, plongé dans ses jeux vidéo.

Nouvel échange de regards entendus, comme si cela était anormal de la part d'un garçon qui venait de trouver son père mort au bas de l'escalier. Sans doute des gens sans enfants, qui ne pouvaient pas comprendre.

— À vrai dire, je faisais l'idiot. C'est leurs sacs à dos. Ils les laissent en haut...

— Vous avez trébuché sur un sac à dos ?

— Non, mais j'*aurais pu*. C'était justement ce que je voulais démontrer.

Plantée devant la porte de la cuisine, Angie dégustait un petit bol de glace et écoutait en souriant. Pour finir, persuadés que personne à cette adresse n'était blessé, les secouristes ont regagné leur véhicule après m'avoir prévenu que si un tel incident se reproduisait, je serais poursuivi pour appels fallacieux à la police.

De retour à la cuisine, j'ai repris le téléphone.

« Dan ?

— Oui.

— C'est trop tard pour attraper Sarah. Écoutez, c'est un énorme malentendu, désolé. »

À peine raccroché, le téléphone s'est mis à sonner.

« Zack ! Oh, mon Dieu. J'ai appelé au moins cent fois ! Qu'est-ce qui s'est passé ?

— Sarah, tout va bien. Calme-toi. Tout le monde va bien : les enfants, moi. Tout roule.

— Mais Paul m'a dit que tu étais tombé, que tu ne bougeais plus...

— Je sais, mais c'est un malentendu. J'étais seulement allongé par terre, c'est tout.

— Allongé par terre ?

— En gros, oui ! »

Silence sur la ligne. Puis :

« Tu me jures qu'il n'y a aucune urgence ?

— Exactement.

— J'ai donc brûlé un feu rouge et écopé d'une contravention pour des prunes. »

Angie, qui ne pouvait pas entendre sa mère mais qui voyait mon expression, m'a murmuré :

— Tu veux que je demande à l'ambulance de revenir dans une demi-heure ? Tu pourrais en avoir besoin quand maman va rentrer.

— Fin de l'histoire, dis-je à Trixie.

Elle regarde sa montre, prend un autre cookie.

— Je dois y aller. Il faut que je me change.

— Tu es très bien comme ça.

Et, attirant son attention sur mon propre jean et mon T-shirt vieux de six ans rapporté d'un voyage à Disney World quand les enfants étaient plus jeunes, j'ajoute :

— Peu importe de quoi on a l'air. C'est l'intérêt de travailler à domicile.

— Mais tu n'as pas de clients qui viennent chez toi. Moi, si.

— Au fait, encore merci pour tes tuyaux. Ça va me permettre de déduire des tas de frais professionnels auxquels je n'avais pas pensé.

Puisque j'écris de la science-fiction, tu crois que je peux défalquer un modèle de *Jupiter 2* ?

— Absolument, répond Trixie sur le point de partir.

— Et je fais quoi pour me rabibocher avec Sarah ?

— Pour commencer, arrête de te conduire comme un imbécile. C'est un miracle qu'elle ne t'ait pas flanqué une bonne raclée.

Je ricane.

— Elle a peut-être peur que j'aime trop ça, qu'en fait de punition ça soit une récompense.

Et je surprends une minuscule étincelle dans les yeux de Trixie.

Il y a une petite partie de l'histoire que je n'ai pas racontée à Trixie. Sarah est donc rentrée et m'a montré la contravention (amende et points retirés). Ensuite nous sommes allés au supermarché, à cinq minutes de la maison, pour acheter de quoi dîner. Elle allait s'y rendre seule – je crois que c'est ce dont elle avait envie –, mais j'ai pensé que ça serait mieux de l'accompagner et de me montrer serviable. Histoire d'arrondir les angles. Et peut-être de m'expliquer. De dire que mes intentions étaient pures, même si au final j'avais merdé dans les grandes largeurs.

Tout en posant des bananes sur le siège enfant du chariot, à côté de son sac, Sarah m'a adressé la parole :

— Tu n'arrêtes pas de nous faire ce genre de trucs. Ne laisse pas le four allumé ! Vérifie les piles de l'alarme incendie ! Ne buvez pas le lait après la date limite. N'oubliez pas de verrouiller la porte d'entrée ! Ferme la voiture à clé ! Mettez les couteaux à steak la pointe en bas dans le lave-vaisselle pour ne pas vous blesser !

— J'ai raison ! Tu te souviens quand tu t'es coupé le poignet ?

— Attention à l'électricité ! Assurez-vous que...

— D'accord ! D'accord ! Mais ce sont de bons conseils ! Du simple bon sens. Écoute, j'aurais *pu* tomber dans l'escalier, j'aurais *pu* me rompre le cou. C'est une bonne chose que ça ne soit pas arrivé. Tout est bien qui finit bien. Rappelle-toi comme tu étais furieuse, le jour où tu as balancé leurs sacs à dos dans l'escalier. Aujourd'hui, les enfants ont tiré une leçon de l'accident. Pas la peine d'en faire un drame.

— Pour les enfants, le drame est que tu aies survécu.

Ne sachant que répondre, je suis allé inspecter le rayon pâtisseries. J'avais envie d'un gâteau au chocolat. Un entier, rien que pour moi. Quand j'ai tourné la tête, Sarah se dirigeait vers le rayon des pizzas surgelées.

Et elle avait laissé son sac dans le caddie, sans surveillance, à la portée du premier voleur venu. Elle en avait sans doute pour une seconde... Mais non ! Du rayon surgelés, elle est passée aux jus de fruits, puis aux légumes.

Je suis resté près du chariot pour veiller sur son sac jusqu'à ce qu'elle ait fini.

— Pourquoi tu me regardes comme ça ? s'est-elle exclamée en revenant.

— Ton sac. N'importe qui aurait pu le barboter. Tu imagines ? Ton argent, tes cartes de crédit, tout, envolé ! Récemment, une femme s'est fait voler son sac dans un supermarché et elle a perdu les photos du mariage de sa sœur qu'elle venait de faire développer.

— On en a parlé dans les pages « Faits divers ».

— Et voilà ! Tu es au courant, et pourtant tu ne fais pas attention.

Sarah m'a lancé un regard peu aimable.

— On peut dire que tu choisis vraiment ton moment ! m'a-t-elle asséné. Ah, autre chose...

— Oui ?

— Va te faire foutre !

6

Après le départ de Trixie, je mets les tasses à café dans le lave-vaisselle et enfile mes chaussures de marche. Aujourd'hui, je vais bousculer ma routine et marcher *avant* le blocage de la page blanche. Peut-être qu'un peu d'exercice et d'air me mettra en forme pour toute cette journée de travail.

Je traverse d'un pas vif les parcelles du lotissement où les travaux battent leur plein. Certains jours, je me sens comme un gamin de six ans fasciné par les énormes camions qui déchargent des cargaisons de planches, par les ouvriers qui soulèvent les armatures préfabriquées des toits, par le bruit cadencé des marteaux des couvreurs. Je suis capable de rester planté là pendant une heure ou plus, jusqu'à ce que quelqu'un me prenne pour un inspecteur de chantier.

Mais aujourd'hui j'ai hâte de retrouver la paix de la rivière. Je veux suivre les courbes de sa berge et écouter l'eau couler, tandis que les brindilles crissent sous mes pas. Et aussi réfléchir à la manière dont je pourrais revenir dans les petits papiers de Sarah. Avec un geste sympa peut-être, un bon pour un spa, ou alors une soirée agréable – pourquoi pas en ville, dans un de nos bistrots préférés, près de notre ancienne maison ? Mais pareille sortie pourrait susciter des commentaires sur le thème « Ah, si seulement nous avions des restaurants comme ça là où nous habitons maintenant ! ». Tout compte fait mieux vaut essayer de trouver un bon resto à proximité de notre nouvelle résidence. Je vais me renseigner. Les fines gueules d'Oakwood doivent être en mesure de recommander autre chose qu'un fast-food.

J'en suis là dans l'élaboration de ma stratégie quand j'aperçois des chaussures de marche.

Les pointes sont enfoncées dans la terre, les talons tournés vers le ciel. Et les semelles incrustées de boue me font face tandis que j'avance vers Willow Creek. De prime abord, étant donné mon angle de vue, l'image est bizarre. J'ai l'impression que ces chaussures ont été oubliées là, plantées dans le sol. Mais, en m'approchant, je vois qu'il y a quelqu'un dedans, difficile à distinguer dans la mesure où son corps est presque entièrement immergé.

Je laisse échapper quelques exclamations, genre « Mon Dieu ! » ou « Bordel de merde ! » – en fait, je ne me rappelle plus. Quand on tombe pour la première fois sur un cadavre, on éprouve les mêmes sensations que pendant un accident de voiture. Tout semble bouger au ralenti. Enfin, le mort est immobile, bien sûr. Les seules choses en mouvement sont la rivière, qui glisse sur le bonhomme, et moi.

Outre les chaussures de marche, le type porte un jean et une chemise écossaise. Alors, quoique son visage soit enfoncé dans l'eau et que ses cheveux affleurent à peine la surface, j'ai comme une idée de son identité.

Quelque chose me dit que peut-être, seulement peut-être, il est encore vivant, même si l'entaille bien visible sur l'arrière de son crâne offre un aperçu de ce que je pense être sa cervelle. Je pénètre dans la rivière, l'attrape par les épaules et le retourne. Une manœuvre que l'eau rend relativement facile. J'ai ainsi la confirmation que la salamandre Mississauga a perdu son plus ardent défenseur.

Je tire Samuel Spender sur la berge et l'étends sur le dos. Ses yeux sans vie fixent le ciel. De toute évidence, ça fait un moment qu'il est passé de vie à trépas. Sûr et certain qu'un bouche-à-bouche héroïque ne servirait à rien.

Tout à coup j'ai une pensée pour mon copain de classe, Jeff Conklin, trente ans après : Finalement je t'ai rattrapé, Jeff !

Dans ma poche je récupère mon portable, que j'emporte partout. Au moment de faire le numéro, je m'aperçois à quel point je suis sous le choc : ma main est prise de tremblements. Non que le 911 soit difficile à composer, mais quand vous avez un passé de journaliste et que votre épouse gagne sa vie dans un quotidien, la première chose qui vous vient à l'esprit en cas d'urgence c'est d'appeler la rubrique « Faits divers ».

Je respire un grand coup et tape le numéro.
« Rubrique "Faits divers".
— Bonjour, je voudrais parler à Sarah. C'est urgent.
— Bonjour. C'est Zack ?

— Lui-même ! Qui est à l'appareil ?

— Dan. Vous vous rappelez ? On s'est parlé quand vous avez fait semblant d'être blessé et que vos gosses ont appelé une ambulance. Sarah m'a tout raconté. Quelle histoire !

— Écoutez, Dan, il faut que je parle à Sarah. Comme je viens de le dire, c'est urgent.

— Justement, elle vient de sortir de la morgue ! Qu'est-ce qui se passe, cette fois ? Il y a le feu dans la maison ? Et les pompiers arrivent ?

— Faites pas le con, passez-la-moi, Dan !

— Faites pas le con vous-même... Quittez pas !

— Allô ?

— Sarah, c'est moi.

— Tu as dit quoi à Dan pour qu'il te traite de con ? S'il te connaissait, je comprendrais, mais il...

— Il s'est passé un truc. Tu sais, l'écolo, celui qui veut sauver la rivière ?

— Je ne vois pas, non.

— Mais si, Samuel Spender ! Je t'en ai parlé hier, après ma visite au bureau de vente des Vallées-Boisées.

— Ah oui, ça me revient. Quand tu m'as demandé de me renseigner sur deux types, Benny quelque chose et Carpington. »

Pas très amical, le ton.

« C'est ça ! »

À mes pieds, la tête de Spender a donné de la bande. À bâbord.

Je soupire et me lance :

« Alors voilà, je me promenais le long de la rivière...

— Passionnant !

— ... et je l'ai trouvé. Dans la rivière. Mort.
— Quoi ?
— Il est mort. Je viens de le tirer de l'eau. Mort de chez mort, Sarah !
— Punaise ! C'est encore une de tes plaisanteries ? Si c'est le cas, tu veux prouver quoi cette fois, bon sang ?
— Ce n'est pas une blague. Je suis à côté de lui. Il est aussi mort que je suis con. »

J'entends Sarah souffler.

« Tu as appelé les flics ?
— Non, toi en premier.
— Bon, je t'envoie quelqu'un. Et un photographe. Appelle les flics tout de suite et écris-nous un papier. Quel effet ça fait de trouver un homme mort, comment ça s'est passé, où...
— Je connais la musique, Sarah.
— Très bien. Toi, ça va ?
— Oui.
— Rappelle quand tu peux, d'accord ? »

Après avoir raccroché, je fais le 911 et débite mon histoire en promettant d'attendre l'arrivée de la police. Quelques instants plus tard, une sirène se fait entendre, des portières claquent.

— Par ici ! je crie.

Deux officiers font leur apparition. Un couple. La femme, en uniforme complet avec ceinture, pistolet et képi réglementaires, me prend à part :

— Je suis l'agent Greslow. Avez-vous découvert le corps dans cette position ?
— Non, dis-je avant de me lancer dans une explication.
— Alors vous l'avez bougé ?

J'acquiesce, et l'agent Greslow n'a pas l'air ravi.

— Son visage était dans l'eau. J'ai pensé que ça venait peut-être de se passer, donc je l'ai tiré. Après quoi je me suis aperçu que M. Spender était, euh, mort.

— M. Spender ? Vous connaissiez cet homme ?

— Je sais qui il était. C'est Samuel Spender, un écologiste engagé. Il avait créé une association pour la protection de la rivière. Pour s'opposer aux promoteurs immobiliers.

Misère ! Voilà que je parle avec les intonations des gamines des Vallées-Boisées. Parfait pour avoir l'air coupable.

— Appartenez-vous à cette association ?

— Non. Je l'ai rencontré quand il faisait la tournée du Domaine – je vis là-haut, au sommet d'une colline dans la partie terminée du lotissement – afin d'obtenir des signatures pour sa pétition, en vue d'empêcher les constructions d'atteindre les rives de la Willow Creek.

— Vous l'avez signée, cette pétition ?

— Euh, non !

— Vous n'étiez pas d'accord avec M. Spender ?

— Ce n'est pas ça. À vrai dire, ce n'était pas mon problème. En tout cas, pas à ce moment-là… Dites, que lui est-il arrivé ?

L'agent Greslow jette un coup d'œil vers la berge, où d'autres flics s'affairent à présent. Deux d'entre eux sont en train de fixer le cordon jaune de protection des scènes de crime.

— Un peu tôt pour le dire, répond-elle finalement.

— Il a peut-être glissé, je suggère. Ou alors il aura perdu l'équilibre sur une pierre, se sera assommé en tombant et aura roulé dans l'eau.

— Peut-être.

— Vous croyez qu'on l'a tué ? Parce que si nous sommes venus nous installer ici, c'était pour échapper à ce genre de choses. Je suis sûr que c'est un accident parce que, eh bien...

Mais l'agent Greslow ne m'écoute plus. Elle regarde les deux types qui sortent du bois. L'un d'eux porte un appareil photo.

— Déjà ces salopards de journalistes ? s'écrie-t-elle. Qui les a alertés ?

Je me garde bien d'ouvrir la bouche.

Après que l'agent Greslow en a fini avec moi, on me refile à un autre policier qui, en plus des mêmes questions, me demande ce que je fais comme travail, si je vis depuis longtemps dans le coin, pourquoi je me trouvais sur les berges de Willow Creek, ce que j'ai mangé au petit déjeuner. Sans blaguer ! Il ne me laisse m'en aller qu'au bout de quatre-vingt-dix minutes de face-à-face et une sérieuse engueulade pour avoir marché autour du corps, ce qui a probablement effacé des empreintes de pas. Le reporter et le photographe du *Metropolitan* sont déjà partis, mais je les soupçonne de m'attendre sur la route. Erreur ! Ils n'y sont pas.

Je téléphone à Sarah.

« Tout va bien ? fait-elle.

— Nickel.

— Alors ? Il est mort comment, le type ?

— Je ne sais pas. Il avait une énorme entaille derrière la tête et le visage immergé dans la rivière. J'ai l'impression que les flics pensent qu'on l'a tué, mais il a peut-être glissé accidentellement. C'est dangereux par ici. On peut facilement trébucher, tomber et se noyer. Je t'ai déjà raconté que quand j'étais gosse j'ai failli y passer, sauf qu'un copain m'a trouvé ? C'était presque pareil. On tombe dans l'eau et on s'étouffe.

— Oui, tu me l'as raconté.

— Bon, je rentre et je commence à rédiger ton papier. Quelle longueur ?

— En fait, ils n'en veulent pas.

— Ça veut dire quoi ? C'est pourtant un bon article. Un ancien reporter devenu auteur de science-fiction tombe sur un cadavre. Un beau témoignage à la première personne. Un vrai scoop, si je ne m'abuse.

— Je sais, à mon avis aussi c'était une bonne idée. Mais Scott et Folks, les deux envoyés du journal, ont déjà fait leur rapport. D'après eux, on ne sait pas si le type a été tué ou non.

— Et alors ?

— Là où ça coince c'est que l'histoire s'est passée à Oakwood. Or les chefs ne s'intéressent pas à la banlieue. Rien n'arrive jamais dans ces patelins, disent-ils.

— Justement, il vient précisément d'arriver quelque chose.

— Ouais, mais d'après la logique du journal, même dans un cas comme celui-ci, ça ne vaut pas la peine d'en parler, parce qu'il est entendu qu'il ne se passe jamais rien dans ces patelins. »

Je ne réponds pas et regarde les sept voitures de police garées le long de la route.

« Tu es toujours là ?

— Oui. Je t'en dirai plus tout à l'heure à la maison. »

Autant écrire un article sur mon aventure matinale m'aurait amusé, autant je ne me sens pas d'humeur à retourner travailler à mon roman. Néanmoins je m'assieds devant l'ordinateur. J'ai un e-mail de mon éditeur, Tom Darling. Pour lui, le plus long qu'il puisse pondre : « *Où est-il ?* » Tom est le genre de type capable de réduire *Moby Dick* à un entrefilet.

Mon manuscrit n'est pas en retard. J'ai encore un mois devant moi, mais Tom a l'habitude de me mettre la pression bien en avance pour éviter la panique de dernière minute. Comme la suite du *Missionnaire* est déjà annoncée dans le catalogue des nouveautés d'automne, ne pas rendre le texte à temps serait quelque peu gênant pour lui et ses supérieurs. Je réponds : « *Ordi a chopé virus. Perdu manuscrit pratiquement complet. Dois repartir de zéro. J'espère que c'est pas un problème.* » Et j'envoie.

Il doit être derrière son écran car sa réaction arrive dans les deux minutes. « *Fais pas ch... !* » Franchement, qu'un type doté de cette vulgarité d'expression conjuguée à un style épistolaire quasi nul ait pu devenir un éditeur répondant au doux nom de Darling me dépasse.

Finalement, je me mets au chapitre manquant mais impossible de me concentrer. Si bien que je commence à jouer à La Guerre des étoiles. Mais même les images d'explosions intergalactiques ne peuvent m'effacer de l'esprit la dernière image qui me reste de Sam Spender.

Je laisse tomber l'ordinateur et entreprends de fouiller dans la boîte à chaussures où je garde mes factures et mes déclarations d'impôts, histoire de m'occuper l'esprit. Je devrai bientôt remplir ma nouvelle déclaration. Plutôt que de faire appel à un conseiller fiscal, j'essaie généralement de m'en tirer seul en glanant des informations ici et là, auprès de Trixie ou d'autres experts-comptables indépendants.

Elle est réellement de bon conseil, cette fille. Je me rappelle le jour où, assise à la table de la cuisine, elle m'a parlé de sa profession d'expert-comptable et a suggéré qu'il était peut-être temps pour moi de consulter un spécialiste, plutôt que de dépendre de tuyaux gratuits plus ou moins vaseux. Où elle a dit pouvoir m'aider à trouver davantage de déductions. Je décide tout à coup d'aller lui confier le contenu de ma boîte à chaussures. À la vérité, je meurs d'envie de raconter à quelqu'un mon aventure de ce matin. Est-il besoin de préciser que je suis légèrement sur les nerfs ?

Je veux l'appeler avant de passer. Mais impossible de me rappeler son nom de famille. À supposer que je l'aie su un jour. Je ne connais pas non plus le nom de famille d'Earl. De toute façon, j'ai tendance à oublier les noms et les prénoms. Dans une fête, lorsqu'on me présente à une douzaine de nouvelles têtes, la seule chose que je retiens, c'est la première lettre de leur nom. Et encore !

Si je consulte les Pages jaunes à la rubrique « Experts-comptables », peut-être que le nom de Trixie me sautera au nez ? J'en parcours consciencieusement trois pleines pages, colonne après colonne, à la recherche du patronyme qui déclenchera le clic.

Rien.

Je cherche également dans l'annuaire des rues, sans aucun succès.

Et si Trixie était sur liste rouge ? Et si ses coordonnées étaient confidentielles ? Et si ses clients lui étaient envoyés sur recommandation exclusive d'une banque ? En tout cas, une chose est sûre : je ne peux pas la joindre au téléphone.

Je sors dans le jardin de manière à apercevoir la maison de Trixie. Son Acura est parquée dans l'allée. Derrière elle, une petite Lexus noire. Donc elle reçoit un client. Je ne vais pas la déranger, mais attendre qu'il soit parti pour me pointer.

De l'autre côté de la rue, la dame en peignoir fleuri arrose encore son allée. Si j'ignore son nom, j'ai des circonstances atténuantes : personne ne nous a présentés officiellement. Mes seuls échanges avec elle se limitent à un « bonjour » ou à un petit salut de la tête. Ce qui me convient parfaitement. Quel genre de conversation peut-on soutenir avec une femme dont l'unique préoccupation est de laver son allée à grand jet plusieurs fois par jour ?

Pas d'activité en vue du côté de chez Earl. Mais, d'après ce que je peux voir, il est mûr pour aller déposer une réclamation au bureau des Vallées-Boisées. La mégacondensation accumulée dans ses doubles vitrages a rendu ses fenêtres totalement opaques. Dans notre maison précédente, les vitres étaient si vieilles qu'on avait l'impression de regarder à travers des lunettes sales. Dans une vieille demeure ça n'a rien de surprenant, mais dans une construction toute neuve ? J'inspecte la nôtre de haut en bas. Le même phénomène va-t-il se produire chez nous ? Pour avoir une meilleure vue d'ensemble, je me recule jusqu'au trottoir.

Rien d'anormal sur les vitres, mais le cadre de la grande baie du salon est de travers et le numéro de la rue un peu excentré. Quel boulot de nuls !

La porte de Trixie s'ouvre et un type bien habillé, la cinquantaine à vue de nez, sort. Il semble un peu hésitant, regarde à droite et à gauche avant de se diriger vers sa voiture. Ce que faisant, son regard croise le mien.

— Bonjour ! dis-je en agitant la main.

Malgré tous mes défauts, je dis toujours bonjour aux gens.

Il me regarde comme si je lui avais décoché une flèche, s'engouffre dans sa Lexus aux vitres teintées, recule et s'éloigne sur les chapeaux de roue.

Ce type a l'air de mauvais poil. Peut-être vient-il d'apprendre qu'il aura à payer plus d'impôts que prévu. Peut-être sera-t-il obligé de vendre sa petite voiture de luxe.

Peut-être que, du coup, Trixie n'est pas de bonne humeur non plus. Mieux vaut remettre ma visite. Je regagne mes pénates.

Quand Sarah rentre du bureau, je suis occupé. Pas à construire une maquette. Pas non plus à faire voler un vaisseau spatial miniature autour de mon studio en chantonnant les airs de la bande-son de *Star Trek*. Ni à jouer à La Guerre des étoiles sur mon ordinateur. Non, quand Sarah déverrouille la porte, je travaille à mon dernier chapitre.

Comme je ne l'ai pas rappelée, j'ignore si elle est encore fâchée. En tout état de cause, je redouble d'intensité sur mon clavier, afin qu'elle sache que je suis à la maison, dans mon studio, si absorbé que je ne l'ai pas entendue arriver. Bruits dans la cuisine, puis silence troublé seulement par ma frappe énergique. J'ai été assez productif cet après-midi, mais soudain ma créativité semble m'avoir quitté. Ce que j'ai écrit depuis son retour ? « *Sarah est rentrée donc mieux vaut avoir l'air studieux elle est maintenant à la cuisine où elle a probablement posé ses courses pour le dîner et j'espère qu'elle a acheté des bons trucs parce que je viens de me rendre compte que je n'ai rien avalé depuis ce matin comme quoi découvrir un mort peut avoir des effets néfastes sur l'appétit et...* »

Et je sens sa présence derrière moi. Je travaille dos à la porte, ce qui signifie que toute personne pénétrant dans mon studio peut lire sur mon écran. Heureusement, Sarah n'est pas douée d'une vision télescopique, comme Superman dont la statuette orne mon étagère.

— Salut !

Je fais pivoter mon fauteuil.

— Salut !

— Tu as l'air inspiré, remarque-t-elle. Je ne pensais pas que tu travaillerais aussi bien après ce qui s'est passé.

Je hausse les épaules et clique pour faire disparaître mon texte.

— Je m'y suis remis il y a une heure. Tom m'a envoyé un e-mail très encourageant.

Sarah s'avance et pose les mains sur mes épaules.

— On peut redevenir amis ?

Je ne réponds pas.

— J'ai pris des fettuccine et du poulet pour ce soir. Je vais nous préparer un bon dîner.

J'hésite avant de lancer :
— J'en salive déjà.
— Et pour ton information, non seulement j'ai enlevé les clés de la serrure mais je les ai mises sur la table et j'ai tiré le verrou.
Là, je me tais.
— Tu sais ce que ça veut dire ? continue Sarah en commençant à me masser les épaules.
— Non.
— Ça veut dire que nous sommes enfermés dans la maison, seuls tous les deux.
— Les enfants vont rentrer d'une minute à l'autre.
— On n'a qu'à leur donner de l'argent pour qu'ils aillent à la pizzeria. Ensuite je te fais une bonne petite bouffe et on s'envoie en l'air.
— Délicieux programme, dis-je en enfouissant mon visage entre les seins de ma femme.
Sarah me serre fort contre elle.
— Tu comptes travailler encore combien de temps ? Moi, dans vingt minutes c'est prêt. Tu me raconteras ta découverte de ce matin. C'était horrible, j'imagine.
Je me dégage et la dévisage.
— Désolée d'avoir joué au con avec les clés, la voiture et tout le reste.
Sarah sourit.
— Tu ne peux pas t'en empêcher.
— Tu as raison.
Elle se penche et m'embrasse. Un petit bisou d'abord, qui se transforme en un vrai, long et profond baiser. Ses longs cheveux balayent mon visage, annonciateurs de moments délicieux. Puis elle s'enfuit dans la cuisine pendant que je

rajuste mon jean et fais revenir mon dernier chapitre sur l'écran.

Quelques instants plus tard, un « Merde ! » retentissant me parvient depuis la cuisine.

Je bondis. Un morceau de plâtre de la taille d'un livre de poche s'est détaché du plafond à l'endroit de la fuite d'eau et a atterri en plein sur les pâtes fraîches.

7

Dans les heures qui ont suivi la découverte du corps de Spender, même sans connaître la cause de son décès, mon premier réflexe a été de faire profiter mon entourage d'une nouvelle conférence sur la sécurité. Ne parlez pas à des étrangers, ne prenez pas d'auto-stoppeurs, ne laissez pas les clés sur la porte, pensez à fermer le verrou, respectez les feux de signalisation, n'utilisez pas de sèche-cheveux quand vous êtes dans la baignoire, attendez une heure après le repas avant de vous baigner, ne courez pas avec des ciseaux...

Mais je me suis rendu compte que ce serait une erreur. Depuis l'incident des clés et de la voiture, Sarah et moi communiquons à nouveau, et je ne veux pas tout gâcher. Je prends donc la résolution de faire preuve de tolérance. Je ne veux plus que les événements m'atteignent, je souhaite qu'ils glissent sur moi comme l'eau sur les plumes d'un canard. Je vais arrêter de dicter aux gens leur comportement. Me détendre. Apprendre à me montrer cool.

Quand Paul et Angie rentrent de l'école, je leur raconte ce qui s'est passé à la rivière. Première réaction d'Angie :

— Tu es sûr qu'il était mort ? Peut-être qu'il faisait semblant pour t'apprendre les règles de sécurité de la marche à pied.

Puis elle file chercher son appareil photo et persuade son frère de l'accompagner à Willow Creek pour immortaliser le lieu du crime. Au moment où ils quittent la maison, Sarah leur glisse un billet dans la main en leur disant d'aller dîner à la pizzeria.

— Punaise, ils vont remettre ça, marmonne Paul à l'intention de sa sœur.

Après que Sarah et moi avons retiré le plâtre des fettuccine et que nous avons dîné, les pires craintes de Paul se confirment. Rien de mieux qu'une petite confrontation avec la mort pour épicer une partie de jambes en l'air. Je suis dans d'excellentes dispositions.

Ma détermination à ne plus donner de leçons est mise à l'épreuve le matin suivant, lorsque je découvre que la porte d'entrée n'est pas verrouillée. Après être revenu avec sa sœur, Paul est parti rejoindre son copain Hakim au multiplexe. Leur grand truc est d'acheter des places pour un film familial, puis de se glisser dans la salle où est projeté un film d'horreur interdit aux moins de dix-huit ans. Il a dû arriver à la maison vers minuit. Quand je suis descendu ramasser le *Metropolitan*, la porte n'était pas fermée et le sac de Sarah était posé bien en évidence sur un fauteuil de l'entrée. Au petit déjeuner, j'ai ravalé les remarques que je mourais d'envie de faire. La prochaine fois, j'attendrai le retour de mon fils et vérifierai la porte moi-même.

Paul part pour l'école à l'heure habituelle, alors qu'Angie prend son temps pour peaufiner un travail photographique. En passant devant sa chambre, je sens une légère odeur de brûlé. Elle a laissé son fer à friser branché sur sa coiffeuse. Je le débranche. Mais, contrairement à mon habitude, je ne prévois pas de louer une machine à fabriquer de la fumée pour lui faire croire à un incendie, ou d'appeler une voiture de pompiers pour lui faire peur.

— Laisse tomber, dis-je à haute voix en descendant dans mon studio.

Angie m'appelle du sous-sol. Sa voix, traversant la porte de son labo, est comme étouffée.

— Papa ? Viens une seconde !

Dans sa brochure, le Domaine des Vallées-Boisées appelle cette pièce d'un mètre vingt sur deux mètres un cellier ou une chambre froide. Chez nous, c'est devenu un labo photo.

Angie m'ouvre la porte après s'être assurée que la pellicule ne va pas être exposée à la lumière. Le cagibi est plongé dans une pénombre vaguement éclairée par la traditionnelle lampe rouge. Les émanations acides du révélateur picotent mes narines. Comme j'ai passé beaucoup de temps dans des labos quand j'étais reporter, Angie me demande parfois un conseil technique. Mais cette fois elle veut juste que je regarde son travail.

— Quel est ton sujet ?

— Tu vas voir ! dit-elle en agitant le papier dans le bain.

Peu à peu, les images prennent forme.

— J'adore cette étape, déclare Angie. C'est comme assister à une naissance. La plupart de mes copains utilisent des appareils photo numériques et font tout sur écran. C'est cool mais il n'y a pas de suspense. Dans mon système, le fun c'est l'attente.

Le nom d'une rue apparaît sur le papier : « Chancery Park ». Puis des maisons.

— C'est notre coin que tu as photographié. Sympa !

Mais, à mesure que les clichés se matérialisent, il devient évident que le travail d'Angie dépasse le simple instantané. Une certaine austérité se dégage de ses prises de vue en noir et blanc.

— Il n'y a personne. Les rues sont vides.

— Oui, répond Angie. Je les ai photographiées comme elles sont. Regarde, les arbres sont tout maigres, on dirait des brindilles. Et j'ai pris cette photo selon un certain angle pour qu'on voie combien toutes ces maisons se ressemblent.

— Très efficace !

— Le titre de mon reportage, c'est « Mourir en banlieue : une étude de l'inutilité ».

— Excellent.

Un peu plus tard, tandis que je la conduis en classe, Angie continue sur le même sujet :

— Combien de temps nous allons habiter là ?

— Pardon ?

— Combien de temps ? Ça fait, genre, presque deux ans qu'on est là. Quand est-ce qu'on va rentrer en ville ? On pourrait racheter notre ancienne maison sur Crandall ? Ça serait cool. Sauf si les nouveaux propriétaires sont des déjantés gothiques et qu'ils ont fait tomber les murs ou peint les plafonds en noir.

— Qu'est-ce qui t'a mis en tête que nous retournerions en ville ?

— Je me dis qu'un jour vous allez comprendre votre terrible erreur et qu'on y reviendra.

— De quoi tu parles ? Qui prétend que c'est une terrible erreur ?

— D'abord la maison est déglinguée, et...

— Pas du tout !

— Maman m'a dit qu'hier soir le plafond a dégringolé dans les pâtes.

— Pas le plafond ! Un petit morceau de plâtre s'est détaché à cause de la fuite de la douche du premier. C'est réparable. La maison n'est pas déglinguée pour autant. En plus, elle est sous garantie. Pas la peine de t'en faire !

Angie regarde par la fenêtre en silence.

— Mes potes de classe sont rien que des losers, fait-elle après un petit moment.

— Comment ça, des losers ?

Ma fille hausse les épaules, comme pour dire : « Qu'est-ce que tu peux être à la ramasse, alors ! »

— On a déménagé parce que maman et toi aviez peur des écoles en ville avec la drogue, la violence et toute cette merde, reprend-elle. Mais t'as pas idée de ce qu'on a ici. Y a des Crips, tu sais, le gang ? Des addicts au crack – tu te rappelles le massacre de Columbine ? C'était le désert total là-bas, en tout cas pas un centre-ville, et t'as vu ce qui est arrivé.

— Qu'est-ce que tu racontes ? Il y a des jeunes en longs manteaux noirs qui projettent d'attaquer ton école ?

— Mais non. Arrête de t'exciter ! Ce que je veux dire, c'est que ce n'est pas parce qu'on n'est plus en ville qu'il n'y a pas de types zarbis à l'école. De toute façon, y en a partout. Sauf qu'on n'a pas d'excentriques.

— Là, je ne te suis plus.

— Tu te rappelles ma copine Jane ? Celle qui avait des bottes, des larmes imprimées sur ses collants et des chemises orange ?

— Et ce piercing sur la langue ?

— Oui. Dans mon ancienne école, personne ne la remarquait. Mais ici, au milieu des élèves habillés en Abercrombie, tout le monde la trouverait *étrange*.

— Mais elle *était* vraiment étrange.

— Justement, voilà le problème. Elle était étrange mais personne ne faisait attention. C'est ça vivre en ville. Alors que dans cette foutue banlieue, tu dois toujours avoir l'air normal.

Curieusement, je comprends ce qu'elle veut dire.

— C'est pour ça, par exemple, que Paul veut se faire tatouer. Pour se démarquer, reprend Angie.

— Paul veut un tatouage ?

À voir sa tête, ma fille se rend visiblement compte qu'elle vient de trahir un secret.

— Il ne t'en a pas parlé ?

— Non. Pas encore.

— Ce n'est pas moi qui te l'ai dit, mais il y pense. Il y a un endroit où ils font ça, dans le centre commercial.

— Mais il ne peut pas ! Il n'a pas seize ans. Ils refuseront.

Ma fille lève les yeux au ciel. Nous sommes pratiquement arrivés devant son lycée.

— Tu as autre chose à me dire ? je lui demande.

Silence.

— Tu ne t'es pas fait d'amis ici ?

Angie esquisse une grimace.

— Pas vraiment. Avant, j'avais des amis comme Krista, Molly et Dennis, mais c'était la *zone*, là-bas, alors je les ai quittés pour vivre dans un endroit sûr. Et bien sûr qu'il y avait des exhibitionnistes, des putes et des seringues dans la rue, continue-t-elle d'un ton moqueur. Mais au moins, c'était intéressant.

— Tes amis sont les bienvenus n'importe quand. Pourquoi tu ne les invites pas vendredi ou samedi à dormir dans le sous-sol ?

Angie me dévisage avec consternation.

— Comme quand j'avais cinq ans ? Je suis sûre qu'ils n'attendent que ça !

J'arrête la voiture devant l'entrée.

— Je déteste cet endroit ! s'exclame Angie en claquant la porte.

Je fais un saut à la boutique de Kenny pour voir s'il a reçu la maquette que j'ai commandée : la navette de débarquement utilisée par les marines dans *Alien*. Je pourrais téléphoner, mais y aller me donne une excuse pour jeter un coup d'œil aux nouveautés. Si Kenny est le fournisseur des fanas de modélisme en tout genre – trains, avions télécommandés, voitures de circuit –, son choix de maquettes de science-fiction est particulièrement étendu.

Mon kit n'est pas arrivé.

— La semaine prochaine, dit Kenny, qui, armé d'un minuscule tournevis, essaie de remettre une roue à la vieille Ford Thunderbird miniature posée sur le comptoir. Est-ce qu'il vous arrive de vous demander pourquoi les hommes ont des seins ? poursuit-il sans lever les yeux.

Je réfléchis un instant. Pas à la question, mais aux sujets qui préoccupent l'ami Kenny.

— Pas vraiment, je réponds.

— Pour moi, ça n'a pas de sens. Ils ne servent à rien. Alors à quoi bon ?

Puis, sans transition :

— Et la maison, ça en est où ?

— La douche fuit toujours, et un petit morceau de plafond est tombé dans la cuisine. Les robinets de la baignoire gouttent, le vent siffle parfois autour des portes-fenêtres coulissantes. Dans notre chambre, la fenêtre a du jeu. Je suis obligé de refaire le joint si souvent que je ne range même plus l'échelle.

— Je connais un type dans votre lotissement qui a des ennuis avec ses fenêtres. Et aussi des problèmes électriques. Des sautes de courant, je crois.

— Ça ne nous est pas arrivé. Pas encore... Vous avez le dernier numéro de *Sci-Fi & Fantasy Models* ?

Comme il ne l'a pas, je prends congé et retourne à ma voiture.

En roulant vers la maison, je pense à Angie. Les soucis que nous cause notre maison de pacotille ne sont rien comparés aux siens. Son petit monde s'est écroulé. Paul s'est mieux adapté. Moins exigeant, il s'est fait des amis plus facilement. Du moment qu'ils aiment les jeux vidéo et qu'ils regardent sans états d'âme les films qui ne sont pas de leur âge, il les accepte. Il a même noué des liens avec Earl, grâce à leur passion commune pour le jardinage et le paysagisme. Pour autant, tout n'est pas parfait avec Paul. Il s'ennuie à l'école et ses notes sont insuffisantes, puisque nous avons rendez-vous avec son prof de sciences. Et maintenant il y a cette histoire de tatouage.

Il faut qu'on se parle, lui et moi.

Tout en conduisant, je continue à gamberger. Au fond, j'ai peut-être commis une terrible erreur en installant ma famille dans cette banlieue. En voulant échapper à l'insécurité, nous avons trouvé la médiocrité. D'un autre côté c'est sûrement le bon choix. Le cambriolage récent d'une boutique dans le centre-ville le confirme. Et ce n'est pas parce que l'architecture des lotissements est insipide que notre vie doit l'être aussi. Nous conservons nos centres d'intérêt et nos hobbies, quel que soit l'endroit où nous habitons. Vivre en ville ou en banlieue n'y change rien.

L'environnement est dix fois plus sûr ici qu'en centre-ville. C'est la pensée que j'ai à l'esprit quand j'arrive chez moi, pour découvrir une voiture de police garée juste devant la maison.

— Avez-vous croisé quelqu'un au bord de l'eau avant de trouver le corps de M. Spender ?

Il s'appelle Flint. Inspecteur Flint. Petit, trapu, vêtu d'un costume mal coupé, avec le genre de chapeau que portait Lee Marvin dans les films noirs des années soixante. Assis à la table de la cuisine, en face de moi, il vient de refuser un café et prend des notes sur un petit bloc.

— Non, personne.

— Personne qui sortait des bois quand vous vous dirigiez vers la rivière ?

— Non, absolument personne. Vous croyez qu'il était là-bas avec quelqu'un ?

— À un moment donné, la victime n'était pas seule là-bas, répond Flint en repoussant son chapeau. M. Spender ne s'est pas défoncé la tête lui-même.

Je le dévisage avant de demander :

— Donc, vous pensez qu'il ne s'agit pas d'un accident ?

— Nous n'avons jamais cru à un accident. M. Spender a été victime d'un homicide.

— J'ai cru à un accident. Enfin, disons que j'*espérais* que c'en soit un. Je me disais qu'il avait pu glisser, s'être assommé sur une pierre et avoir roulé dans l'eau... Vous êtes sûr que non ?

L'inspecteur Flint gonfle une de ses joues avec sa langue et ressemble soudain furieusement à Kojak en train de manger une sucette.

— Nous avons l'expérience de ce genre de choses, monsieur Walker.

— Oh, loin de moi l'idée de mettre votre expérience en doute, inspecteur. C'est seulement qu'on ne s'attend pas à un meurtre, dans un coin comme celui-ci.

— Disons que nous sommes parfois un peu à la traîne, mais nous faisons de notre mieux pour rattraper ce retard, ironise Flint. M. Spender a été frappé violemment à la tête avec un objet contondant. Il n'avait pas d'eau dans ses poumons. Il est mort avant de tomber dans l'eau.

— Je vois.

— Donc vous n'avez croisé personne ?

— Non.

— L'agent Greslow m'a dit que vous connaissiez le mort.

— Pas personnellement, mais je sais qu'il était très impliqué dans la défense de la nature et de l'environnement.

— Avez-vous idée d'une personne qui en aurait voulu à M. Spender à ce point ?

Je ris presque.

— Bien sûr que non. Je le connaissais à peine...

Tout à coup, je revois l'altercation des deux hommes dans le bureau des Vallées-Boisées.

— Monsieur Walker ?

— C'est-à-dire que... Je suis sûr que ce n'est rien.

— S'il vous plaît, laissez-moi juger de ce qui est important ou pas.

— Écoutez, je ne voudrais pas qu'à cause de moi des gens soient soupçonnés de meurtre. C'est sacrément grave.

— Oui.

— Vous devez savoir qu'il n'était pas en très bons termes avec les gens du Domaine des Vallées-Boisées. Il y a eu des articles et des lettres dans le journal.

— Nous sommes au courant. Vous savez autre chose ?

J'hésite. À l'évidence, Don Greenway était furieux l'autre jour. Mais piquer une colère est une chose, s'acharner sur un type au point de lui faire éclater le crâne en est une autre. En plus, si j'envoie les flics de la criminelle à Greenway, j'ai peur que ma douche ne soit jamais arrangée.

— Un jour où je suis passé au bureau de vente du lotissement, dis-je lentement, comme s'il s'agissait d'un détail anodin, j'ai été témoin d'une dispute entre Spender et Don Greenway.

— Greenway ?

— Le directeur de la société immobilière, je crois. Il nous a vendu la maison. D'ailleurs, notre rue porte son nom.

— À quel sujet, cette dispute ?

Tandis que je lui raconte, Flint écrit sur son bloc, puis il en rabat la couverture avant de le fourrer dans sa poche.

— Je préférerais que vous ne mentionniez pas mon nom quand vous parlerez à M. Greenway. Il doit m'envoyer quelqu'un pour faire des réparations. S'il apprend que j'ai mouchardé, il risque de changer d'avis.

Les sourcils de Flint remontent d'un demi-centimètre.

— Mouchardé ? répète-t-il.

— Oui. Ce n'est pas l'expression que vous employez ? Ou alors « balancé », c'est ça ?

— « Mouchardé », c'est très bien, conclut Flint en se levant.

Ma terminologie policière n'est peut-être pas au point, mais je sais pertinemment comment décrire mon état d'esprit actuel : mort de trouille.

Mon copain Jeff est tombé sur un homme qui venait de mourir. Mon macchabée à moi a été tué. Je remporte le concours haut la main. Pourtant, je n'éprouve pas la moindre fierté. J'ai simplement peur.

À combien de minutes près ai-je manqué de croiser l'assassin de Spender ? Son accrochage avec Greenway n'a pas nécessairement de rapport avec sa mort. C'est peut-être un dingue qui l'a trucidé, et qui aurait pu me faire subir le même sort si je m'étais trouvé à la rivière en même temps que lui. Et si ce même cinglé continuait à rôder dans notre quartier, qui il y a peu était encore un coin de paradis ?

J'ai besoin de parler à quelqu'un. J'essaie de joindre Sarah au journal.

« Dan, "Faits divers". »

Je raccroche. Pas question d'adresser la parole à ce connard. Je m'approche de la fenêtre et vois l'inspecteur Flint qui, assis dans son véhicule, continue à gribouiller sur son bloc. Finalement, quand il démarre, je remarque la présence de la camionnette d'Earl. Il est chez lui.

Et il doit brûler d'envie de tout savoir.

L'arrière de son pick-up se trouve presque à l'intérieur de son garage qui est ouvert, comme l'est aussi la porte qui mène à la buanderie. Soit il charge des trucs dans son véhicule, soit il les rapporte chez lui. Sans me donner la peine de sonner, je pénètre dans le garage, monte les deux marches qui conduisent à la buanderie et appelle :

— Earl !

Pas de réponse. Peut-être qu'il trimballe des plantes dans la cour de derrière en passant par la cuisine ? La plupart des maisons du lotissement sont construites sur un plan identique. Du coup, même les yeux bandés, on peut trouver son chemin dans une maison où on n'a jamais mis les pieds.

J'appelle encore puis remarque que l'espace destiné aux machines à laver et à sécher est vide. Pourtant, Earl vit là depuis un moment. Enfin, peut-être que c'est le genre à aimer traîner dans les laveries automatiques.

Un courant d'air chaud arrive jusqu'à moi. L'atmosphère est étouffante dans la maison. Et humide.

Un drôle de vacarme s'élève du sous-sol. Pas étonnant qu'Earl ne m'entende pas, avec ce boucan. Je m'avance dans une atmosphère de plus en plus moite. La porte du sous-sol est à deux pas, littéralement. Depuis le seuil, je crie son nom encore une fois.

Le bruit cesse. Au bout d'un moment, j'entends Earl demander :

— Qui est là ?

Il y a une certaine nervosité dans sa voix.

J'ai déjà descendu la moitié des marches et me trouve sur un palier précédant un virage.

— Earl, c'est moi, Zack ! L'inspecteur est venu chez moi. Il voulait savoir si le gars qui...

— Ne descends pas !

Mais trop tard ! Soudain, je comprends que les vitres de mon voisin ne s'embuent pas en raison d'un défaut de construction.

Earl est juché sur un escabeau, nu jusqu'à la taille, et travaille à une rangée de spots qui pendent du plafond. La pièce est équipée d'un réseau de câbles électriques d'un calibre dix fois plus important qu'un tuyau d'arrosage. La ventilation fait un bruit d'enfer et l'éclat des spots est aveuglant. Il me faut plusieurs secondes avant d'accommoder. Alors apparaissent nettement quelques bonnes centaines de plantes à longues feuilles qui occupent à peu près tout l'espace. Pas besoin d'être un horticulteur hors pair pour s'apercevoir que ce ne sont pas des orchidées de concours.

Ma connaissance des armes à feu est également assez rudimentaire, mais je suis à même d'identifier ce qu'Earl pointe vers moi.

— Bordel, Zack ! Tu n'as jamais entendu parler des sonnettes ? Et c'est quoi cette histoire d'inspecteur ?

8

Pendant que j'inspecte la pièce, sidéré, Earl enfile une chemise en vitesse. Il m'emmène à l'étage du dessus, dans la cuisine, sort deux bières du réfrigérateur et me pousse – ou plutôt me guide – vers une chaise. Ensuite, il pose son revolver sur la table. Si je voulais, je pourrais m'en emparer. Mais je m'abstiens.

— C'est quoi cette histoire d'inspecteur, Zack ? insiste-t-il.

Ça n'a pas l'air de l'amuser du tout.

— Un inspecteur de police sort de chez moi, je réponds, mais j'ai du mal à clarifier mes idées.

— Il t'a posé des questions sur moi ?

Earl avale nerveusement une gorgée de bière.

— Non, ses questions concernaient le type qui a été retrouvé mort dans la rivière.

— Tu es sûr ? Rien sur moi ?

— Non, je répète d'un ton plus assuré. Tu peux me croire. Ça concernait le mort de Willow Creek.

Earl opine du bonnet mais le regard qu'il pose sur moi reste vigilant.

— J'en ai entendu parler. À la radio.

— Oui, j'imagine que c'était aux infos. C'est le type de la pétition, celui qui s'est adressé à nous l'autre jour.

— Je m'en souviens, acquiesce Earl après une autre gorgée de bière. C'est toi qui l'as trouvé ?

— Les flics disent qu'il a été tué. Et comme je suis tombé sur son cadavre en me baladant, ils m'ont posé plein de questions.

— Merde alors ! Heureusement que c'est sur le crime et pas sur moi. J'ai monté un business. Pas question que les flics y fourrent leur nez. Mais alors, pourquoi tu es venu ?

— Pour tout te raconter sur ma découverte. Je croyais que ça te passionnerait. Mais apparemment je suis arrivé à un mauvais moment.

Earl inspire profondément et expire lentement. Il caresse légèrement le revolver.

— Dis donc, Zack, tu vas me dénoncer ?

— Putain, Earl ! Il fait foutrement chaud chez toi !

Je dévisse enfin la capsule de ma bouteille de bière et en avale une gorgée.

— La culture en serre, ou ce qui y ressemble, produit un maximum d'humidité, m'explique mon voisin. C'est pour ça que j'ai plein de bières au frigo, de l'eau minérale, des sodas, tout ça.

Il prend une Winston de son paquet et l'allume avant d'ajouter :

— Je remarque que tu ne m'as pas répondu.
— Répondu à quoi ?
— Tu vas me dénoncer aux flics ?
— Écoute, Earl, ce n'est pas l'herbe que tu cultives qui m'inquiète. Après tout, plein de gens le font. Enfin, sauf mes enfants, j'espère.

— Pour sûr, lance Earl.

Je fais celui qui n'a pas entendu.

— Ce qui m'embête, c'est que pour ton boulot il faut être armé. Et ça, ça me dérange. En dehors des flics, rares sont les gens qui se trimballent avec un flingue.

— Beaucoup de gens en ont besoin, pas seulement les flics, objecte Earl tranquillement.

— Le problème, c'est de savoir si on aura droit à des fusillades dans le coin, en pleine nuit. Et si on ne risque pas d'être pris dedans.

Earl pince les lèvres en tapotant de l'index la crosse du revolver.

— C'est juste par précaution. Tu n'as pas à te faire de bile.

— Je n'aime pas les armes à feu, c'est tout.

— Si je te dis que tu n'as pas à t'en faire parce que j'ai un revolver, tu vas quand même me balancer aux flics ?

Mon front dégouline de transpiration.

— Non, Earl, je ne te balancerai pas.

C'est bien joli d'affirmer ça, mais je me demande aussitôt si je serai capable de tenir ma promesse. Je décide d'alléger l'atmosphère :

— Tu as sans doute des tas de paquets de chips pour les petites faims, j'imagine ?

Mais Earl ne dévie pas de sa trajectoire et grommelle en rigolant. Puis il agite son paquet de Winston.

— Je ne fume rien d'autre que des cigarettes. Je surveille ma santé, moi !

— Je vois ça, oui.

— Regarde. On boit chacun une bière. Moi, je fume une clope. La bière nous fait plaisir, nous détend, mais elle peut nous tuer, si on en abuse. Et cette cigarette a des chances de m'envoyer sous terre un jour, ajoute-t-il.

— Je vois où tu veux en venir.

— Ma production du sous-sol correspond à un besoin. J'offre un service. C'est comme écrire de la pornographie, ajoute-t-il en faisant un geste vers moi.

— Je n'écris pas de la pornographie mais de la science-fiction.

— Ouais, enfin, si tu écrivais du porno, ça serait la même chose.

— Non, parce que je n'écris pas de porno.

— D'accord, simplement, t'as pas compris mon point de vue. Les gens ont des besoins. Peu importent les lois et les règles mises en place, ils veulent assouvir leurs besoins, d'une manière ou d'une autre. Ils sont de plus en plus stressés. Stress au boulot, stress à la maison. D'un côté on éduque nos gosses, de l'autre on veille sur nos vieux parents. Chaque matin, on se lève avec une nouvelle douleur. Un saignement quand on va aux toilettes, des doigts de pied insensibles, peut-être un cancer. On ignore ce qui va se passer. Peut-être qu'on va se retrouver pris dans un détournement d'avion. Peut-être que ce fichu monde va exploser. Qu'un dingue va entrer à la Bourse avec une bombe. On ne sait foutrement pas de quoi demain sera fait. Les gens ont envie de réconfort et mon boulot consiste à leur en donner.

— Earl, ton sous-sol entier est un champ de marijuana. Si les flics le découvrent, tu es fichu.

Earl grimace et passe la main sur sa boule à zéro.

— La vie n'est que risques, Zack. Tu le sais aussi bien que moi.

Je ne dis rien. Depuis un certain temps, je fais tout mon possible pour les minimiser, ces risques. Et j'imagine la question que pourrait me poser Sarah : « Et alors, tu en es où ? »

— Ôte-moi d'un doute, Earl. Tu vis vraiment là ? Cette maison t'appartient ?

— C'est tout comme. Au premier, j'ai un lit et une télé. Mon frigo est toujours plein. Je reçois même un peu, fait-il en indiquant une bouteille de vin vide et deux verres posés près de l'évier. Mais, évidemment la décoration est réduite au minimum. Quant aux propriétaires ? Des hommes d'affaires, asiatique et russe. Je m'occupe du jardin et on n'y voit que du feu.

Sans m'en apercevoir je dois fixer le revolver depuis un moment, car Earl poursuit :

— Dans ce genre de boulot on n'est jamais trop prudent. Imagine que ton homme d'affaires asiatique cherche des crosses à ton homme d'affaires russe. Tu n'as pas envie de te retrouver au milieu de leur différend sans quelques petites munitions. Mais sois tranquille, ce genre de désagrément est très rare.

— Tu as un permis pour ce truc ?

— Zack, tu étais délégué de classe à l'école ? C'est toi qui surveillais les élèves quand le prof s'absentait ?

Je ne réponds pas.

— Je m'en doutais, fait Earl en terminant sa bouteille. Tu veux bien me sortir une autre bière ?

Quand j'ouvre le frigo, une puissante odeur de pourri me saute au nez. Dans le bac à légumes, une branche de céleri a atteint un stade de désagrégation avancé.

— Je n'ai plus d'odorat, me signale Earl en tapotant son nez. Même la fumée des cigarettes, je ne la sens pas. Et pourtant je suis complètement accro à la clope.

Je lui tends la bière, dont il dévisse la capsule.

— Avec toutes ces lumières au sous-sol, ta facture d'électricité doit atteindre des records.

— Oh, j'ai trafiqué le compteur. Je suis assez bon bricoleur.

Je prends une gorgée de bière. La bouteille est couverte de buée et son étiquette commence à se détacher. Je reste silencieux un instant avant de lancer :

— C'est pour Paul et Angie que je me fais du souci.

Earl me fixe avec attention tandis que je continue :

— Tu parlais de stress tout à l'heure ! Tu n'imagines pas celui des gosses d'aujourd'hui. On leur met une pression pas possible. Bien davantage que lorsque toi et moi étions gosses. C'est beaucoup plus facile de succomber quand la tentation est en face de l'endroit où ils vivent.

Earl acquiesce d'un air pensif.

— Tout à fait d'accord avec toi, m'assure-t-il. Mais je te jure que jamais je ne procurerai quoi que ce soit de ce genre à tes gosses.

— Mais les gens que tu fournis pourraient leur en refiler, eux.

Earl écrase son mégot dans un cendrier de métal avant d'allumer une autre cigarette.

— Que dire ? C'est clair, je ne m'attends pas à recevoir le prix Nobel.

— Paul sait-il ce que tu fabriques au sous-sol ?

— Non, il n'y a jamais mis les pieds. Je fais attention. En plus, il frappe avant d'entrer. (Au temps pour moi !) Je l'aide seulement en jardinage : les plantes et les fleurs. Les détails techniques. C'est un gosse sympa.

Je bois une gorgée et m'enquiers :

— Pourquoi as-tu choisi ce boulot ?

— Ça paie bien. Pas d'impôts. J'ai besoin d'argent, j'en gagne beaucoup, et vite. Je ne suis pas du genre à travailler dans une compagnie d'assurances ou une banque.

Mon front est trempé de sueur. Je sens qu'un mal de tête colossal va me tomber dessus. Sans doute l'humidité.

— Nous n'avions pas ça à Crandall.

— Vous viviez à Crandall ? Chouette rue, et chouettes maisons. Il y a un petit magasin de primeurs sympa au bout de la rue.

Je finis ma bière et regarde Earl dans les yeux.

— Je ne ferai rien. Dans l'immédiat, tout au moins. Si jamais je change d'avis, je te préviendrai. Mais entre-temps, tu devrais songer à un autre moyen de gagner ta vie. Et, s'il te plaît, ne t'avise pas de venir chez nous avec ton revolver.

Earl lève ses mains comme si on venait de l'arrêter.

— Jamais ! s'écrie-t-il.

Puis il ajoute en baissant lentement les bras :

— Laisse-moi te raconter une histoire. Je connaissais un trafiquant de cigarettes qui traversait le lac Ontario des États-Unis au Canada avec sa cargaison. C'était au moment où le gouvernement canadien avait augmenté les taxes sur le tabac. Mon gars livrait ses cigarettes dans une réserve indienne près de Thousand Islands. De temps à autre, je récupérais un carton ou deux de ce qu'il ne filait pas aux Indiens. Il se faisait du blé. Mais c'était de la contrebande, donc les douaniers voulaient le coincer, et les flics aussi. Une nuit, il effectue sa traversée habituelle avec deux autres types quand il est arraisonné par une vedette. Gyrophare, mégaphone et tout. Les deux autres gars mettent les gaz en pensant que s'ils peuvent dépasser le milieu du lac, les douaniers ne pourront rien faire. Tu me suis ? Mais quand la vedette des douanes les rattrape, il y a collision. Un des douaniers tombe à l'eau, et au lieu de nager ou de se débattre, il ne bouge pas. Comme s'il était assommé. Quand mon gars voit que le douanier va couler, il plonge. Ses potes sur le bateau pensent qu'il a perdu la tête, qu'ils ont une chance de filer pendant que les douaniers sont occupés à repêcher leur type. Mais mon gars, il ne peut pas faire ça. Au contraire, il se dépêche, sauve le douanier et pousse des hurlements pour que la vedette vienne les récupérer. Il a été condamné, bien sûr. Mais il a sauvé la vie du connard. La morale de l'histoire, c'est que personne n'est tout à fait mauvais.

Je me lève pour partir.

— Je te reçois cinq sur cinq, Earl. Merci pour la bière.

En traversant la rue, je passe devant chez Trixie. Une longue BMW bleue est garée à côté de son Acura. J'ouvre la porte de chez moi, rentre et referme le verrou. Puis je vais dans la cuisine prendre une autre bière.

La sonnerie du téléphone me fait sursauter.

« Quoi de neuf ? » demande Sarah.

Je l'entends taper sur son ordinateur pendant qu'elle bavarde. Elle doit rédiger un mémo ou corriger un papier.

« Rien de spécial », fais-je.

À part qu'un policier m'a confirmé l'assassinat de Spender, et que donc un meurtrier se promène en liberté dans les parages. À part que notre voisin Earl fait de la culture intensive de marijuana dans son sous-sol et qu'il a un revolver prêt à servir en cas de guerre des gangs entre ses employeurs asiatique et russe – de toute évidence des mafieux. Sinon, tout est normal.

« Bon, lâche Sarah. J'appelais juste pour dire bonjour. C'était bien, hein, hier soir ?

— Quoi ?

— Tu as déjà oublié ? Merci beaucoup ! Les enfants à la pizzeria ? Tu ne te souviens pas ?

— Si, si ! C'était bien !

— Heureuse de t'avoir fait de l'effet.

— Excuse-moi. Bien sûr que tu m'as fait de l'effet. Il faudrait qu'on remette ça un de ces quatre.

— Tu vas bien ? Tu as l'air bizarre.

— Non, ça va. Je travaille.

— Oh, mais c'est l'heure de la réunion. Je dois y aller. À ce soir. »

Et elle raccroche.

J'ai beau avoir quitté la maison d'Earl, je continue à transpirer. J'aurais dû tout raconter à Sarah. Après tout, je n'ai pas promis de ne rien lui dire. Mais si Sarah appelle la police ?

Et après ? C'est moi seul qui me suis engagé à ne pas le dénoncer : si Sarah s'en charge, c'est différent. La voilà, ma porte de sortie : lui confier toute l'histoire. La laisser faire le sale boulot. Et je serai tiré d'affaire.

Ben voyons ! Earl comprendra. Earl, mon voisin qui vit dans sa serre à marijuana, comprendra.

Cela dit, est-ce que ce n'est pas faire une montagne d'une taupinière ? Les lois concernant la marijuana ont vingt ans de retard. Il ne dirige pas une fumerie de crack, quand même. Il fait seulement pousser quelques plants dans son sous-sol... Bon, peut-être plus que quelques plants, d'accord : là où les gens mettent une table de billard, il a un véritable champ. Mais, au fond, est-ce que ça me regarde ?

Et puis, me confier à ma femme ou à mes enfants n'est pas sans risques. D'abord, celui de perdre tout prestige à leurs yeux. Et aussi celui de m'entendre dire : « Qui a eu l'idée de nous protéger des dangers de la ville ? Bravo papa ! »

Je retourne dans mon bureau mais suis incapable de me concentrer sur mon travail. Je n'arrête pas d'aller dans le living-room observer la maison d'Earl à travers les stores. À tout moment, je m'attends à voir débarquer une flottille de Lada bourrées de gangsters russes armés jusqu'aux dents. Ou une armada de flics, s'arrêtant en dérapage contrôlé sur la pelouse, sortant de leurs voitures pistolet au poing et encerclant la maison. Certains balancent des bombes lacrymogènes tandis que les autres, munis de masques à gaz, défoncent la porte. Quelques secondes plus tard, Earl est traîné hors de la maison par deux policiers, jeté face contre terre, les mains menottées derrière le dos. Des types en combinaison de protection sortent des centaines de plants et les entassent dans un camion qui sera mis sous scellés.

Il ne se passe rien de tel. La femme en peignoir fleuri arrose son allée. La BMW bleue, conduite par un type qui se cache derrière des lunettes de soleil, quitte l'allée de Trixie. Un enfant fait du vélo – spectacle plutôt rare à cette heure de la journée. Earl sort de chez lui, monte dans son pick-up et démarre.

Et moi je reste à la fenêtre, observant la rue à travers les stores, espionnant mes voisins tout en me demandant en quoi je suis en train de me transformer.

9

Le journal de Sarah ne publie qu'un entrefilet sur le décès de Samuel Spender. Comme prévu, la mort, même violente, d'un individu dans une banlieue résidentielle ne fascine pas les rédacteurs en chef. Pour attirer leur attention, il faut au moins être une actrice ou un ancien top model. Exemple : vous avez quatre-vingts ans, vous marchez avec un déambulateur et vous passez l'arme à gauche quand un sale type vous arrache votre sac ? C'est une aubaine pour la presse à la seule condition que vous ayez montré votre frais minois dans les magazines soixante ans auparavant. « Un ancien mannequin-vedette tué lors d'un vol à l'arraché », titrera alors la rubrique « Faits divers ». Et une photo de vous à votre époque glamour sera publiée avec la légende : « Aux temps heureux ».

Le *Suburban*, et c'est tout à son honneur, publie une notice nécrologique de Spender parfaitement respectable dans l'édition qui sort deux jours après sa mort. L'article est intitulé « *Un défenseur de la nature retrouvé assassiné dans la rivière* ».

Samuel Spender, écologiste convaincu, connu pour son action en faveur de la protection de la nature et ses rapports difficiles avec le conseil municipal d'Oakwood, a été retrouvé mort mercredi dans la Willow Creek.

D'après la police, le défunt, âgé de cinquante-quatre ans et résidant depuis 1965 à Oakwood, suivait l'un de ses itinéraires de promenade préférés quand il a subi l'assaut de son assassin.

Blessé à la tête avec un objet contondant, il gisait dans la rivière, tout près du bord. C'est un habitant du lotissement voisin qui l'a découvert et a prévenu la police avec son mobile.

L'inspecteur Edward Flint, d'Oakwood, a annoncé que les enquêteurs suivaient un certain nombre de pistes, sans préciser toutefois s'il envisageait une arrestation prochaine.

Ironie du sort, M. Spender, président fondateur de la société de protection de la Willow Creek, a été tué sur le lieu même pour lequel il se battait depuis des années. Quand les promoteurs du Domaine des Vallées-Boisées ont fait connaître leurs projets de construction sur les terrains qui récemment encore étaient la propriété du gouvernement, M. Spender, appuyé par quelques spécialistes de l'environnement, a contre-attaqué, arguant que l'édification de maisons sur les berges mettrait en péril la rivière, habitat naturel de certaines espèces animales.

Cependant, des experts commis par la société de développement immobilier sont parvenus à persuader le conseil municipal qu'il ne s'agirait là que d'un effet négligeable, en conséquence de quoi le permis de construire a été délivré. M. Spender, qui travaillait à Oakwood comme ingénieur, continuait néanmoins sa croisade pour arrêter la dernière phase des travaux – à savoir l'édification d'un groupe de maisons au bord de la rivière.

À l'annonce de la mort de Spender, Don Greenway, président du Domaine des Vallées-Boisées, a exprimé sa stupéfaction et sa consternation :

« *En dépit de nos rapports compliqués et conflictuels, nous partagions le même intérêt pour la protection de l'environnement. C'est un enjeu dont je connais l'importance mais qui, dans le cas du Domaine des Vallées-Boisées, n'est pas contradictoire avec la construction de maisons destinées au confort des familles. M. Spender était certes d'un avis différent, il n'en reste pas moins que son engagement en faveur d'une planète plus propre est hautement respectable. Ce qui vient de se passer constitue une terrible tragédie, et nous ferons tout notre possible afin d'aider la police dans ses efforts pour capturer le criminel.* »

Roger Carpington, conseiller municipal, s'est fait l'écho de la réaction de Don Greenway en déclarant notamment au *Suburban* :

« *Sam Spender était un modèle pour tous ceux d'entre nous qui ont à cœur la préservation de leur communauté. Son implication en faveur de la protection de la Willow Creek a été d'une aide inestimable pour le conseil, au moment de délimiter les zones d'habitation.* »

Spender, dont l'épouse Linda est décédée en 1993, laisse deux fils, Mark, 28 ans, résidant à Seattle, et Matthew, 25 ans, résidant à Calgary.

Au moment de mettre sous presse, nous ignorons encore la date et le lieu des obsèques.

Et c'est tout. Mis à part une photo de Spender posant au bord de la rivière, déjà publiée dans le journal pour illustrer un article sur les prises de position militantes de l'écologiste. Et un cliché de Carpington, tout en joues rebondies, crâne dégarni et grosses lunettes.

Apparemment, la police n'a pas dévoilé au reporter local le nom de la personne qui a découvert le corps de Samuel Spender. S'ils l'avaient fait, j'aurais sûrement reçu un coup de fil. Je trouve intéressant que la rédaction ait sollicité l'opinion de Don Greenway. D'après son commentaire, il est difficile de deviner à quel point Spender et lui étaient en mauvais termes.

Le promoteur a-t-il quelque chose à voir avec cette affaire ? Et quid de Carpington, l'autre type interviewé ? Il faisait partie des deux personnes que Greenway a voulu contacter après son altercation avec Spender. Carpington était-il censé agir d'une manière ou d'une autre ? Mon conseiller municipal arrondirait-il ses fins de mois avec un job de tueur professionnel ?

Allez, Zack, ça suffit, me dis-je. Retourne à ton foutu bouquin de science-fiction.

Mais quand je ne pense pas à Spender, c'est Earl et ses activités souterraines qui me turlupinent. Terminées, les sessions de jardinage de Paul chez le voisin d'en face ! Le jour où la brigade des stups finira par débarquer chez lui, je ne veux pas qu'ils trouvent mon fils en sa compagnie. Mais il est vrai qu'Earl a beaucoup appris à Paul. À en juger par l'opulence de ses plantations en sous-sol, notre voisin jardinier a sans aucun doute la main verte. En outre, il est difficile de croire que c'est un mauvais gars. C'est lui qui a éveillé l'intérêt de Paul pour les plantes et le paysagisme...

J'aimerais tellement que les événements se déroulent sans ma contribution ! Que, si Earl est dénoncé, ce soit par quelqu'un d'autre qui flaire un truc louche du fait de ses vitres embuées, par exemple, ou du ronronnement constant de sa ventilation.

Quelqu'un comme Trixie, peut-être. Quelle serait sa réaction si elle savait ce qui se passe de l'autre côté de la rue ? Je me demande si elle se doute de quelque chose. Elle habite exactement en face de chez Earl. Chaque fois qu'elle jette un coup d'œil par la fenêtre, elle voit sa maison. Et si elle l'avait aperçu en train de charger son pick-up avant une livraison nocturne ? Pas terrible pour un expert-comptable qui reçoit ses clients à domicile, d'être à un jet de pierre d'un trafic de marijuana.

Ce n'est pas seulement la nature du trafic d'Earl qui m'inquiète. Ou son revolver prêt à servir. J'ai lu des articles dans le *Metropolitan* sur la culture de l'« herbe » en sous-sol et la consommation gigantesque d'électricité qu'elle nécessite. Earl m'a confié qu'il trafiquait son compteur pour ne pas attirer l'attention de la compagnie d'électricité. Si bien que sa maison risque sans arrêt le court-circuit et l'incendie.

Bref, on est sur le fil du rasoir. C'est une chose de se voir agiter sous le nez des armes et de la drogue. C'en est une autre de savoir sa sécurité soumise au hasard. Un câble en surchauffe, et la maison d'Earl peut brûler de fond en comble. Et, une fois ses murs en proie aux flammes, qui sait si le feu ne s'étendrait pas aux maisons adjacentes ou même à celles d'en face, comme la nôtre ou celle de Trixie ?

Cette pensée suffit à m'empêcher de terminer le chapitre où les missionnaires athées tentent d'apporter la bonne parole technologique au reste de la galaxie. En voyant par la fenêtre que seule la voiture de Trixie est garée dans son allée, je décide de faire un saut chez elle. Pour aller aux nouvelles, voir si elle se doute de quelque chose et – pourquoi pas ? – obtenir un tuyau de plus pour ma prochaine déclaration d'impôts.

Mais soyons clair. Il n'est pas question de consultation gratuite. Je ne fais pas partie de ces gens qui, au cours d'un dîner, demandent à un invité médecin : « J'ai une gêne dans l'épaule quand je bouge le bras. Vous savez ce que ça pourrait être ? » Non, Trixie peut me traiter comme un client normal, me facturer son tarif habituel, je ne serai pas vexé. Et au moins je n'ai pas besoin d'éplucher les Pages jaunes pour trouver un comptable dont je ne connaîtrai pas la compétence.

Je sonne. On se sent toujours idiot quand on attend sur le pas de la porte qu'on veuille bien vous ouvrir. Alors je mets les mains dans mes poches et m'efforce d'avoir l'air le plus nonchalant possible. On ne sait jamais : un voisin pourrait passer en voiture, même s'il y a peu de chances que ça arrive. Dans le Domaine des Vallées-Boisées, une personne sur deux gagne sa croûte en ville.

Je sonne à nouveau et colle mon oreille contre la porte. Soudain, la voix de Trixie sort d'un petit interphone fixé dans le mur à droite de la porte.

« Puis-je vous aider ?

— Salut, c'est Zack, je...

— S'il vous plaît, appuyez sur le bouton pour parler. »

Je presse mon pouce sur une touche noire.

« Trixie ? C'est Zack. Je te dérange ?

— Zack ? Bonjour ! Qu'est-ce qui se passe ?

— Excuse-moi, j'aurais dû appeler mais je n'avais pas ton numéro et tu n'es pas dans l'annuaire.

— Il y a un problème ?

— Non ! Écoute, je peux revenir.

— Je croyais que c'était mon prochain rendez-vous. Je ne peux pas venir t'ouvrir pour le moment, mais fais-nous un petit café. Je serai chez toi d'ici à peu près une heure.

— Parfait. »

Alors que je me dirige vers la route, une Impala beige y entre. Un type en jean sort de la voiture, qui me fait un clin d'œil quand nous nous croisons.

Je branche la machine, mets la dose de café et d'eau, et appuie sur le bouton. Puis je m'assieds à la table de la cuisine avec une feuille de papier et un crayon et commence à dresser une liste des choses à faire :

1. Finir le dernier chapitre.
2. Réparer le barbecue.
3. Écrire au Domaine des Vallées-Boisées pour qu'ils se remuent.
4. Poser une bombe dans le bureau du Domaine des Vallées-Boisées.
5. Enfoncer un bâton de dynamite dans le cul de Don Greenway.
6. Préparer les papiers concernant mes impôts et demander conseil à Trixie.

7. Terminer la pose de mastic autour de la fenêtre de notre chambre.

Un coup d'œil par la fenêtre m'apprend que mon échelle extensible est toujours posée contre le mur avec mon pistolet à mastic sur la marche inférieure.

8. Acheter un nouveau tube de mastic.

Je pose le crayon. Si Trixie tient parole, elle devrait arriver d'ici à une vingtaine de minutes. Trop juste pour attaquer l'une des tâches de ma liste. Autant aller dans mon bureau et travailler sur la maquette du sous-marin *Seaview* du *Voyage au fond des mers*. J'ai du mal à faire tenir les barres de plongée. Mais, à l'instant où je colle celle de bâbord arrière avec du ciment liquide, la sonnerie de la porte retentit.

— Une seconde !

C'est sûrement Trixie. Cependant, comme j'ai l'habitude de fermer le verrou, impossible de lui crier d'entrer. Pour fixer convenablement la barre de plongée, il faudrait la tenir pendant plusieurs secondes. Tant pis ! J'abandonne et cours à la porte.

À ma grande surprise, il ne s'agit pas de Trixie mais d'un homme d'à peine trente ans, aux traits rudes, vêtu d'une veste en jean sur un pantalon constellé de taches de peinture et de traînées de plâtre. D'une main il tient une énorme boîte à outils, tandis que l'autre est enfouie dans sa poche. Seul son pouce est visible. La barbe qui recouvre son long visage maigre a au moins deux jours. Ses cheveux bruns légèrement ébouriffés sont fixés au gel.

— Oui ? dis-je.
— Nous sommes bien au 1481 Greenway ?
— Oui.
— Je viens pour la douche. C'est M. Greenway qui m'envoie. Je m'appelle Rick.

Inspecteur Flint, merci de ne pas avoir mouchardé !

— Oh ! Mais bien sûr ! Entrez !

Les semelles de ses chaussures sont couvertes d'une boue sèche, mais il ne les essuie pas avant d'entrer et de se diriger vers l'escalier.

— C'est en haut ? demande-t-il, les yeux levés vers le premier étage.
— Oui, dis-je en montant derrière lui et en le suivant jusqu'à la salle de bains.

Il fait chaud là-haut. Il enlève sa veste et la jette sans ménagement sur une table. Du coup, la pyramide de petits savons en forme de rose que Sarah destine à nos invités (mais que nul n'ose jamais utiliser) s'effondre. Je les remets dans leur corbeille, que je pousse dans un coin à côté d'un chandelier ancien en cuivre où trône une bougie blanche. Rick ouvre sa boîte à outils, qui se révèle bourrée de toute sorte d'ustensiles, de rouleaux d'adhésif et de tubes de mastic. Il pénètre ensuite dans la douche et fait courir son doigt le long du bac, à l'endroit où les carreaux s'arrêtent.

Histoire de me rendre utile, je juge nécessaire d'intervenir, aussi je commente :

— Vous voyez ? Le joint s'écaille et s'en va à certains endroits.

Pas de réponse. Je reprends :

— C'est par là que l'eau s'infiltre et coule sur le plafond de la cuisine. L'autre jour, un morceau de plâtre est tombé.

Rick tire la bande de joint abîmée et la lance sur le sol de la salle de bains, pratiquement sur mes chaussures. Il fouille non pas dans sa boîte à outils mais dans sa poche, d'où il extirpe ce qui ressemble à un couteau suisse. D'une pression, il en fait jaillir une lame. J'en déduis qu'il s'agit d'un modèle qui ne comporte ni décapsuleur, ni tire-bouchon, ni lime, ni tournevis.

Pendant qu'il continue à retirer le joint pourri avec son couteau, je me sens obligé d'entretenir une conversation polie.

— Alors vous travaillez pour les Vallées-Boisées ?

Rick me regarde par-dessus son épaule.

— Vous avez deviné ça tout seul ?

Voyant par la fenêtre Trixie arriver, je m'empresse de descendre lui ouvrir.

— Salut, fait-elle.

— Il y a là-haut un petit génie envoyé par les Vallées-Boisées et censé réparer la douche qui fuit. J'espère qu'il ne va pas embarquer la collection de savons de Sarah.

Nous allons dans la cuisine.

— Désolé d'être passé sans prévenir, dis-je en remplissant deux tasses. Non seulement je n'ai pas ton numéro de téléphone, mais je suis gêné d'avouer que je ne connais pas ton nom de famille.

— Snelling, répond Trixie avec un sourire.

Y avait-il un Snelling dans les Pages jaunes que j'ai consultées ? Je n'en ai pas le souvenir. Ce que je fais remarquer à Trixie.

— Je ne suis pas encore dans l'annuaire, précise-t-elle. Je devrais figurer dans le prochain.

Je pousse vers elle une assiette de biscuits.

— Ton rendez-vous est arrivé juste au moment où je partais.

— Oui, il était un peu en avance.

— J'essaie de me rappeler si je ne l'ai pas rencontré quelque part. Il a eu l'air de me reconnaître.

— Ah bon ?

— Oui. Il m'a fait un clin d'œil en me croisant.

Trixie souffle sur son café et attrape un biscuit.

— Vraiment ?

— Oui, j'ai trouvé ça bizarre.

Trixie, qui mâchonne son biscuit, n'a pas l'air fascinée.

— Tu es venu pour quoi au juste ? questionne-t-elle. Pour m'inviter à boire un café ? Remarque que c'est une bonne raison.

— D'abord pour te demander officiellement de t'occuper de ma déclaration d'impôts.

— Bien sûr. Pas de problème.

— Mais pas gratuitement. Zack Walker n'est pas un profiteur. Je paierai la consultation. Au fait, quels sont tes tarifs ?

— Ne t'inquiète pas pour ça, répond Trixie, une étincelle coquine dans les yeux. J'ai un programme spécial dans mon ordinateur, il n'y en a pas pour longtemps.

— Si tu refuses de me faire payer, je m'adresse ailleurs.

Elle avale une gorgée de café et réplique :

— D'accord. Si ça peut te faire plaisir.

J'attrape à mon tour un biscuit et lance :

— Tu ne trouves pas qu'il se passe de drôles de trucs, dans le coin, ces derniers temps ?

— Quoi par exemple ?

— Ce type qui militait pour la protection de la Willow Creek, qu'on a assassiné et laissé dans la rivière.

— J'en ai entendu parler. C'est terrible.

Je lui raconte mon rôle dans cette affaire.

— La vache ! Je ne me suis jamais trouvée nez à nez avec un cadavre.

— Je l'avais croisé quelques jours auparavant au bureau de vente du promoteur. Il se disputait salement avec Greenway – tu sais, le gros connard qui dirige le programme immobilier ?

Trixie acquiesce d'une façon qui donne à penser qu'elle connaît ce type. Mais je ne lui pose pas la question.

— J'y étais allé pour demander qu'on vienne réparer la douche et le trou dans le plafond. Spender s'est pointé et ils ont commencé à se gueuler dessus.

Je gratifie Trixie de quelques détails supplémentaires. Spender hurlant qu'il n'est pas corruptible. Greenway lui ordonnant de dégager. Et j'ajoute :

— Et puis, il y a Earl.

— Quoi, Earl ?

— Tu n'as rien remarqué d'extraordinaire chez lui ?

Trixie me dévisage en mordillant sa lèvre inférieure. Elle semble me jauger, comme pour évaluer ce que je sais et ce qu'elle est prête à me révéler. Pour finir, elle demande :

— Tu veux parler de sa culture de marijuana au sous-sol ?

— Précisément.

— Écoute, tu sais que je n'aime pas juger les gens. Vivre et laisser vivre, telle est ma devise. Les gens me racontent leurs secrets – leurs secrets financiers, j'entends. Il faut du temps pour gagner leur confiance et qu'ils en arrivent aux confidences sur leur vie. J'ai appris la tolérance. Earl ne m'a jamais causé d'ennuis. Et quand j'ai su que mon nouveau voisin était écrivain, tu veux savoir ma réaction ? J'ai pensé : Écrivain ? OK, pas de problème.

— Pour quelles raisons tu en aurais eu ? je rétorque, sidéré.

— Eh bien, les écrivains peuvent être un peu étranges. Mais comme je t'ai dit, j'essaie de ne jamais juger... Tu voulais mon numéro de téléphone ?

Je lui tends ma liste pour qu'elle l'inscrive dessus. Mais Trixie se met à la lire.

— Quand tu enfonceras le bâton de dynamite dans le cul de Greenway, appelle-moi avant d'allumer la mèche. Le spectacle devrait en valoir la peine.

Je rougis.

— Je ferais mieux de balancer ça. Mais d'abord, écris ton numéro.

Après le départ de Trixie, je glisse la feuille dans mon carnet d'adresses. Soudain, Rick se matérialise.

— Tout est réparé ?

— J'ai enlevé le joint d'étanchéité du carrelage.

— Vous en avez remis ?

— Non. Je dois repasser pour ça.

— Vous n'avez pas le matériel ?

— Je viens de vous le dire, je vais repasser.

— Dans la journée ?

— Non. Une autre fois.

— Demain ? Parce que, sans joint, la douche est inutilisable.

— Vous avez d'autres salles de bains, non ? Prenez des bains.

Et il s'en va sans un mot de plus.

Je monte pour voir ce qu'il a fait. Des morceaux de mastic et des débris de boue provenant des chaussures de Rick jonchent le sol de la douche et de la salle de bains. Dégoûté, je m'apprête à aller chercher l'aspirateur quand un détail attire mon attention. Ou plutôt, l'absence d'un détail. Le chandelier en cuivre a disparu.

Ce vol me sidère. Au début, je me dis que j'ai dû me tromper. Que le chandelier ne se trouvait pas à sa place habituelle. Mais je sais qu'il y était. Ce n'est pas comme si un cambrioleur s'était introduit dans la maison par effraction et avait emporté tous nos appareils ménagers : le chandelier était un petit bibelot que Sarah avait déniché dans une brocante pour moins de 20 dollars. Ce qui n'empêche pas ma colère. Le culot, l'audace du voleur, me choque. Que ce salopard de Rick, ce dézingueur de mastic à la gomme, cet incapable fils de pute croie pouvoir nous barboter un truc en toute tranquillité, inconcevable !

Je vais téléphoner. Appeler Don Greenway et lui dire de me renvoyer Rick immédiatement. Pas pour réparer sa douche de merde mais pour nous rendre notre putain de chandelier… *Oui.* Mais je vois déjà le résultat : à supposer que Greenway prenne la peine de lui parler, Rick va nier. Et alors, je ferai quoi ? L'inspecteur Flint mettra-t-il son enquête criminelle entre parenthèses pour retrouver un fieffé voleur de chandelier ?

Ah, elle est belle, la vie dans les banlieues résidentielles ! Notre promoteur envoie des voleurs pour réparer une douche qui fuit, il y a une plantation de cannabis en sous-sol dans la maison d'en face, et un écologiste se fait assassiner dans la rivière. À se demander si la jolie maison de Driftwood Drive, avec sa fontaine, n'est pas le nouveau QG de la pègre. Si la paisible Lilac Street ne va pas accueillir la prochaine réunion du Hells Angels Club. Si le nouveau bâtiment de Coventry Garden Circle n'abrite pas des membres d'Al-Qaida à l'aube d'une nouvelle attaque terroriste.

Quand Paul puis Angie rentrent de l'école, je leur annonce que, dès le retour de leur mère, une réunion familiale se tiendra dans la cuisine. À l'heure dite, Sarah s'assied sur une chaise, Paul s'appuie contre le frigo et Angie s'installe dans l'embrasure de la porte, prête à filer. Ayant pris place près du lave-vaisselle, je commence :

— Ces derniers temps, j'ai essayé d'être plus cool à propos de notre sécurité. Moins de mises en garde sur les histoires de clés oubliées, de portes non verrouillées, etc. Cependant, sans quelques rappels à l'ordre amicaux, je crains que tout le monde ne relâche ses efforts.

Silence dans l'assemblée.

— Il se passe des drôles de choses dans le voisinage. Ce n'est pas parce qu'on est loin du centre-ville que tout le monde est sympa. Je m'explique : déménager a été un bon choix, malgré quelques inconvénients. Pour toi, Angie, c'est cette école que tu n'aimes pas beaucoup. Pour toi, Sarah, ce sont les trajets quotidiens entre la maison et le journal. Toi, Paul, tu sembles t'être plutôt bien adapté. Et pourtant, nous devons être sur nos gardes, en alerte, et ouvrir les yeux sur le moindre événement suspect.

Personne ne bronche. Mais je surprends quelques échanges de regards.

— Vous êtes d'accord ? Nous restons vigilants, nous redoublons d'attention et nous sommes hyperprudents. Pas de sacs en évidence sur le siège de la voiture, pas de clés sur la porte, pas de porte non verrouillée pendant la nuit. Je ne vous demande rien de plus que de respecter quelques consignes élémentaires de bon sens.

Angie s'éclaircit la gorge. Apparemment, elle est la première à intervenir avec des suggestions utiles pour rendre notre existence plus sûre.

— Suis-je la seule à m'inquiéter de la santé mentale de papa ? demande-t-elle.

10

Le moment me paraît opportun pour reconsidérer ce que j'appelle la question du gros con.

À ce stade, vous avez sans doute tiré vos propres conclusions. Mettons que vous avez opté pour le « oui ». Oui, Zack est un gros con. Sans aucun doute. Vous avez arrêté cette opinion au moment de l'incident du sac à dos, et vous n'avez pas changé d'avis depuis. Dans ce cas vous n'êtes pas près de le faire.

Mais peut-être n'avez-vous pas tranché aussi rapidement. Peut-être hésitez-vous encore. Vous comprenez qu'un homme soucieux de la sécurité de sa famille puisse parfois agir quelque peu irrationnellement. Dans cette hypothèse, nous en sommes au point où vous allez être conforté dans votre jugement. Et ensuite, ou juste me juger comme un gros con, ou montrer quelque indulgence.

Un jour ou deux après mon sermon, j'essaie de tempérer mes craintes, ce qui inclut une attitude plus relax en général. Aussi, quand Sarah revient à la maison et m'annonce qu'elle a des courses à faire, je lui propose de l'accompagner. Je quitte mon bureau où je notais des modifications au crayon en marge de certains passages de mon manuscrit et la retrouve devant l'entrée. Elle s'est changée et porte un jean et un pull. Nous enfilons des blousons légers, car même si le printemps est avancé, une brise fraîche souffle du nord.

Nous avons des tas de choses à nous dire. Rectification : Sarah a beaucoup de choses à raconter. Sa journée au *Metropolitan* a été éprouvante.

— Alors je dis à Leanne – tu connais Leanne ?
— Oui.
— Je lui demande de se rendre sur le front de mer, où un conseiller municipal du nom d'Alderman Winsted tient une conférence de presse à propos des ordures qui s'amoncellent près du club nautique. Mais comme il pleut, elle refuse d'y aller, de peur d'abîmer dans la boue ses fringues Donna Karan et ses belles chaussures qu'elle a mises en croyant qu'elle allait couvrir le procès Wang...
— Le procès quoi ?
— Wang. Le type qui a découpé sa copine en petits morceaux et les a éparpillés dans cinq comtés.
— Je vois, dis-je en me battant pour libérer un chariot coincé dans celui de devant.
— Sauf que le procès a été remis d'une journée et que Walters s'est fait porter pâle...
— Encore ?
— Oui, c'est au moins la quatrième fois en deux mois. C'est toujours le lendemain d'un congé de deux jours, et il appelle toujours d'Ottawa, où il saute cette fille du *Citizen*. À mon avis, il veut juste se payer un long week-end. Et puis le rédac'

chef s'amène et veut savoir pourquoi un crétin de la rédaction a récrit l'article d'Owen sur ce mec accusé d'être en possession de matériel pédophile et qui se défend en invoquant la liberté artistique. Alors je dis que c'est parce qu'Owen ne se rendrait même pas compte de ce qu'est une bonne amorce d'article même si elle lui sautait aux yeux, et il me répond que c'est peut-être vrai mais que, la prochaine fois, le crétin de la rédaction ferait mieux d'éviter de confondre le nom de l'accusé et celui de son avocat... Bon, et toi, qu'est-ce que t'as fichu de ta journée ?

— Rien de spécial.

J'ai libéré le chariot et nous longeons un étal de fruits.

— Des nouvelles des gosses ?

Paul m'a appelé vers midi pour me demander si je pouvais monter dans sa chambre et voir s'il avait laissé un devoir de sciences sur sa commode. J'y suis allé avec le téléphone sans fil et lui ai dit que non.

Silence au bout de la ligne.

— Enlève les couvertures et regarde dans mon lit, m'a-t-il demandé.

Nouvel essai. Toujours rien.

— Perdu ! Mais j'ai trouvé un *Penthouse*.

— Laisse tomber.

Angie ne m'a pas joint. Pourtant, avant de partir ce matin, elle m'a informé que je lui devais 127 dollars.

— Si je t'ai *emprunté* ces 127 dollars, ma mémoire n'en a gardé aucune trace, lui ai-je répondu.

Elle a soupiré et m'a rappelé que nous avions décidé de lui rembourser la moitié du prix d'un nouveau pantalon, un accord dont je ne savais rien...

— J'ai accepté, me déclare Sarah.

— Alors, à toi de lui filer ses 127 dollars.

— On va prendre une romaine, des steaks et de l'adoucisseur à linge, m'annonce Sarah.

Je m'inquiète de notre fréquent recours au barbecue, que je dois de plus réparer :

— J'ai lu dans ton journal un article sur l'effet cancérigène de la viande cuite sur des braises.

— Ne crois pas tout ce qu'il y a dans les journaux.

En passant devant le kiosque, mon œil est attiré par la couverture de *Time*, qui vante un nouveau film de science-fiction à succès.

— J'en ai pour une minute.

Sarah continue avec le chariot.

Je feuillette *Time*, jette un coup d'œil aux différents magazines (Oprah[1] figure de nouveau en couverture de son propre magazine, ce qui justifierait une petite enquête), passe en revue vite fait, bien fait, les derniers livres de poche parus. Quand je me décide à rejoindre Sarah, elle a disparu.

Je parcours la section qui sépare les caisses des têtes de gondole, la cherchant dans chaque allée.

Je la repère enfin inspectant les rayons de pâtes, de sauces tomate et les vingt-trois menus des Dîners Kraft. Elle se tient à une dizaine de mètres de son chariot totalement vide, à part

---

1. Il s'agit d'Oprah Winfrey, légendaire présentatrice de la télévision américaine depuis plusieurs décennies *(N.d.T.)*.

son sac, qui occupe la place réservée aux enfants en bas âge. Comme à son habitude, Sarah est absorbée dans la contemplation des rayons et néglige totalement son chariot et son sac. Par bonheur, il n'y a personne alentour ce qui élimine les risques de vol.

La seule personne que je croise est une jeune femme blonde en tailleur blanc en train de choisir des sacs-poubelle. En m'approchant de Sarah, j'attends de voir à quel moment elle détournera les yeux des diverses sauces spaghetti pour vérifier si son sac est toujours là.

L'implosion me guette.

Il est évident que je perds totalement mon temps en essayant d'inculquer aux membres de ma famille les plus élémentaires consignes de bon sens.

En ce qui concerne Sarah et son sac, je sais que je suis en train de virer obsessionnel. Mais la télé n'arrête pas de parler d'histoires de sacs volés. Celle de la femme qui y avait rangé son billet de loterie. Cette autre qui a perdu ainsi les photos du mariage de sa sœur. Il y a des choses qui ne se font pas. Laisser son sac sans surveillance dans un supermarché plein de monde en fait partie.

De là où je me trouve, j'ai l'impression que son sac n'est même pas fermé. Quelle délicate attention ! Le voleur n'aura pas à s'enquiquiner à le prendre, il lui suffira de jeter un coup d'œil à l'intérieur et de se servir.

Mais à quoi pense-t-elle ? « À garder mes deux mains libres quand je fais les courses », me répondrait-elle si je lui posais la question.

On pourrait croire qu'une femme qui passe ses journées à envoyer des journalistes dans les tribunaux pour écrire des articles sur des hommes qui découpent leurs petites amies en morceaux et les dispersent à tout vent se rend compte que les sales types courent les rues. Et qu'ils n'hésiteraient pas à s'enfuir avec un sac de dame pendant qu'elle réfléchit aux mérites comparés d'une sauce aux trois fromages et d'un assaisonnement ail-oignons.

Ce n'est qu'une question de temps avant qu'on lui pique son sac – ou son contenu. Je dois décider. Le voleur sera-t-il un inconnu ? Ou bien moi ?

N'y touche pas, me dicte ma conscience. Pas touche !

Sarah a oublié l'incident du trousseau de clés. Elle a digéré l'affaire de sa voiture cachée. On se parle à nouveau. Ces deux dernières semaines, les animations horizontales se sont déroulées de façon plutôt remarquable et, honnêtement, j'avoue même avoir accompli de spectaculaires performances. Nous sommes en paix.

Et pourtant.

Certes, je peux rester à côté du chariot et veiller sur son sac. Mais la prochaine fois ? Quand je ne serai pas avec elle ? Il suffira qu'elle ait le dos tourné pendant une minute pour que quelqu'un saisisse tranquillement la bandoulière et cache le sac sous sa veste.

J'ai la chance d'être un bon éducateur. Ça aide.

Je passe à côté du chariot, qui ne contient qu'un paquet de biscuits basses calories. Sarah a-t-elle l'intention de nous mettre au régime ? Je m'approche d'elle.

— Tu as presque fini ?

— J'aimerais faire encore un petit tour dans les rayons.

— D'accord, dis-je en jetant un coup d'œil au chariot. Si ça ne te dérange pas, vu que tu en as encore pour un bon moment, je vais t'attendre dans la voiture.

— Comme tu veux.

Elle prend sur une étagère un flacon de sauce ultra-piquante.

— Tu penses qu'on aimera ?

— Les enfants vont détester.

Je fais demi-tour et m'éloigne. En passant devant le chariot, je m'empare du sac d'un geste fluide de la main gauche, le glisse sous mon blouson et le maintiens en place avec mon bras droit. Tête haute, j'avance jusqu'au bout de l'allée. Les voleurs de sac, c'est bien connu, ont l'air coupable et jettent des coups d'œil furtifs à droite et à gauche. Mon expression est toute différente : hautaine. J'arbore un de ces sourires qui ne découvrent pas les dents, où les lèvres sont closes et les joues gonflées. Un sourire suffisant. Un sourire de salopard.

Je sors par les portes automatiques près du kiosque à journaux, le sac toujours collé contre mon torse sous mon blouson. Je n'ai pas envie d'être vu avec, non parce qu'on pourrait me soupçonner de l'avoir piqué, mais parce qu'un mec ne veut pas être surpris avec un sac de dame, même si c'est son droit le plus légitime d'en avoir un.

De la main gauche, je prends mes clés dans la poche de mon blouson. J'appuie sur le bouton commandant l'ouverture électronique du coffre, que j'ouvre en grand, et j'y plonge le sac.

Il est lourd. Encore un signe distinctif du sac de Sarah. Quand par hasard elle me demande de le porter, je suis toujours surpris de son poids. D'après elle, c'est la petite monnaie qui pèse une tonne. Car chaque fois qu'on lui en rend, elle la jette négligemment dans son sac au lieu de la ranger dans la poche adéquate de son porte-monnaie. Du coup, le fond ressemble à la fontaine de Trevi, l'eau en moins.

C'est sans scrupule que je cache son sac dans le coffre. Quand elle sortira du supermarché, elle n'aura rien à mettre dedans car, faute d'argent, elle aura les mains vides. Un spectacle dont je me réjouis à l'avance.

Je me glisse derrière le volant, enfonce la clé dans le contact, allume la radio, sans vraiment prêter attention au programme tant je suis excité par la scène qui va suivre. J'ai l'impression d'être redevenu un enfant, lorsque je me cachais dans le placard de la chambre de ma sœur Cindy en attendant qu'elle revienne de l'école. Je me blottissais au fond sans bouger ni respirer, de peur de faire cliqueter les cintres, prêt à bondir en criant : « Ahhhhh ! » dès qu'elle franchirait le seuil et à jouir de sa mine terrifiée et stupéfaite. Assis dans la voiture, j'éprouve le même plaisir anticipé. Je vois déjà Sarah s'asseoir à côté de moi, la mine terrifiée et stupéfaite, pour m'annoncer qu'en mettant la sauce piquante dans son chariot elle a remarqué que son sac avait disparu.

Combien de temps vais-je la laisser mijoter ? Pas très longtemps. Suffisamment pour qu'elle retienne la leçon. Bien sûr, sur le moment, elle sera fâchée, mais plus tard elle me remerciera. Elle se rendra compte qu'il y a un avantage à se faire piquer son sac par son mari plutôt que par un inconnu : moins de cartes bancaires à annuler.

La voiture est garée de manière à me permettre de surveiller la façade du supermarché dans mon rétroviseur. Pourvu qu'elle ne traîne pas trop... Enfin, la voilà qui arrive. Le spectacle va commencer !

Elle n'a ni sac en bandoulière ni sac de courses. Sa mine est renfrognée, mais pas trop. Elle ne semble ni pressée ni paniquée. Peut-être qu'elle m'en veut. Qu'elle m'a vu subtiliser son sac. Peut-être qu'elle veut me rendre la monnaie de ma pièce.

Elle s'installe dans la voiture.

— Quelle barbe ! soupire-t-elle.
— Quoi donc ?
— Il faut qu'on aille dans un autre supermarché. Ici, le prix de la romaine dépasse les bornes. Bien sûr qu'on peut se la payer, mais pas question de dépenser autant. Question de principe.
— Et le reste ?
— Ils n'avaient pas l'adoucisseur que j'aime. Et finalement je n'ai pas été au rayon boucherie. Puisqu'on doit de toute façon aller ailleurs, j'ai remis la sauce piquante à sa place. Allez ! En route !

Et voilà ! Comme elle n'a pas eu besoin de son portefeuille, elle n'a pas eu à fouiller dans son sac si bien qu'elle ne s'est pas rendu compte de sa disparition. Quelle déception, quand on a concocté une super-surprise et que la victime refuse de coopérer !

En quittant le parking et en me dirigeant vers le General Mart, je me demande jusqu'à quand faire durer la comédie. Jusqu'à la caisse ? Pourquoi attendre si longtemps ? Je préférerais que Sarah apprenne sa leçon tout de suite. Comme ça, j'aurai enfoncé le clou, pris mon pied, et elle pourra râler immédiatement.

En arrivant à un feu, je lui demande l'air de rien :

— Où est ton sac ?

Pendant une seconde, Sarah se raidit. J'ai la même réaction dans le métro quand j'ai peur d'avoir paumé mon portefeuille et que mon estomac se noue. Mais dans ces moments de frayeur, je peux tâter ma poche revolver et me rassurer vite fait. Sarah n'aura pas cette chance.

Surprise : elle éclate de rire. Ou plutôt, elle glousse.

— J'avais oublié. Je ne l'ai pas emporté.

Le feu passant à l'orange, je ralentis. J'attends qu'il passe au rouge pour demander :

— Comment ça ? Tu ne l'as pas emporté ?

— Il est tellement lourd que maintenant j'utilise ça.

Se penchant en arrière, elle ouvre son blouson et me montre une pochette en cuir noir attachée à sa taille.

— C'est quoi ce truc ?

— Tu ne vas pas me croire, mais j'ai enfin décidé de t'écouter. L'histoire de cette femme qui a perdu son billet de loterie gagnant m'a convaincue. Ça m'a forcée à éliminer toute la merdouille inutile que je trimballe. Sans ce poids, mon épaule me fait moins souffrir, et je n'ai plus à surveiller mon sac partout où je vais... Tu vois, Zack, tu es loin d'être toujours aussi stupide qu'on le dit.

11

— Ça ne va pas, Zack ? Tu n'as pas l'air dans ton assiette ? demande Sarah.
— Non, tout va bien.
— T'es sûr ? Tu as l'air déstabilisé.

Je ne suis pas sûr que ça aille. À dire vrai, il y a de fortes chances pour que je me mette à vomir sur le tableau de bord d'un instant à l'autre.

— Non, je t'assure, tout roule.
— Ils sont dingues de demander autant pour une romaine. Ils croient quoi ? Que les gens ne comparent pas les prix, qu'ils ne savent pas qu'au coin de la rue ils peuvent la trouver bien meilleur marché ? Ils te font sans doute payer le fait que tu n'as pas à courir partout pour t'approvisionner. Un supplément confort ! Mais si tu as plusieurs trucs à acheter et que tu économises sur chacun, ça vaut la peine d'aller voir ailleurs. En tout cas, le rayon boucherie de General Mart n'est pas mal du tout, et leurs steaks sont au moins aussi bons que chez Mindy.

Long silence.
— Tu me fais la gueule ?

— Mais non, pas du tout.

— Redis-moi ce que tu as fait sur ton livre aujourd'hui.

— Des corrections. J'ai aussi fini le dernier chapitre, que je vais sans doute envoyer à Tom à la fin de la semaine prochaine.

— Content de ce que tu as pondu ?

— Plus ou moins. Je ne sais pas. Peut-être moins que plus.

Je jette un coup d'œil à Sarah, le temps d'apercevoir un sourire.

— Tu dis toujours la même chose quand tu termines un bouquin. Tu le relis et tu penses que personne au monde n'a écrit un truc aussi mauvais.

— Je ne l'ai pas trouvé si mal que ça.

— Non, mais tu vois ce que je veux dire. Tu es ton plus sévère critique... Que se passe-t-il ? Tu es déçu ?

— Certainement pas.

— En tout cas, il y a quelque chose qui te tracasse.

Je me tais. Des tas de choses me viennent à l'esprit. La prison, pour commencer. En chemin pour General Mart, je regarde dans le rétroviseur plus souvent que d'habitude. Au cas où je serais suivi. D'ailleurs je devrais être suivi.

Après tout, j'ai commis un vol. Sans que ce soit vraiment ça non plus : un pro arrache le sac à son légitime propriétaire, en général une petite vieille qui, n'ayant pas la force de s'y accrocher, tombe rudement au sol et se fracture le col du fémur. Je n'ai rien causé de tel.

Je conduis en silence pendant un moment avant de demander à Sarah :

— Tu es certaine de ne pas avoir pris ton sac ?
— Comment ça ?
— Ton sac. Tu es certaine de ne pas l'avoir emporté, même si tu portes ce truc autour de la taille ?
— Ma banane.
— Pardon ?
— Ça s'appelle un « sac banane ». Une pochette qu'on se colle devant ou derrière. On dit aussi « sac ventral », mais ça fait trop penser à une colostomie. Tu n'aimes pas ma banane ?
— Elle est très bien. Mais je ne pige pas pourquoi tu as cessé de porter un vrai sac. Tu as des tonnes de choses. Cette pochette est trop petite pour ton bazar. Tu as *besoin* d'un sac. Oui, tu devrais vraiment emporter un sac.
— J'aimerais te poser une question, sérieusement, me demande soudain Sarah.
— Oui ?
— Tu as perdu la boule ?
— Pas du tout. Mais quel choc ! Je vis depuis presque vingt ans avec une femme qui ne se sépare jamais de son sac. À peu près cent mille jours. Et tout à coup, badaboum ! sans prévenir personne, elle décide de se balader avec une banane. J'aurais aimé en être averti, c'est tout.

Sarah me regarde en silence. Au bout d'un long moment, elle fait remarquer :
— Tu as raté l'entrée de General Mart.

En tournant la tête, j'aperçois l'enseigne du supermarché par-dessus mon épaule.
— Merde !

Une barrière de béton séparant la chaussée en deux m'empêche de faire immédiatement demi-tour. Il me faut attendre le prochain croisement.

— Je continue à penser que tu débloques, déclare Sarah avant de s'écrier brusquement : Tiens, puisqu'on parle de sac, ça me revient !

— Quoi donc ?

— Après que tu as quitté le supermarché, une femme s'est mise à péter les plombs.

— Quelle femme ?

Mais j'ai déjà deviné. Une blonde, captivée par les sacs-poubelle et friande de biscuits basses calories.

— Nous étions dans la même allée.

— Elle avait l'air de quoi ?

Si Sarah trouve cette question insolite, elle ne le montre pas.

— Genre vingt-cinq ans, mince, blonde. Avec un tailleur blanc. En fait, sa tête me disait quelque chose.

— Tu la connais ?

Une lueur d'espoir. Avec son nom, il me sera facile de lui rendre immédiatement son sac.

— Non, j'avais juste l'impression de l'avoir déjà vue. Donc elle beuglait : « Où est mon sac ? » Elle n'arrêtait pas de hurler que son sac avait disparu, et avait l'air paniqué, ce qui n'a rien d'étonnant. Je réagirais de la même façon si on m'avait piqué le mien.

— Comment ça, piqué ? Elle a vu quelqu'un le prendre ?

— Apparemment. Elle s'est plantée près de mon chariot et m'a demandé si j'avais vu son sac, comme si c'était à moi de le surveiller. Quand je lui ai dit que non, elle s'est précipitée vers les caisses.

Sarah respire à fond, grimace comme si elle voulait ajouter quelque chose mais ne trouve pas les mots.

— Enfin voilà !

Je tourne à gauche au feu et reviens vers le General Mart.

— Voilà quoi ?

— Tu ne cesses de me dire de ne pas laisser mon sac dans mon chariot, eh bien c'est l'erreur que cette femme a commise. Quelqu'un a profité de l'occasion et l'a pris. Il suffit de ne pas regarder pendant une seconde et *pffuit*, envolé ! Ensuite, quelle galère ! Annuler toutes les cartes bancaires, refaire le permis de conduire, et j'en passe. Et il y a le problème des clés. Le type qui a volé ton sac trouve ton adresse sur ton permis et il peut entrer chez toi comme ça. En général, les voleurs prennent le fric et jettent le sac, mais ce n'est pas toujours le cas, tu ne crois pas ?

— Sans doute.

Je me gare dans le parking.

— Je veux juste te dire que tu as raison. Aujourd'hui, j'ai eu de la chance de porter ma banane ; sinon, c'est mon sac qu'on aurait piqué.

— Ouais, tu es une veinarde.

Sarah s'apprête à ouvrir sa portière.

— Tu m'accompagnes ou tu m'attends dans la voiture ?

J'entre ou je reste ? J'entre ou je reste ? Le sac de cette inconnue dans mon coffre me pose un léger problème. Si j'escorte Sarah, je n'aurai pas l'occasion de me débarrasser du sac avant de revenir à la voiture, où elle le verra et me demandera : « Il est à qui ? »

Je pourrais toujours lui répondre : « Au fait, chérie, que penses-tu de mon nouveau hobby ? Je collectionne les sacs d'inconnues. Parfois ils renferment des trésors. »

Mais si je reste dans la voiture, qu'est-ce que je vais en faire ? Je pourrais le cacher sous le plancher du coffre, le coincer près de la roue de secours. Ou alors...

— J'ai une idée, dis-je. Tu penses en avoir pour combien de temps ?

— À vue de nez, quinze ou vingt minutes.

— Le temps de faire un saut chez Kenny. Je lui ai commandé une maquette d'un vaisseau d'*Aliens*. Celui qu'empruntent les marines pour atterrir sur la planète.

Sarah hausse les épaules. Généralement, la simple mention d'un gadget de science-fiction réussit à lui clouer le bec.

— Très bien. Vas-y, et on se retrouve devant cette porte.

Dès qu'elle a disparu, je sors du parking en direction de Mindy. Avec la femme au tailleur blanc, la meilleure tactique est de jouer l'honnêteté. En admettant qu'elle soit encore au supermarché, je lui raconterai que ma femme m'a demandé d'emporter son sac jusqu'à la voiture mais que je me suis trompé de chariot, et donc de sac. Ce qui n'est pas tout à fait vrai, sauf en ce qui concerne mon erreur.

Mais c'était une erreur de bonne foi ! Je n'ai jamais eu l'intention de voler quoi que ce soit. S'emparer du sac de sa femme, même si elle n'est pas au courant, n'est pas à proprement parler un vol. C'est comme voir dans un parking une voiture de la même marque et de la même couleur que la sienne, alors que la clé qu'on a en sa possession – ce n'est évidemment qu'une supposition – permet d'en ouvrir la portière et de démarrer. Ce ne serait pas du vol, non ? Il faudrait être vraiment borné pour ne pas le comprendre. Eh bien, pareil pour mon pseudo-larcin, tant que personne ne m'a vu cacher le sac sous mon blouson et regarder autour de moi d'un air méfiant en le fourrant dans le coffre, comme s'il me brûlait les mains.

Je me gare devant chez Mindy, ferme soigneusement la voiture à clé. Ça serait le comble qu'on me la fauche, avec le sac volé à l'intérieur. Après avoir croisé un jeune employé qui rassemble les chariots épars, j'entre dans le supermarché en espérant que la propriétaire du sac va se tenir là, en train de parler au gérant, par exemple. Je n'ai qu'une crainte : qu'elle ait appelé les flics ; mais dans le parking il n'y a pas de voiture de police, et un bref coup d'œil à l'intérieur m'indique qu'aucun uniforme ne patrouille dans les allées. Je m'applique à refaire le même circuit qu'un peu plus tôt, alors que je cherchais Sarah. J'inspecte chaque allée et ralentis quand j'atteins celle où Sarah hésitait devant les sauces de pâtes et où la femme au tailleur jaugeait les sacs-poubelle. Là, en plein milieu, attend son chariot avec sa boîte de biscuits.

Un instant, je songe à y déposer le sac. Flanque-le dedans, de façon que quelqu'un le trouve. Peut-être la femme reviendra-t-elle avec le gérant qui lui dira : « Madame, il est là où vous l'avez laissé. Si ç'avait été un chien, il vous mordrait. »

Tout ce que j'ai à faire, c'est de retourner en vitesse à la voiture, récupérer le sac, le poser dans le chariot et...

Le gosse qui s'occupait des chariots dans le parking déboule au bout de l'allée, prend le paquet de biscuits qu'il remet dans le rayon et ramène le chariot à l'entrée du magasin.

Désespéré, je refais un tour complet, mais pas l'ombre d'une femme en tailleur blanc. Moi qui espérais n'avoir à parler qu'à elle, ce qui aurait été déjà suffisamment scabreux, je me vois dans l'obligation de poser quelques questions.

Je m'approche de la préposée à la caisse express :

— Veuillez m'excuser, mais où se trouve le gérant ?

— Wendy. Caisse 10, m'indique-t-elle.

Là, une femme genre costaud arborant un tablier *Achetez Mindy* s'occupe d'un couple âgé. *Wendy*, annonce son badge.

— Euh, veuillez m'excuser..., je lance, en guise d'accroche.

Mais elle continue à passer les articles devant le scanner. Le couple âgé me regarde d'un air mauvais, se demandant ce que je fiche là, à les déranger.

— Mmm ?

— Vous n'auriez pas vu une femme qui aurait perdu son sac, il y a environ dix minutes ?

— À cette caisse ?

— Non, non, pas forcément. Mais dans le magasin. J'ai cru comprendre qu'une femme était bouleversée par la perte de son sac.

Wendy poursuit sa tâche sans même lever les yeux vers moi.

— J'ai bien entendu quelque chose là-dessus, mais je n'ai pas eu affaire à elle.

— Elle a peut-être parlé à quelqu'un d'autre ? Ou appelé la police ?

— Si elle avait causé à quelqu'un, je serais au courant, et si quelqu'un avait appelé la police, je vous fiche mon billet que je le saurais.

— Vous êtes sûre ?

Wendy daigne enfin poser les yeux sur moi, juste le temps de me faire comprendre que c'est le genre d'incident dont elle se souviendrait.

— Bon, merci beaucoup.

Je décampe presto pour retourner à l'autre supermarché où Sarah doit déjà m'attendre. Mais, une fois au volant et avant de démarrer, je tente de faire le point.

Pourquoi cette femme n'a-t-elle pas prévenu le gérant de la perte de son sac ? D'après Sarah, elle a piqué une crise. Et ensuite ? Peut-être est-elle allée à sa voiture, croyant qu'elle l'y avait laissé. Mais elle n'aura pas pu l'ouvrir, si ses clés étaient dans son sac. À moins qu'elle ne soit venue à pied faire ses courses. Il y a une centaine de maisons pas loin. Et depuis notre quartier, il ne faut qu'un quart d'heure de marche. Alors elle a pu retourner chez elle en croyant y avoir laissé son sac. Bon. Mais, devant sa porte fermée, elle aura deviné qu'elle avait ses clés sur elle en partant, et donc qu'elle avait bien pris son sac. Déduction logique : il est évident qu'on le lui a volé.

Mais allons plus loin. Par quoi commencer ?

Mon raisonnement est-il exact ?

Il existe un moyen simple de le savoir et de résoudre toute cette histoire : sortir le sac du coffre, trouver dans le portefeuille son nom et son adresse, me rendre chez elle, lui redonner son sac, m'excuser mille et mille fois en priant le ciel pour qu'elle ait un peu d'humour.

Un plan parfait. Mais priorité à Sarah qui doit trépigner d'impatience. Comme je le craignais, elle m'attend flanquée de quatre énormes sacs à provisions en plastique blanc.

— Grouille-toi d'ouvrir le coffre !

Merde, merde, merde et merde. C'est exactement ce que je craignais : que Sarah veuille mettre ses courses dans le coffre ! Bien sûr, il y a une demi-heure (j'ai l'impression que ça fait des heures et des heures), mon plan prévoyait d'avoir restitué ce satané sac à sa propriétaire.

Je crie :

— Pose-les sur les sièges arrière !
— Comment ?

De ma main gauche, je manipule en hâte les commandes d'ouverture des fenêtres situées près de l'accoudoir. Je baisse la vitre arrière gauche, puis la vitre arrière droite. L'expression lasse du visage de Sarah est claire : « Pourquoi ai-je épousé ce type ? »

— Alors, ça vient ?
— Fourre donc tout à l'arrière !

Elle pousse un grand soupir, ouvre la portière arrière, les sacs sur le sol, claque la portière et vient s'asseoir devant.

— Désolé d'être en retard.
— Tu as trouvé ?
— Hein ?
— Chez Kenny. Ton engin spatial était arrivé ?

— Non. C'est une rareté qui ne se fabrique plus depuis des années, et Kenny n'est même pas certain de pouvoir s'en procurer un. Je vais devoir continuer mes recherches. La prochaine fois que nous irons à New York, je jetterai un œil dans cette boutique de Greenwich Village spécialisée dans les pièces introuvables.

— Comme tu veux... J'ai des steaks ! La romaine, je te le donne en mille, était aussi chère que chez Mindy, comme s'il avait gelé en Californie. J'ai aussi pris des pizzas surgelées. J'en avais acheté cinq pour le week-end mais quand j'ai regardé hier soir dans le frigo, il n'en restait pas une.

— Je plaide non coupable.

— Quand nous sommes couchés, les gosses doivent descendre se servir. Je leur prépare à dîner mais ils disent qu'ils n'ont pas faim, qu'ils ont bien mangé au déjeuner ou qu'ils ont grignoté chez un copain en revenant de l'école, et puis à dix heures du soir les voilà qui dévorent nos pizzas. Ça me pompe l'air.

Je conduis en silence vers la maison. Sarah pense certainement que ça ne tourne pas rond, mais préfère ne pas évoquer le sujet. Elle récupère ses sacs pendant que j'ouvre la porte d'entrée, qui n'est pas fermée à clé. Plusieurs paires de chaussures éparpillées dans le hall prouvent que Paul et Angie ont ramené des copains. Sarah passe à côté de moi pour se rendre à la cuisine. J'en profite pour lui dire :

— Attends, j'en ai pour une seconde. J'ai laissé un truc dans la voiture.

J'appuie sur le bouton du coffre, plonge ma main droite à l'intérieur et me saisis du sac.

C'est la première fois que je le touche depuis que j'ai appris qu'il n'appartenait pas à Sarah, et j'ai l'impression de tenir un glaçon. Une sueur froide m'inonde tout entier. Triple imbécile ! me dis-je.

En fait, les deux sacs ne se ressemblent pas. Celui-ci est en cuir marron foncé alors que Sarah n'aime que le noir ou le bleu marine. À ses yeux, cette bévue serait la partie la plus stupide de mon crime. Je l'entends d'ici :

— Si on t'avait demandé de me kidnapper au lieu de prendre un sac, aurais-tu été capable de me reconnaître dans une foule ? Ou bien serais-tu parti avec la femme au peignoir fleuri ?

Une fois encore, j'essaie de camoufler le sac sous mon blouson, ce qui est aussi ridicule que de le porter à bout de bras. Mais je réussis l'exploit d'atteindre mon bureau sans tomber sur Sarah. Sa voix me parvient de la cuisine :

— Allume le barbecue pour les steaks et viens laver la salade.

— Une minute !

Sans prendre le soin de fermer ma porte, j'extrais le sac de mon blouson.

À ce moment, Paul et trois de ses copains – Andy, Hakim et Darryl – descendent quatre à quatre l'escalier en direction de la salle du sous-sol en passant devant ma porte. Darryl trimballe un nombre respectable de jeux vidéo, preuve qu'ils vont s'agglutiner pendant des heures devant la télé. Andy m'aperçoit et me crie :

— Bonjour, monsieur Walker !

— Salut les gars !

— Quel beau sac, monsieur Walker. Il vous va à merveille.

Mon cœur manque un battement.

— Merci ! dis-je en refermant la porte.

J'allume la lampe de l'ordinateur, m'assieds dans mon fauteuil et pose le sac sur la table.

Assis là dans le calme de mon bureau, en entendant les sons feutrés des jeux vidéo et de l'eau du robinet de la cuisine, devant le sac de cette inconnue, je me remets à transpirer à grosses gouttes. Je prends quelques profondes inspirations et souffle lentement en essayant de me calmer. Je dois me calmer.

D'accord, je me dis, j'ai fait une connerie, une sacrée connerie, mais rien d'irréparable. À condition d'agir très vite. Avant que Sarah n'apprenne toute l'histoire et me la resserve jusqu'à la fin de notre vie commune.

Je fais glisser la fermeture Éclair et jette un œil à l'intérieur. J'ai une impression d'effraction. Le sac est bourré d'objets divers. Mais je ne me laisse pas distraire, seul le portefeuille m'intéresse. Pour dégotter le nom et l'adresse de la propriétaire.

Après des mouchoirs en papier, deux tubes blancs dans le fond (Punaise, des tampons !), une cartouche de pellicule, deux enveloppes bourrées de papiers, une petite trousse de maquillage, un trousseau de clés de voiture orné de l'emblème VW, je tombe sur un portefeuille en cuir rouge que j'extirpe avec précaution.

Je l'ouvre et découvre son contenu. Toutes les cartes de crédit habituelles y sont présentes. Sur la Visa, je lis *Stefanie Knight*. OK, Stefanie ! Et maintenant, votre domicile. Je farfouille encore un peu, tombe sur un billet de 20 dollars et un de 5, sur une pochette pleine de petite monnaie

– et là, parmi les pièces, son permis de conduire sous plastique.

Le tenant entre le pouce et l'index, je le place sous ma lampe. Sa photo n'est guère flatteuse. Mais ce genre de portrait l'est rarement. Ses cheveux ne sont pas aussi blonds que dans le supermarché, de larges cernes soulignent ses yeux, comme si le cliché avait été pris lors d'une rafle de police et non pas au bureau des permis. Mais il existe une certaine ressemblance avec la femme au tailleur blanc que j'ai croisée.

En examinant cette photo, je ressens la même chose que Sarah : moi aussi je la connais, sans pouvoir la situer. Un peu comme lorsqu'on croise son facteur au centre commercial : on sait qu'on l'a rencontré souvent, mais en dehors du contexte habituel on n'est plus très sûr.

À côté de la photo, son numéro de permis, un amas de lettres et de chiffres, et en dessous son nom – KNIGHT, STEFANIE J. – et une adresse à Oakwood, dans une rue dont j'ignore l'existence : 2223 Deer Prance Drive. Elle ne vit donc pas dans notre coin mais dans un des tout nouveaux lotissements.

J'ai son nom et son adresse. Il ne me reste plus qu'à faire mon devoir de citoyen et lui rendre son sac. Dans une heure, tout sera terminé et je n'aurai plus qu'à rire de ma mésaventure.

12

Je note l'adresse de Stefanie Knight sur un bout de papier que je glisse dans ma poche. Puis je range le portefeuille dans son sac. Comme je dois le camoufler à nouveau dans la voiture, j'ai besoin d'un emballage discret pour ne plus devoir le cacher sous mon blouson. Au fin fond de l'armoire de mon bureau, je déniche un sac de sport Nike rempli de vieux pantalons de jogging, de chaussettes-éponges et de deux T-shirts. Souvenir de l'époque où j'étais convaincu de l'importance de garder la forme.

En virant ces affaires pour faire de la place au sac, je me sens légèrement mal à l'aise. Ça ne va pas ! Rapporter son bien à Stefanie Knight, c'est normal. Dans un sac qui pue le fromage moisi, certainement pas.

Je remets mes vêtements dans le sac, cherche une autre solution et trouve enfin un sac plastique muni d'un cordon dans lequel je le glisse.

Le plan que je laisse dans ma voiture m'aidera à repérer Deer Prance Drive. Serrant contre moi le sac volé, je me glisse hors de mon bureau en faisant attention de ne pas être visible de la cuisine. Je sors sur le perron, déterminé à flanquer le sac dans ma voiture quand un « Coucou ! » m'interrompt.

Sarah est soudain au bout de l'allée, comme par téléportation, en grande conversation avec Trixie, en jean et sweat-shirt.

— Tiens, tu es sortie, fais-je.

Trixie m'adresse un sourire complice.

— Salut Zack !

— Trixie vient de me dire que l'autre jour vous avez pris un café ensemble.

J'acquiesce. Les choses ont l'air de s'accélérer.

Sarah reprend, sur le ton de la remontrance :

— Quels veinards vous êtes, tous les deux ! Pas de comptes à rendre à un patron. Pas de trajet fastidieux pour aller au bureau. Et une pause café quand ça vous chante. Je n'ai pas cette chance. Mais vous ne vous sentez pas isolés, sans collègues avec qui bavarder ?

— En fait, répond Trixie, ce n'est pas toujours le cas.

— Moi, je passe des heures au téléphone, dis-je. On parle à une foule de gens même si ce n'est pas en face à face.

— Au moins vous avez des clients qui viennent chez vous, lance Sarah à Trixie.

— Ça, on peut le dire ! Parfois, je suis débordée. Ils s'agglutinent là tels des avions à un terminal.

Sarah glousse.

— Au fond, ça ne me manquerait pas d'arrêter le *Metropolitan*. Trixie, vous n'avez pas besoin d'une assistante ?

Trixie fait mine de trouver la proposition géniale.

— Quelle bonne idée ! Je serais ravie de vous montrer les ficelles du métier.

J'interviens :

— Il faut que j'y aille.

— On peut savoir quelle est ta destination exacte ? s'enquiert Sarah. Je croyais que tu allais allumer le barbecue. Et tu as quoi dans ton sac en plastique ? Tu vas rendre des chaussures ?

— Non, c'est un vieux sac. J'y ai mis un truc que je vais rapporter à Kenny.

— Mais tu en viens !

— Je sais. Je lui ai dit qu'il manquait des pièces au kit Batman que je lui ai acheté il y a un certain temps. Il m'a répondu qu'il était impossible de les commander une par une mais que si je lui rapportais mon kit il essaierait de me le changer.

— Tu es obligé d'y aller maintenant ?

— Il ferme bientôt et je pensais bosser dessus après le dîner.

— J'ai toujours été une fan de Batman, déclare Trixie. Pourtant, ma préférée c'est Catwoman. Sans doute à cause de son costume.

Sarah soupire.

— Essaie de faire vite. Je commence à avoir faim.

Je balance le sac en plastique à l'arrière tout en songeant que Sarah pourrait vouloir y jeter un coup d'œil. Mais tant qu'elle croit que l'objet a un rapport avec Batman, je suis tranquille.

— J'allume déjà le barbecue.

Me précipitant à l'intérieur de la maison, je traverse la cuisine, ouvre les portes coulissantes et déboule sur la terrasse. Là, je soulève le couvercle du barbecue, tourne le robinet de la bonbonne et, toujours optimiste, j'appuie sur le bouton rouge.

Rien.

Je recommence une fois puis une autre.

— Je suis maudit !

Comment ai-je pu croire que la satanée machine s'allumerait sous prétexte que j'ai un truc urgent à faire ? Pourtant, quand je l'ai achetée, le vendeur m'a assuré qu'elle fonctionnerait éternellement. C'était il y a combien de temps ? Trois mois, quatre ?

À présent, il y a assez de propane dans l'air pour qu'on me ramasse à la petite cuillère dans le jardin de Trixie, si par hasard le bouton rouge fonctionnait. Je ferme donc l'arrivée du gaz, agite les bras pour disperser le propane et fonce dans la cuisine chercher des allumettes. Quand je suis certain que l'atmosphère s'est purifiée, je rouvre le gaz et jette une allumette au fond du barbecue. Un léger *pouf !* et la flamme s'allume.

Après avoir mis en route les deux brûleurs supplémentaires, je referme le couvercle pour faire chauffer la grille.

En regagnant la cuisine, je croise Paul et ses copains.

— Qu'est-ce qu'il y a à manger ? demande-t-il.

— Je viens d'allumer le barbecue. Si tes amis veulent des hot dogs, il doit y en avoir au frigo. Je m'absente quelques minutes.

— N'oubliez pas votre sac ! dit Andy la tête dans le frigo comme s'il était chez lui. Y a du coca ?

Paul m'interpelle :

— Papa, t'as une seconde ?

Pas vraiment, mais je m'arrête quand même.

— Oui ?

— Angie m'a dit qu'elle t'avait parlé de mon projet.

— Rafraîchis ma mémoire, s'il te plaît, je réponds, incapable de me rappeler de quoi il s'agit.

— Le tatouage.

— Non.

— Non, elle ne t'a rien dit ?

— Si, elle m'en a parlé, mais non, je refuse.

Paul prend un air de chien battu.

— J'arrive pas à le croire. Tu ne m'as même pas écouté. Tu ne sais pas ce que je veux.

— Tu veux te faire tatouer, c'est ça ?

— Sans doute, mais...

— Tu es trop jeune. À ton âge, n'importe quel salon de tatouage respectable voudra mon autorisation, et je ne te la donnerai pas.

— Mais, papa, tout le monde a un tatouage. C'est pas une affaire d'État.

— J'aimerais bien discuter de ton problème plus longtemps, mais j'ai une course à faire.

— C'est ça. Prends la tangente.

J'attrape mon portable sur la table de l'entrée, le glisse dans la poche de mon blouson, passe sans m'arrêter devant Sarah et Trixie toujours en train de jacasser et démarre sur les chapeaux de roue.

Au coin de Lilac, hors de vue, je me gare et sors mon plan. Deer Prance Drive est situé de l'autre côté d'Oakwood. Il me faudra un quart d'heure pour arriver chez Stefanie Knight. Le nouveau lotissement présente une architecture aussi fascinante que la nôtre, sauf qu'il est terminé. Pas de fondations à découvert, ni de maisons en attente de pelouse.

Pour arriver sur Deer Prance, il faut prendre Autumn Leaves Lane. (Nom d'un chien ! où vont-ils chercher des noms pareils ?) En arrivant au coin, je récupère dans mon jean le papier où j'ai noté l'adresse exacte. Il fait encore jour et les numéros sont faciles à lire.

Les maisons de cette rue sont à touche-touche. Le numéro 2223 se trouve sur le trottoir de gauche. Une vieille Ford Escort occupant la seule place disponible dans l'allée, je me gare le long du trottoir.

Pour un nouveau lotissement, l'endroit est déjà drôlement délabré. La peinture des portes de certains garages s'écaille, une voiture repose sur des parpaings, une vieille cuisinière et un tricycle abandonné rouillent entre le 2223 et le 2225.

Sur les marches du perron, deux caisses de bouteilles de bière vides attendent d'être rapportées au débit de boissons. De la moustiquaire, il ne reste que le cadre. Je frappe donc directement à la porte en bois.

De l'intérieur me parviennent des bruits de voix et le son d'une radio, mais personne ne semble approcher. J'attends dix secondes avant de frapper à nouveau.

— *Jimmy !* crie une femme.

Une pause, puis la voix d'un jeune homme, provenant sans doute du fond de la maison :

— Quoi ?
— La porte !

— Tu t'en occupes ! Je ne trouve pas Quincy !
— Mais bordel, pourquoi que tu l'as laissé sortir ?
— Va ouvrir cette putain de porte, t'es pas cul-de-jatte, non ?
— T'as intérêt à le retrouver vite fait !

Des pas s'approchent, la porte s'entrouvre à peine.

— Ouais ?

J'aperçois la moitié d'un visage féminin. Un œil, une joue, une demi-bouche.

— Bonsoir ! Je cherche Stefanie.
— Stef ? Vous cherchez Stef ?

Stef. Ça lui dit quelque chose.

— Oui. Elle est là ?
— Je vous ouvre. Mais dès que la porte est ouverte, il faut faire vite. Pigé ?
— Bien sûr, dis-je en hésitant.

Elle ouvre, me saisit par le poignet et me tire à l'intérieur, puis claque la porte de toutes ses forces. Je vais finir avec une minerve.

— Je veux pas que Quincy s'échappe.

Je regarde par terre à la recherche d'un chat ou d'un chien mais ne vois rien.

Cette femme doit avoir une cinquantaine d'années, mais elle est marquée. Ses cheveux gris sont maintenus en arrière par des épingles. Sa blouse couverte de taches de graisse est digne d'un Jackson Pollock. Elle a des épaules et des bras grassouillets.

— Alors vous êtes après Stef ?

Elle penche un peu la tête, m'inspecte de bas en haut de ses yeux noirs.

Un cri nous parvient depuis le premier étage :
— Maman, c'est pour moi ?

— *Non !* Continue à chercher, répond-elle en ne me quittant pas des yeux. Elle n'habite pas ici, me lance-t-elle ensuite froidement, en jetant un coup d'œil au sac accroché à mon poignet.

— Ah bon ! J'avais cette adresse, mais si je me suis trompé de maison...

— Non, c'est là. Mais elle n'habite plus ici. Depuis au moins deux ans. Vous lui voulez quoi, à Stef ?

Ne sachant quoi répondre, je lui demande :

— Vous êtes sa mère ?

— Ouais.

— J'ai quelque chose à lui rapporter mais puisqu'elle ne vit plus là, vous pourriez peut-être me dire où la trouver.

— C'est ce que vous avez dans ce sac ?

— Vous auriez son adresse ?

D'un signe de tête, la femme m'incite à pénétrer plus avant dans la maison. Elle me précède dans une étroite cuisine à l'évier rempli de vaisselle sale. Une cigarette se consume dans un cendrier posé sur une table qui fait partie d'un ensemble en formica et aluminium plus âgé que la maison. La surface de la table – du moins la partie visible, vu le nombre de cadavres de bouteilles de bière et de vin – est parsemée de brûlures de cigarette.

— Suivez-moi !

Encore plus de brûlures sur le linoléum fissuré du sol. À certains endroits il a même disparu, laissant apparaître des feuilles de contreplaqué. Le comptoir jouxtant l'évier croule sous encore plus de vaisselle sale, de bouteilles de bière vides, de cartons de Big Mac souillés par des bouts de laitue et de la sauce.

— Comme j'ai dit, elle vit plus ici depuis, disons, deux ans.

Elle n'a donc jamais notifié son changement d'adresse au bureau des cartes grises. Il me vient à l'esprit qu'elle n'est pas issue d'une famille qui attache beaucoup d'importance à ce genre de formalités.

— C'est quoi votre nom au juste ?
— Walker. Zack Walker.
— Vous avez l'air un peu vieux pour Stef.

Faut pas exagérer ! À son avis, j'ai quel âge ? Il n'est pas rare qu'un homme d'une petite quarantaine séduise une fille dans les vingt-cinq - trente ans. Je ne fais peut-être pas beaucoup d'exercice, j'aurais sans doute intérêt à perdre quelques kilos, mais…

Bon, pas la peine de gamberger.

— Vous savez, on ne sort pas ensemble, ni rien. J'ai juste quelque chose pour elle. Pourrais-je vous le laisser ?
— Chais pas. Comme j'ai dit, elle habite plus là. Elle se pointe de temps en temps, mais on sait jamais quand. Elle est tellement occupée à s'acheter des robes classieuses et à travailler pour son patron classieux. A pas le temps de venir ici, sauf quand elle est fauchée. Et je parie qu'elle gagne assez de fric pour me rembourser. J'ai des frais, moi, à élever seule son petit frère depuis que Victor nous a laissés sans un radis.

À cet instant, je décide de ne pas lui confier le sac. Je ne connais pas les rapports entre cette mère et sa fille, mais je mettrais ma main au feu que dès qu'elle sera en possession du sac, elle prendra tout l'argent qu'il contient et ce sera ma faute.

— En y pensant, il est bien possible que je voie Stefanie bientôt, dis-je. Je ne vais donc pas vous embêter avec ça.

— Vous travaillez avec Stef ? Vous êtes un de ces types de l'immobilier ?

— Moi ? Non. C'est là qu'elle travaille ?

— Dans l'un des nouveaux lotissements. Au bureau. Domaine des Forêts, que ça s'appelle.

— Le Domaine des Vallées-Boisées ?

— Je crois bien.

Soudain, je me souviens. La réceptionniste qui refusait de me laisser voir Greenway. Le monde est fichtrement petit !

— Bon, eh bien, je vais faire un saut au bureau de vente. Ce n'est pas loin de chez moi. Voilà, nous étions chez Mindy, à faire la queue à une caisse, et elle a regardé dans son portefeuille. Ce n'est qu'après son départ que j'ai remarqué qu'elle avait laissé tomber son permis de conduire, alors je l'ai ramassé, et comme l'adresse indiquée était ici, je suis venu lui déposer.

La mère de Stefanie Knight me dévisage puis observe son sac plastique. Est-il assez grand pour contenir tout un permis de conduire ?

— Mais si vous me dites où je peux la trouver avant qu'elle retourne travailler, je vais lui rendre sans tarder. Si elle se fait arrêter par les flics sans son permis, elle pourrait avoir des ennuis.

— Vous croyez que les flics vont vouloir lui parler à nouveau ?

— Oh non ! Ce n'est pas ce que je voulais dire. Mais ils ont installé des radars dans le coin, vous savez, pour remplir leur quota de contraventions.

— Qu'est-ce que vous avez dans ce grand sac ? Le permis de Stef ?

Je marque un temps d'arrêt.

— Non, non ! Je viens d'acheter des chaussures.

— Et vous les avez apportées ici ?

Elle s'esclaffe et s'écrie :

— Hé, Jimmy, ce type a une nouvelle paire de grolles et y veut te les montrer !

— Écoutez, si vous me disiez où je peux la trouver ? Et, juste au cas où elle vous téléphonerait avant que je la joigne, je vous laisse mon nom et…

À ce moment précis, je sens une pression sur les mollets et une autre vient comprimer mes chevilles. Je baisse les yeux. À première vue, un tronc d'arbre s'entortille autour de mes jambes. Je hurle :

— *C'est quoi ? Oh merde !*

Et je commence à sauter en l'air. Je bondis, me jette contre le frigo, fais tomber une boîte de céréales dont le contenu s'éparpille sur le lino tout craquelé, s'écrasant sous mes pieds pendant que je continue à me trémousser dans l'espoir de me dégager du plus gros serpent qui ait jamais existé en Amérique du Nord.

— *Jimmy !* crie la femme. On a récupéré Quincy !

Le serpent s'éloigne de mes jambes et se fraie silencieusement un chemin entre la table et les chaises vers la salle à manger.

— C'est Quincy, explique la femme. Je crois que vous lui avez foutu la trouille !

— Quelle horreur !

Mon cœur bat si fort qu'il risque d'exploser dans mon blouson.

— C'est quoi ? je demande.

— Quincy est un python. On allait l'appeler Monty, comme dans les Monty Pythons, mais c'était trop évident. C'est un ancien petit ami de Stef qui nous l'a refilé, mais j'vous l'dis, y a des jours où on serait mieux avec un chien.

Jimmy descend en trombe, traverse la cuisine et la salle à manger en courant :

— Viens ici, fils de pute !

— Il est inoffensif, fait la mère de Stef.

— Vous avez le droit de garder un python ?

La femme fronce les sourcils.

— Vous êtes comme tout le monde. Plein de préjugés. Les gens ont tout un tas d'idées fausses sur les pythons, alors qu'en vrai ce sont des animaux domestiques très gentils. Qu'est-ce que vous savez des pythons ?

— J'ai vu suffisamment de films qui se passent dans la jungle et de documentaires sur Discovery Channel pour savoir qu'ils aiment s'enrouler autour de vous jusqu'à vous étouffer. Et quand vos amis vous cherchent, ils ne vous trouvent pas, mais le python a pris cent kilos et a l'air d'avoir avalé un cheval.

— Sûr que je lui ferais pas une place dans mon lit. Mais Quincy est un gentil python qui nous adore.

Elle s'adresse à son fils, quelque part dans la maison :

— Jimmy, tu crois pas qu'on pourrait se passer de Quincy pendant un moment ? Peut-être que lui aussi aimerait prendre des vacances.

Appelle Rick et demande-lui s'il veut pas le reprendre pendant un jour ou deux, le temps que j'aille chez ma sœur.

J'essaie de recouvrer mon souffle en regardant partout autour de moi.

— Et si vous me donniez son adresse ?

Elle prend un stylo et un morceau de papier et gribouille quelque chose.

— Chais pas l'numéro mais c'est sur Rambling Rose Circle. Elle a une petite Volkswagen bleu, une Coccinelle, le nouveau modèle.

— Très bien.

Peu probable pourtant que cette voiture soit garée dans son allée. Ses clés étant toujours dans son sac, il y a des chances pour que la Coccinelle de Stefanie Knight soit restée dans le parking du Mindy.

— Je crois que c'est la troisième ou la quatrième maison de la rue, précise-t-elle.

— Puis-je vous emprunter votre stylo ?

Sur un autre bout de papier, j'inscris mon nom mais pas mon numéro de téléphone. Jusqu'à maintenant, j'ai réussi à empêcher Sarah de constater qu'elle avait épousé le plus grand idiot de la Terre. Rectification : il est possible que Sarah s'en soit déjà rendu compte, mais elle n'a pas encore connaissance de sa plus énorme gaffe. Des bourdes, j'en ai confessé plusieurs dans le passé, mais aucune de cette envergure. La leçon que je voulais donner à Sarah s'étant magistralement retournée contre moi, je ne vois pas l'intérêt qu'elle ou les enfants soient au courant. Je ne veux surtout pas que Stefanie Knight m'appelle à la maison, tombe sur Sarah, demande à me parler pour récupérer son permis de conduire – si elle a avalé le bobard que j'ai raconté à sa mère – ou, mieux encore, son sac.

Aussi, au lieu de mon numéro de téléphone, je note mon adresse e-mail.

— Dites-lui que j'ai des trucs qui lui appartiennent.

Je laisse mon papier sur le comptoir, près de l'évier.

— Son permis ?

— Oui, et une ou deux autres choses. Elle saura de quoi il s'agit.

— Encore une fois, je la verrai pas de sitôt. Elle vient pas trop ici.

— Peut-être que si vous aviez un chien...

Ma suggestion ne semble guère à son goût. Je fais demi-tour, me dirige vers la porte, scrutant le sol avant de poser un pied par terre et levant aussi les yeux vers le plafond. Pas de trace de Quincy. Au moment où je me glisse par la porte entrouverte, Jimmy crie du fond de la maison :

— *Maman, apporte les fléchettes !*

Je pique un cent mètres jusqu'à ma voiture.

Installé au volant, je relis le papier que la mère de Stefanie m'a donné. Rambling Rose Circle. Quand cette histoire sera terminée, j'appellerai Carpington, le conseiller municipal de notre secteur, pour exiger qu'une loi soit votée obligeant les nouvelles artères à porter des noms aussi simples que « Grand-Rue », « Avenue du Sud » ou « Route de la Colline ».

Me rendre à son bureau ou à son domicile ? Je choisis sa maison. Vu l'heure tardive, les bureaux sont fermés depuis longtemps et je n'ai pas envie de conserver ce sac jusqu'à demain. Sur mon plan, je déniche Rambling Rose, une impasse au nord d'Oakwood, dans une section nouvellement lotie de la ville, encore plus près que nous du supermarché Mindy. Voilà le vrai visage d'Oakwood : une suite de lotissements. Des centaines et des centaines d'hectares dépourvus d'arbres, aplanis au bulldozer pour permettre la construction d'un nombre infini de maisons où déménageront des familles fuyant la grande ville pour jouir de la belle vie.

En chemin, je consulte un annuaire dans une cabine téléphonique : je trouve un S. Knight au 17, Rambling Rose, note son numéro sur le papier que m'a donné la mère de Stefanie et continue ma route.

Quand je m'arrête devant chez elle, il est près de dix-neuf heures, la nuit tombe. La maison est conforme à l'idée qu'on se fait d'une habitation neuve dans un lotissement neuf : tout en briques, sans fioritures, construit sur un terrain de trois cents mètres carrés. Avec son garage pour deux voitures et sa courte allée, elle donne l'impression de n'être qu'une porte très large surmontée de deux fenêtres. Des dalles en ciment mènent de la gauche du garage à la porte principale.

D'étroits panneaux de verre opaque flanquent la porte d'entrée. Celui de gauche a été brisé à mi-hauteur. On a dû donner un coup de pied dedans, sans doute pour passer la main et ouvrir la porte. Pas de quoi fouetter un chat, quand on y réfléchit : Stefanie est rentrée chez elle à pied ou s'est fait déposer par une amie et, faute de clés, elle n'a pas pu entrer.

Je me promets de lui rembourser les frais du vitrier. Ainsi que les autres dépenses et fiches de taxi. Bref, je la dédommagerai pour tout ce qu'elle a dû débourser par ma faute. Et lui présenterai mes plus plates excuses.

Je sonne. Grâce à la vitre cassée, j'entends parfaitement le carillon.

Quand, au bout de dix secondes, personne ne réagit, je recommence. J'attends dix autres secondes avant de frapper cette fois. Fort.

Par l'ouverture dans le panneau, je crie :

— Bonsoir ! Miss Knight ? Il y a quelqu'un ?

Rien.

Au cours de ces derniers jours, j'ai appris une chose : il ne faut pas entrer chez les gens sans prévenir. Même si la porte n'est pas fermée – et j'ai une clé si elle l'était –, je ne poserai pas le pied à l'intérieur sans y être invité.

Je sors mon portable et compose le numéro de Stefanie Knight que j'ai noté dans la cabine. J'entends un téléphone sonner à l'intérieur de la maison. En stéréo !

Après quatre sonneries, le répondeur se met en route : « Salut, ici Stef. Je me suis absentée mais laissez-moi un message. » Je n'en fais rien.

Balancer son sac dans la maison par la vitre brisée est un mauvais plan. Quelqu'un pénétrant par effraction le volerait facilement. Alors que dois-je faire ? L'idée de retourner au parking du Mindy pour voir si elle essaie de récupérer sa voiture me vient à l'esprit. Il est en effet possible qu'elle soit passée chez elle récupérer le double de ses clés de voiture. Là, elle aura été forcée de briser la vitre pour entrer avant de regagner le parking pour prendre sa Coccinelle. Autre hypothèse : elle sera allée au bureau du Domaine des Vallées-Boisées demander de l'aide.

Je pourrais tourner en rond dans le voisinage pour la repérer, mais toutes les rues mènent ici. Le mieux serait sans doute de faire le pied de grue devant chez elle.

Soudain, je pense à une autre solution : au lieu de lui laisser un message téléphonique, je vais mettre un mot dans sa boîte aux lettres.

Comme il ne reste pas assez de place sur mon bout de papier, je repars à ma voiture, pêche dans ma boîte à gants mon carnet de chèques, dont je déchire le dos, et j'écris le texte suivant : « *Chère miss Knight, j'ai trouvé votre sac et le déposerai demain matin au bureau des Vallées-Boisées. Zack Walker.* » J'ajoute mon adresse e-mail.

Je remonte l'allée, contourne le garage, glisse mon mot dans la boîte métallique en prenant soin de laisser dépasser un coin de papier pour qu'elle le remarque.

Voilà. Fini pour aujourd'hui. Je me sens déjà mieux.

Mais, en faisant à nouveau le tour du garage et en regardant par terre sans y penser, je remarque une tache sombre et luisante. Je m'arrête. De l'huile coule sous la double porte. Une mare se forme, de la taille d'une semelle. Quelle que soit la voiture garée à l'intérieur, elle fuit abondamment !

Et il y a autre chose. Un truc qui ne colle pas ! Je m'agenouille, plonge légèrement l'index dans le liquide et le tends sous le lampadaire qui vient de s'allumer.

Il est rouge !

Je prends un mouchoir en papier dans ma poche et frotte énergiquement le bout de mon doigt pour en effacer le sang. Je m'essuie ainsi pendant cinq minutes, jusqu'à ce que le mouchoir soit entièrement maculé.

Que faire ? Je marche nerveusement de long en large un moment en essayant de trouver la réponse. L'autre extrémité du garage est munie d'une porte avec une fenêtre. Je me penche pour regarder à l'intérieur. Il fait sombre, bien sûr, l'obscurité est presque totale, mais je distingue vaguement sur le sol, près de la double porte, une masse qui a tout l'air d'être un corps humain.

Je fonce vers la porte principale. Fermée à clé. Glissant ma main par le trou du panneau de verre, j'actionne le loquet et me précipite dans la maison.

Pour accéder à la porte du garage, il faut passer par la buanderie, donc par la cuisine ; là, je remarque des débris : la porte en verre coulissante menant à un petit jardin a été fracassée près de sa serrure. Qu'est-ce que ça veut dire ? Pourquoi Stefanie a-t-elle eu besoin d'esquinter deux portes pour pénétrer chez elle ?

Arrivé dans la buanderie, j'ouvre la porte du garage et tâte le mur à la recherche d'un interrupteur.

Une ampoule nue au milieu du plafond diffuse une lumière froide et sinistre. Il fait frais. Pas grand-chose à voir. Pas de voitures, pas de taches d'huile par terre, quelques cartons de déménagement empilés contre le mur du fond. Il y a également un taille-bordures et une tondeuse à gazon pour l'entretien du petit jardin. Suspendus à des crochets, un râteau, une houe et un instrument à griffes comme on nous montre à la télévision, et qui permet de biner la terre sans avoir à se baisser. Paul m'en a fait acheter un. Un crochet est vide : c'est sans doute celui auquel elle accrochait la pelle qui a servi à lui fracasser le crâne.

Son corps gît les pieds tournés en direction de l'allée, une partie de son visage baignant dans le sang qui s'écoule lentement sous la porte. Ses mains ont été entaillées par les coups, et la pelle couverte de sang est abandonnée à côté d'elle.

— Stefanie ?

C'est le moment que choisit mon portable pour se mettre à sonner à l'intérieur de mon blouson.

13

« Je crois, dit Sarah, que le barbecue est prêt pour les steaks. Je crois même qu'il est prêt depuis une heure. Je ne m'avancerais pas trop en affirmant que, depuis ton départ, nous avons brûlé suffisamment de propane pour tenir au chaud une famille de quatre personnes au fin fond de l'Islande pendant une bonne partie du mois de décembre. Les feuilles de laitue lavées et essorées patientent dans un saladier. Tes enfants ont décidé qu'ils en avaient assez d'attendre et sont partis il y a cinq minutes pour le MacDo avec des amis de Paul. En revanche, j'ai pensé que ce serait grossier de ma part de m'en aller dîner ailleurs, te laissant seul devant ton assiette quand tu reviendrais, si jamais tu décides de revenir. »

Elle marque une pause.

« Tu m'écoutes ?
— Ouais. »

Les taches de sang sur le tailleur blanc cassé de Stefanie Knight sont noires comme la nuit.

« Alors, tu te ramènes ou quoi ? Ou dois-je dîner sans toi ?

— Il serait préférable que tu ne m'attendes pas. »

J'entends Sarah, étonnée, respirer fort dans le téléphone.

« Qu'est-ce qui ne va pas ? Mon Dieu, tu n'as pas eu d'accident, au moins ?

— Non, tout va bien. Mais j'ai eu des complications ; je serai un peu en retard, c'est tout.

— Quel genre ? »

Son ton est passé de sarcastique à inquiet.

« Ben, c'est Kenny...

— Quoi, Kenny ?

— Sa femme. Elle a été malade, on a commencé à parler, et je ne pouvais pas le laisser en plan, tu comprends. Il avait besoin de se confier.

— Oh, c'est affreux. Elle a quoi ?

— Oh, tu sais, un truc. Un de ces trucs de femme.

— Elle est à l'hôpital ?

— Ouais. Il ira la voir dès qu'il aura fermé la boutique.

— On va l'opérer ? Une hystérectomie ? »

Pour un écrivain, je suis plutôt nul quand il s'agit d'inventer des mensonges au pied levé. La flaque noire sur le sol en béton du garage s'élargit lentement. Je dis :

« Je pense qu'il s'agit d'un genre de blessure. Peut-être qu'elle est tombée. »

Sarah réfléchit tout haut :

« D'abord c'est un truc de femme, ensuite une blessure... Dis donc, Zack il lui est arrivé quoi, à cette pauvre femme ? Elle est tombée sur l'utérus ?

— J'ai sans doute mal compris. Kenny n'avait pas l'air très au courant. Ou bien il n'a pas voulu tout me raconter. »

Je vois parfaitement Sarah secouer la tête à l'autre bout du fil.

Bien qu'elle n'ait jamais rencontré la femme de Kenny, (moi-même je ne l'ai jamais vue, d'ailleurs je ne sais même pas s'il est marié), Sarah fait preuve de compassion :

« Tu es un de ses amis, ou tout au moins tu es tout le temps fourré dans son magasin. Demande-lui si nous pouvons faire quelque chose. Qu'il n'hésite surtout pas.

— Bonne idée. Il va apprécier, j'en suis sûr.

— Prends ton temps. On fera cuire les steaks quand tu reviendras.

— Non, ne m'attends pas pour dîner. À vrai dire, je n'ai plus très faim.

— OK. Rentre pas trop tard. »

Je coupe la communication mais ne remets pas le téléphone dans ma poche. Il est temps d'appeler le 911. Cette fois c'est du sérieux. Je ne fais pas semblant d'être mort au bas d'un escalier. Il n'y a pas de voiture cachée au coin de la rue. Messieurs-dames, il s'agit d'un vrai cas d'urgence.

J'appuie sur le 9. Puis sur le 1. Je suis sur le point de presser une seconde fois le 1 quand mon index s'arrête à un centimètre de la touche.

Minute, papillon ! Stop ! Réfléchis bien à ça. Réfléchis très fort.

Quelle sera la première question de l'inspecteur Flint ? « Pourquoi vous trouvez-vous à cette adresse et comment se fait-il que vous ayez découvert le corps de Stefanie Knight ? »

Étais-je un ami de la victime ? Non.

La connaissais-je ? Non. Pas vraiment.

Alors, comment se fait-il que je sois dans son garage et que j'aie trouvé le corps ?

La réponse est simple comme bonjour : Je suis venu lui rapporter le sac que je lui ai volé.

Tout doucement, j'éloigne mon doigt du clavier. Et remets le portable dans mon blouson.

Je suis dans de sales draps. Et ça pourrait s'aggraver si j'appelle la police et traîne dans le coin pour répondre à leurs questions.

Pourtant, prendre la fuite serait aller à l'encontre de mes principes éthiques, contre tout ce que je répète à mes enfants. Je leur en ai servi, des clichés, au cours des années : N'ayez pas peur de vous impliquer. Ne faites pas aux autres ce que vous ne voudriez pas qu'on vous fasse. Ne fuyez pas vos responsabilités. Réparez vos erreurs.

Et, bien sûr, mon préféré : Le policier est votre ami.

Dans le cas présent, je doute que ce soit vrai. J'ai bien peur que le policier ne soit pas mon ami. Si je l'appelle, j'ai toutes les chances de me retrouver avec un nouveau coloc qui dormira sur la couchette du bas.

À ce stade, il n'est pas inutile de préciser que je n'ai jamais enfreint la loi. Vous avez déjà compris que je ne suis pas un « individu connu des services de police ». J'ai toujours obéi aux règlements, payé mes impôts en temps et heure, plaidé coupable en cas d'infraction au stationnement, et envoyé mon chèque dans les vingt-quatre heures suivant la découverte d'un PV sur mon pare-brise.

Je ne prends donc aucun risque en disant que si la police découvre une femme morte dans son garage, mon nom ne figurera pas sur la liste des criminels potentiels. Ce qui sera le cas si j'appelle les autorités pour leur signaler le meurtre d'une femme dont j'ai volé le sac deux heures plus tôt.

Quelle horrible journée ! Pourtant, c'est du gâteau comparée à celle de Stefanie Knight.

D'abord, on lui vole son sac, et quand finalement elle arrive à rentrer chez elle, un dingue lui met le crâne en bouillie. Quel est le pourcentage de possibilités pour que deux événements néfastes (le second étant nettement pire que le premier) arrivent à la même personne le même jour ? Proche de zéro ?

À moins que les deux soient liés...

À mon sentiment de malaise vient de s'ajouter une grosse angoisse.

Mais non, c'est évident, il n'y a aucun rapport entre le vol du sac et ce meurtre. Si la police parvient à une autre conclusion, ce sera dû à un examen trop superficiel des faits. Moi je ne tombe pas dans ce panneau. Ce n'est pas parce que deux événements semblent liés qu'ils le sont nécessairement.

Quoique cela demeure une possibilité.

Je pense au sac en cuir. Que contient-il au juste ? Autant je regrette d'avoir envahi le domaine privé de Stefanie Knight en m'emparant d'une chose qui lui a appartenu, autant j'estime inutile de m'attarder sur un fait aussi définitif que la mort. Le moment est venu de fouiner un peu plus.

Mais pas ici. Le meurtrier est peut-être encore caché dans la maison ou risque d'y repasser d'un instant à l'autre. Il est temps de mettre les voiles.

Je tourne le verrou de la porte du garage, celle-là même par laquelle j'ai pu regarder à l'intérieur, et, sans me presser, j'emprunte l'allée qui mène à ma voiture, garée le long du trottoir. Une fois derrière le volant, j'enfonce la clé dans le contact. Et me fige.

Mes empreintes.

Qu'est-ce que j'ai touché ?

Le verrou de sécurité, pour commencer.

Et la poignée de la porte d'entrée.

Et la porte de la buanderie, et celle qui donne sur le garage, et l'interrupteur électrique, et la porte du garage...

Je crois que c'est tout.

Sur la banquette arrière, je prends un énorme paquet de mouchoirs en papier. Personne dans la rue. Je ressors de la voiture, remonte l'allée. N'ayant pas refermé le verrou de la porte d'entrée, j'actionne la poignée et l'essuie, puis j'en fais autant avec le verrou intérieur et la serrure de sûreté. De là, je gagne la porte de la buanderie, frotte les deux poignées, puis je vais à la porte du garage. Elle dispose d'une charnière de sécurité qui referme automatiquement la porte afin d'éviter aux habitants de la maison de respirer les gaz d'échappement. Je ne pense pas avoir touché à la poignée intérieure mais je l'essuie quand même. Pareil pour l'interrupteur électrique et les poignées de la porte du garage.

Ma tête est sur le point d'éclater. Je suis certain de n'avoir rien touché d'autre, de n'avoir laissé aucun indice. Je n'ai rien fait qui puisse entraver l'enquête de la police. Ainsi, je n'ai pas effacé les empreintes sur la poignée de la pelle. Il est évident que les flics vont se précipiter dessus et l'examiner au microscope.

J'inspecte les semelles de mes chaussures, malgré le soin que j'ai pris à ne pas marcher sur les taches de sang. En sortant, je frotte mes souliers dans l'herbe. Puis je remonte dans ma voiture, mets la clé de contact, démarre le moteur, passe la première, relâche le frein, appuie sur l'accélérateur et...

La boîte aux lettres.

Je freine et, après un rapide coup d'œil à la maison, je recule afin de voir en même temps la porte d'entrée et la boîte aux lettres. Là, émergeant de son rabat, se trouve le mot que j'ai rédigé au dos de mon chéquier, signé et adressé à Stefanie Knight.

L'ayant mis en sécurité dans ma poche, je roule vers la maison. Ai-je oublié un truc ? Je m'arrête dans un fast-food, fonce aux toilettes et fais disparaître tous les mouchoirs en papier dans la cuvette, y compris celui qui m'a servi à nettoyer le sang de mon doigt. Je lacère en douze morceaux le mot que j'avais laissé pour Stefanie et tire la chasse une nouvelle fois. Enfin, dernière précaution, je déchire le bout de papier de la mère de Stefanie et tire la chasse pour la troisième fois. En sortant de la cabine, un type qui se lave les mains me jette un regard en coin. Il doit me croire atteint d'une sévère crise de gastro.

Une fois dans ma voiture, j'ai l'impression d'avoir pensé à tout. Je suis même satisfait de la façon dont j'ai effacé mes empreintes.

Et merde !

Mon nom et mon adresse e-mail se trouvent quelque part dans la maison de la mère de Stefanie. Quand la police viendra lui annoncer le meurtre de sa fille, elle leur parlera de l'homme qui la cherchait sous prétexte de lui rapporter son permis de conduire.

Réfléchis. Réfléchis.

Il n'y a aucune empreinte de moi chez Stefanie. Logiquement, personne n'imaginera que j'y suis entré. Je pourrai toujours raconter que j'ai ramassé son permis de conduire. Si j'y suis obligé, je balancerai son sac derrière chez Mindy. La police croira que son permis est tombé quand un gamin lui a piqué le sac. Moi, je l'ai ramassé et j'ai voulu le lui restituer. À l'adresse figurant sur le permis, j'ai rencontré sa mère qui m'a donné une autre adresse, où je suis allé. Il n'y avait personne, mais le carreau cassé m'a paru louche et j'ai appelé le 911.

Si c'est moi qui les préviens, je serai peut-être à l'abri des soupçons.

Je n'aurai pas les tripes. Cinq minutes sous les projecteurs et je cracherai le morceau.

Non, non, pas question. J'arriverai à m'en sortir.

Mais auparavant, je dois retourner chez moi pour inventorier le contenu du sac de Stefanie Knight. En espérant ne rien y découvrir d'important. Surtout rien qui justifierait que sa disparition ait pu provoquer sa mort.

En arrivant, je vais droit à mon bureau, mais je sors le sac au moment même où Sarah m'appelle du premier étage :

— Zack ? C'est toi ?

Je fourre le sac derrière un carton de vieux papiers que je garde sous ma table de travail et monte la rejoindre. Elle est dans notre chambre où elle range du linge propre dans des tiroirs.

— Comment va Kenny ? demande-t-elle.

Kenny ? Je réfléchis un instant. Kenny aurait un problème ?

— Hein ?

— La femme de Kenny. Elle va comment ?

Soudain, ça me revient.

— Ah ! Elle s'en sort. Elle va bien. Elle devrait rentrer chez elle dans un ou deux jours.

— Voilà une bonne nouvelle. Il ne t'a pas dit ce qu'elle a eu ?

— Non, pas dans les détails. Et tu comprends que je n'aie pas voulu insister.

— Depuis combien de temps Kenny est-il marié ?

— Tu me poses une colle. Comme nous, je suppose, étant donné qu'il a à peu près mon âge.

Sarah enfonce le clou :

— Tu as déjà vu sa femme ?

Elle semble vraiment en veine de questions ce soir.

— Non. Ou alors, si elle s'est trouvée un jour dans le magasin en même temps que moi, j'ignorais que c'était elle.

— Tu connais son prénom ? Au cas où tu voudrais lui envoyer un mot ?

— Comment c'est déjà ? Mary ? Marian ? Un truc de ce genre.

Je regarde Sarah, qui a cessé de ranger le linge et me dévisage.

— Ça serait pas Gary, par hasard ?

— Si, c'est ça.

— C'est le diminutif de quoi ? Gabriella, par exemple ?

— Non, Gary est son prénom complet.

— Mais pourquoi diable la femme de Kenny se nommerait-elle Gary ?

Sarah se tait un instant, comme si elle ruminait quelque chose.

— Kenny a téléphoné ce soir, pendant que tu étais sorti.

Là, je suis vraiment dedans jusqu'au cou.

— Ah oui ?

— Oui. Il a appelé pour dire que ta commande était arrivée et qu'il la mettait de côté jusqu'à ce que tu passes.

— Je vois.

— Évidemment, je lui ai déclaré que j'étais désolée d'apprendre que sa femme était souffrante. Et tu sais comment il a réagi ?

— Pas la moindre idée, non.

— Il s'est esclaffé. Tellement fort qu'il a failli s'étrangler. Il a trouvé ma remarque hilarante.

— Tu veux dire qu'en fait sa femme n'est pas souffrante ?

Sarah me répond aussi sec :

— Je veux dire que Kenny n'a pas de femme, mais un compagnon.

— Un *quoi* ?

— Il n'arrivait pas à croire que tu n'aies pas deviné ses penchants. Il vit avec un gars qui s'appelle Gary, et ce Gary se porte comme un charme, merci pour lui.

Voilà qui suffit à me faire oublier les événements des dernières heures.

— Kenny est gay ?

— De toute évidence.
— Bordel de merde ! Kenny est gay !
— Je ne pense pas que ce soit le problème, pour le moment.
— Depuis combien de temps je fréquente son magasin ? Huit, dix ans, peut-être ? Bien avant d'emménager ici. Incroyable que pendant tout ce temps je n'aie rien remarqué !
— Tu es déjà passé à côté de tellement de choses.
— Je ne m'en serais jamais douté. Mais maintenant que tu me le dis, il n'a jamais mentionné sa femme, ou ses enfants, ou...

Je me rends immédiatement compte de ma gaffe.

— Ainsi, réplique Sarah, il n'a jamais parlé de sa femme. Pourtant, si je dois croire tout ce que tu me dis, non seulement il est bel et bien marié, mais sa tendre épouse est souffrante.
— Écoute, je sais que j'ai dû te sembler un peu bizarre ce soir.
— Vraiment ? Je n'ai rien remarqué.
— Pour l'instant je ne peux rien t'expliquer. Il faut que je m'occupe d'un certain nombre de choses. En tout cas, je t'assure que je n'ai pas de liaison.

Chez certains couples, le simple fait de mentionner le mot « liaison » est suffisant pour semer des doutes, se quereller, faire jaillir des torrents de larmes. Sarah réagit d'une manière tout à fait différente à cette idée.

Elle éclate de rire.
— Qu'y a-t-il de si drôle ?
Elle me sourit.

— L'idée que tu aies une liaison. Tu es la dernière personne que je soupçonnerai d'infidélité. Tu sais pourquoi ?

— Pourquoi ?

— À cause de ta conscience. De ton sentiment de culpabilité permanent. Quand tu fais une faute, tu es incapable de le dissimuler. Ça se voit comme le nez au milieu de la figure. Tu rougis, tu transpires. Impossible de ne pas le remarquer.

Je me regarde furtivement dans la glace de l'armoire. En effet, j'ai l'air d'avoir chaud. De suer à grosses gouttes, même.

— Non, rectifie Sarah en reprenant son sérieux, je crois savoir ce qui se passe.

— Tu es sûre ?

— Ouais.

— Et c'est quoi ?

Elle s'approche de moi et me sourit.

— Il est possible que, pour la première fois depuis le début de notre mariage, tu te sois souvenu de mon anniversaire. Et que tu aies organisé quelque chose de spécial pour le fêter.

Je tente de sourire aussi tandis que Sarah m'enlace la taille.

— C'est bien ça, non ?

Je referme mes bras autour d'elle, et elle se plaque contre moi. Je lui murmure :

— Pas facile de bluffer avec toi !

— Tu n'arrêtais pas de courir dans tous les sens quand on est rentré des courses. Qu'est-ce que tu fabriquais ?

Elle tourne la tête et me souffle dans le cou. Ses mains quittent ma taille et se posent sur mes fesses.

— Je ne peux rien te dire maintenant, je murmure, tout contre son oreille. Je veux que ça soit une surprise.

Elle sourit encore, couvre ma bouche de la sienne et me gratifie d'un baiser coquin avant de s'écarter.

— Ferme donc la porte.

— Les enfants sont là, non ?

Vite, une excuse pour me dérober. Avec tout ce qui tournicote dans mon crâne, j'ai peur de ne pas être à la hauteur des désirs de Sarah.

— Ils sont encore au MacDo, répond-elle. On les entendra rentrer.

— Tu sais, ça vaudrait peut-être mieux de remettre ça à plus tard.

— Pas question.

Elle déboutonne le haut de son jean et se glisse dans le lit, sans se préoccuper du tas de chaussettes et de la pile de serviettes.

— Ferme la porte !

Je contourne le lit et pousse la porte.

Sarah m'attrape, me fait tomber à côté d'elle, déboucle ma ceinture et le haut de mon jean.

— Vraiment, mon cœur, ils peuvent arriver à tout moment.

Sarah m'interroge soudain :

— Que penses-tu de Trixie ?

— Trixie ? Eh bien quoi ?

— Elle a quelque chose. Elle est super-sexy, tu ne trouves pas ?

— Je ne sais pas. Je n'ai jamais remarqué. On a juste pris un café ensemble une ou deux fois.

À son sujet, je n'ai rien à me reprocher, mais sous la pression je pourrais avouer les pires acrobaties.

Sarah me dévisage.

— Qu'est-ce qui te prend ? Ce n'est pas un interrogatoire. Tout ce que je dis, c'est qu'elle a quelque chose, un truc qu'on ne remarque pas à première vue. T'as entendu ce qu'elle a dit sur Catwoman ? Comme quoi elle aime son costume ?

— Je ne m'en souviens pas.

Sarah sourit à nouveau, glisse la main dans mon jean.

— Tu aimerais que j'en aie un ?

— Bof !

Je me rends compte que je ne réagis pas comme d'habitude aux caresses de Sarah.

— Ça serait sûrement excitant. Mais bonjour les irritations !

Sarah remarque enfin que je ne réagis pas comme elle le voudrait.

— On est un peu endormi ? demande-t-elle.

— Sans doute. J'ai beaucoup de choses qui trottent dans ma tête.

Sarah retire sa main, la pose sur mon épaule.

— Tout va bien ?

— Ouais, pas de problème. Tout roule.

Soudain, Sarah change d'attitude. Son esprit positif reprend le dessus, comme si elle était confrontée à des analyses médicales catastrophiques.

— C'est tout à fait normal, tu sais. Ça arrive. Je ne m'en fais pas du tout. Tu me l'as dit toi-même, tu es très préoccupé par ton livre ; et puis, à ton âge, ce sont des choses qui arrivent.

— Je ne crois pas que mon âge soit en cause.

— Ce n'est pas ce que j'ai voulu dire. Mais à la quarantaine, quand on est fatigué, ce n'est pas rare.

Brusquement, elle change de tête et commence à se faire du souci pour elle :

— À moins que ce soit ma faute. Peut-être que je ne m'y prends plus comme avant.

— Je te jure que ce n'est pas le cas, mais plutôt, comme tu l'as dit, une question de fatigue, de stress, d'âge. Je suis très vieux.

Sarah s'assied au bord du lit.

— C'est sans doute ma faute. Je voulais tirer un petit coup vite fait, parce qu'il y a eu un autre appel téléphonique.

— Quoi ?

Mon Dieu ! Voilà donc ce qu'on ressent quand on saute d'un avion en ayant oublié son parachute ? Qui a pu appeler ? Les enquêteurs de la crim' ? La police montée ? Le FBI ? L'agent Mulder ?

— Le boulot. Je dois aller bosser ce soir.

— Tu plaisantes ?

— Le type qui assure la permanence de nuit est malade. C'est à moi de le remplacer. Quelle barbe ! Si j'avais su, j'aurais fait un petit somme en rentrant. Je me demande comment je vais rester éveillée.

— Et demain matin ? Tu devras embrayer pour une journée ?

— Non, ils trouveront quelqu'un d'autre. Je devrais être de retour vers huit heures, à moins qu'ils dénichent une bonne âme pour me relayer plus tôt. Mais j'en doute. Alors, ne t'embête pas à me préparer du café demain matin. Je vais m'effondrer, dormir jusqu'à midi ou une heure.

Je n'aurai pas à retourner au bureau de la journée.

Elle lâche un petit rire.

— Ce sera presque une journée de vacances.
— Tu le mérites bien.

Sarah hausse les épaules. Par le passé, elle a assuré la permanence de nuit à la rubrique « Faits divers » pendant cinq ans. C'était après la naissance des enfants, sinon ils ne seraient jamais venus au monde. Elle est donc habituée à ce travail nocturne qui l'accapare de temps en temps, et n'en fait pas une histoire.

Elle me donne un baiser léger.

— Je dois faire un brin de toilette avant de partir. Mais on en reparlera demain. Et si on s'offrait un week-end crapuleux ? Partir s'éclater pendant deux jours… Je crois qu'on en a besoin.

Elle disparaît dans la salle de bains. Je remonte ma braguette, descends au rez-de-chaussée et manque de percuter Angie qui arrive tout juste. Comme je le craignais, je ne l'ai pas entendue rentrer.

— Bonsoir, dis-je. J'ai deux questions.
— Vas-y !
— Quand tombe l'anniversaire de ta mère ?

Angie lève les yeux au ciel.

— Après-demain.

Ouf ! Je dispose encore d'un peu de temps, si on ne m'a pas abattu d'ici là ou si je réussis à échapper à la prison.

— Bon. Question numéro 2 : tu savais que Kenny était gay ?

Elle a été plusieurs fois dans son magasin, soit contrainte et forcée quand nous faisions des courses ensemble, soit pour acheter le cadeau obligatoire à l'occasion de la fête des Pères ou de Noël.

— T'es trop nul ! Il faudrait être débile pour ne pas s'en rendre compte.

Elle se dirige vers la cuisine, mais elle fait demi-tour.

— Maman m'a dit de te demander l'argent que vous me devez.

— Plus tard.

Je me glisse dans mon bureau et ferme la porte.

J'allume la lampe de mon bureau, récupère le sac derrière le carton de papiers et le pose sous la lumière. Je sors le portefeuille en premier. Je l'ai déjà examiné mais pas à fond. Stefanie Knight trimballait trois cartes Visa, une MasterCard, une carte de fidélité d'une chaîne de drugstores et bien sûr son permis de conduire. J'extrais d'autres choses de son sac, une à une. Une brosse à laquelle restent accrochés quelques cheveux blonds. Une demi-douzaine de rouges à lèvres, des crayons à lèvres, et divers accessoires à lèvres qui échappent à mes connaissances. Les fameux tampons dans leur emballage. Les pièces de monnaie qu'elle a jetées dans son sac plutôt que de les ranger dans son porte-monnaie. Les clés de sa maison et de sa Volkswagen, le rouleau de pellicule, des reçus d'épiceries, de pharmacies, de pompes à essence, certains vieux de deux ans. Trois stylos-bille, l'un d'eux apparemment à sec, trois limes à ongles, une demi-douzaine d'eyeliners. Deux enveloppes blanches de format ordinaire archibourrées. Des formulaires immobiliers sans doute. Comme elles ne sont pas scellées, je décide d'y jeter un œil.

Et, soudain, c'est comme si on venait de me sauter dessus à pieds joints.

De l'argent. Beaucoup, beaucoup d'argent.

Uniquement des billets de 50 dollars. Par dizaines et dizaines dans la première enveloppe. Par dizaines et dizaines dans la seconde. Des milliers de dollars. Impossible d'imaginer le total exact.

Ce qui est devenu si rapidement une situation difficile tourne désormais au cauchemar.

14

Ce sont des billets flambant neufs, crissant sous les doigts, que j'étale sur mon bureau près de l'ordinateur. Je les empile par tas de vingt, soit des liasses de 1 000 dollars chacune. Au bout de cinq minutes, j'ai vingt piles. Un total de 20 000 dollars.

De quoi acheter un sacré paquet de biscuits de régime !

Je n'ai jamais vu autant d'argent. Je ne suis même pas certain d'avoir jamais vu 1 000 dollars en espèces. Quand je fais des courses, j'ai de la chance si j'ai 6 dollars dans mon portefeuille. À l'évidence, lorsque Stefanie Knight allait s'acheter du pain et du lait, c'était toute une affaire. Pas question de courir le risque d'être à court de liquide.

Son portefeuille ne contient que 25 dollars en billets. Aucun de 50 dollars. Ces deux enveloppes, c'est une tout autre histoire. Que faisait-elle avec une telle somme en cash ? Qui agirait ainsi ? Des citoyens normaux, honnêtes, respectueux de la loi ne se trimballent pas avec 20 000 dollars. Même ceux pour qui ce ne serait que de l'argent de poche. Je doute fort que Bill Gates se balade avec 20 000 dollars sur lui.

Se promener avec tant d'argent dans son sac résulte à coup sûr d'une mauvaise action. Si ce fric provient d'une transaction tout à fait honnête – un acompte pour un achat immobilier –, pourquoi Stefanie ne l'a-t-elle pas déposé quelque part ? Était-elle comme Janet Leigh, dans *Psychose*, qui quitte son bureau à la fin de la journée et décide de commencer une nouvelle vie avec l'argent d'un acheteur excentrique qui ne règle qu'en espèces ?

Le moment est venu de faire un autre point.

Je suis un voleur qui a connaissance d'un meurtre et ne l'a pas signalé à la police et se trouve en possession de 20 000 dollars, sans doute issus d'une transaction illicite. De surcroît, ma femme a l'impression que : *a)* dans deux jours elle recevra le plus beau cadeau d'anniversaire de son existence, *b)* son mari est impuissant.

Mais je n'arrive pas à me décider à téléphoner à la police. Appeler un avocat serait en revanche une bonne idée. Je lui dirais tout et il m'indiquerait la meilleure marche à suivre. Un seul ennui : l'unique homme de l'art que je connais est celui qui s'est occupé de l'achat de notre maison. Je ne crois pas qu'un spécialiste des taxes foncières me soit d'une grande utilité en ce moment.

Tout en envisageant différentes options, je commence à remettre les billets dans les deux enveloppes.

— Papa ?

Je me retourne sur ma chaise, et trois billets s'envolent et se posent sur la moquette. Angie passe sa tête par la porte.

— Je vais au centre commercial et j'ai besoin d'ar...

Ses yeux tombent sur les billets de 50.

— Des billets ! On peut dire que je tombe à pic.

Je pourrais les ramasser mais il me semble plus important de dissimuler les centaines d'autres, ainsi que le sac et son contenu étalé sur mon bureau. Coup de bol, un plan de montage d'un modèle réduit du sous-marin *Seaview* de la taille d'une carte routière est posé à l'extrémité de ma table. Je le saisis d'une main, en m'efforçant de ne pas me précipiter, et l'utilise pour recouvrir ce que je veux dissimuler au regard d'Angie.

Elle est maintenant au beau milieu de mon bureau et plonge sur l'argent tel un hibou sur une souris. Elle s'empare des trois billets et me sourit.

Je me défends :

— Pas touche ! Et d'après tes calculs, nous ne te devons que 127 dollars.

— Pour le pantalon, c'est exact. Mais en réalité ça fait un peu plus, parce que j'ai payé mes déjeuners de la semaine. Or d'habitude tu les finances, donc tu me dois encore plus que 150 dollars. Si tu me les donnes, on sera quittes. Ils sont beaux. Tu viens de les imprimer ?

— J'en ai besoin. Tu ne peux pas les prendre.

— Je vais faire les magasins. Maman part au boulot et elle n'a pas un sou, alors pourquoi je ne les garderais pas ? C'est toujours pareil avec toi. Tu me dois de l'argent et tu te trouves des tas d'excuses pour ne pas me le rendre. C'est trop injuste !

Sans attendre ma réponse, elle plie les billets et les glisse dans la poche de son jean.

— Tu ne comprends pas. Je les ai pris au distributeur, j'en ai besoin demain et...

— C'est quoi sur ton bureau ?

Elle a penché la tête pour regarder sous le plan.

— Rien. Des trucs pour mon livre.

— Un sac ? Tu l'as acheté pour l'anniversaire de maman ?

Ça va mal tourner.

— Bon, garde l'argent !

Elle pivote sur ses talons.

— Salut ! lance-t-elle.

Elle sort et j'entends le bruit de ses chaussures à grosses semelles s'éloigner vers l'entrée.

— Au revoir !

D'abord, je pense que c'est Angie. Il s'agit en fait de Sarah.

— Ouais ! T'endors pas !

— Je dépose Angie au centre commercial ! crie Sarah. Je prends la Camry.

— Comme tu veux !

Puisque Sarah part avec la Toyota, il me reste la Civic si j'ai besoin de conduire Paul quelque part ou de récupérer Angie au centre commercial, à moins qu'une de ses copines ne la dépose ici ou que je m'aventure sur le lieu d'un autre meurtre.

En cet instant je ne désire aller nulle part, mais me cacher dans mon bureau-bunker en sachant que je n'y suis pas en sécurité. Pas plus qu'ailleurs, tant que ce sac et son contenu seront en ma possession. Je dois m'en débarrasser. Les enfouir dans un sac-poubelle et jeter celui-ci dans une benne à ordures à l'autre bout de la ville, de préférence dans une zone industrielle. L'argent et le reste. Tout dégager.

Ensuite, trier cartes bancaires, permis et tout document au nom de Stefanie Knight, et les passer au mixeur avant de les jeter dans l'évier et de mettre le broyeur en route. Prendre ses clés de maison et de voiture, rouler jusqu'au port, choisir le quai le plus long et les lancer dans l'eau. J'ai commis une erreur, j'ai fait un truc idiot, d'accord, mais je n'ai tué ni même blessé personne, et je ne suis pas certain d'être responsable de la mort de Stefanie Knight. Son assassin a pu la tuer pour des raisons qui n'ont rien à voir avec la perte de son sac contenant les 20 000 dollars.

Tu parles ! À ce compte-là, le bombardement de Pearl Harbor n'a rien à voir avec l'entrée en guerre de l'Amérique contre le Japon.

Je pèse les risques de prendre les devants. D'appeler la police et de lui remettre le sac. J'ai une femme, deux enfants, une maison, une carrière bancale d'écrivain. Mettre en péril le fruit de mon labeur, le confort de notre existence – même pour une juste cause – est-il raisonnable ? S'il n'y a plus rien à faire pour sauver Stefanie Knight, je peux tenter de recouvrer mes esprits et commencer à réfléchir rationnellement. Pour au moins épargner à ma famille des horreurs imprévisibles et la honte.

Je dois me reprendre.

J'ai un livre à terminer. Il est temps de me concentrer, de profiter des heures que j'ai devant moi. N'est-ce pas ce que faisait Clinton ? J'ai lu la façon dont il compartimentait ses problèmes. Comment il discutait avec ses avocats de Monica Lewinsky, peaufinait son témoignage devant la commission Starr qui avait le pouvoir de l'obliger à démissionner, puis se levait et, dans une autre salle de conférences, se focalisait totalement sur la situation au Moyen-Orient.

C'est moi tout craché. Clintonesque à cent pour cent.

Je respire à nouveau un grand coup. Puis je refourgue tout le bazar dans le sac de Stefanie Knight, le referme et l'enfouis dans le sac à chaussures. Angie étant au centre commercial, Paul s'amusant au sous-sol à des jeux vidéo avec ses copains, j'ai peut-être un moment pour détruire les pièces à conviction.

Et, quand j'en aurai terminé, pour me consacrer à mon boulot.

Par pur réflexe, j'allume mon ordinateur. Avant de cliquer sur Word, où sont emmagasinés mes chapitres, je décide de regarder mes e-mails.

J'active l'icône.

Deux messages m'attendent. Le premier de Tom Darling :

> Besoin discuter couv. Appelle demain pour rv service art.

Bouquins, révisions, illustrations de couverture sont pour l'instant le cadet de mes soucis. Comme si tout cela appartenait à une autre vie. Combien de temps me faudra-t-il pour ne plus être hanté par ce que j'ai vu ce soir ? Des jours ? Des semaines ? Serai-je jamais capable d'oublier le crâne en miettes de Stefanie Knight et la pelle ensanglantée à côté d'elle ?

Je ne connais pas le nom de l'expéditeur du second e-mail. Un truc compliqué : une série de numéros suivie de « *@hotmail.com* ». Il m'arrive parfois de recevoir le message d'un fan. Les lecteurs peuvent trouver mon adresse en allant sur Internet et en consultant le site du Syndicat des écrivains.

J'ouvre l'e-mail. Le texte est court, sans signature, mais il ne provient certainement pas d'un admirateur :

> Cher monsieur Walker,
> Je cherche quelque chose qui est je crois en votre possession. Ne faites pas la bêtise de le donner à quelqu'un d'autre.

15

J'ai dû relire ce message une dizaine de fois. Plus je m'en imprègne, plus il m'inquiète.

C'est ce qu'il y a de bizarre avec les e-mails. Alors qu'ils flottent quelque part dans l'éther, dès qu'un message menaçant apparaît sur votre écran, à votre adresse, vous avez l'impression que son auteur se trouve là, devant vous. Vous subissez une intrusion sans effraction. Vous voudriez fermer votre porte à clé mais il est trop tard. Toute fuite est impossible.

Ainsi, mon correspondant a rendu visite à la mère de Stefanie et a pris connaissance de mon adresse e-mail. Et il ne fait certainement pas partie de la police. Pourtant, il n'y a pas de quoi se réjouir.

Inutile de continuer à raconter des âneries. Bien sûr que la mort de Stefanie Knight et les 20 000 dollars sont liés. Voici comment je vois les choses. Quelqu'un s'est rendu chez elle en espérant mettre la main sur l'argent. Comme elle ne l'avait pas, il l'a assassinée. Puis le meurtrier a commencé à chercher et s'est pointé chez sa mère. Elle n'avait pas le fric non plus. Mais justement, lui a-t-elle confié, un type est venu un peu plus tôt, prétendant être en possession du permis de conduire de Stefanie. Il se comportait bizarrement. D'ailleurs, il a laissé son nom et son e-mail.

Je relis encore une fois le message :

> Cher monsieur Walker,
> Je cherche quelque chose qui, je crois, est en votre possession. Ne faites pas la bêtise de le donner à quelqu'un d'autre.

N'ai-je pas déjà fait assez de bêtises ? Je n'ai certainement pas intérêt à en rajouter.

Le message est d'autant plus inquiétant qu'il ne comporte aucune menace précise. Elle est implicite. Je sais déjà ce dont ce type est capable si on ne lui remet pas ce qu'il veut. J'ai été dans le garage. Mais il ignore que je suis au courant de la mort de Stefanie Knight. Peut-être son message est-il purement factuel. Peut-être que j'ai tort de chercher midi à quatorze heures...

Zack, reviens sur Terre ! Réveille-toi, bordel !

Je lui réponds aussi sec :

> À celui qui le lira.
> En réponse à votre e-mail où vous indiquez que j'aurais en ma possession quelque chose que vous cherchez, je suis au regret de vous informer que j'ignore de quoi vous parlez.

Je le relis deux fois et trouve qu'il sonne juste. Je me contente d'affirmer qu'il fait fausse route, sans insister. Une supposition erronée. Voire une erreur sur la personne.

Je l'envoie.

La porte de mon bureau s'ouvre. Bon Dieu ! Angie a encore besoin d'argent ? Combien veux-tu, ma cocotte ? 10 000 ? 15 000 ?

C'est Paul.

— T'es prêt ? me demande-t-il.

Je le regarde, effaré.

— Prêt pour quoi ?

— Putain, t'as oublié ? On doit y être dans dix minutes.

— De quoi tu parles ?

— L'entretien parents-profs. Ça fait des semaines que c'est écrit sur le frigo. C'est à vingt heures. La prof de sciences va me botter le cul, et tu dois assister à la séance. Tu avais promis de venir avec maman, hein ? Comme elle a dû aller bosser, c'est à toi de jouer.

L'air devient irrespirable.

— Impossible.

Paul commence son cinéma : yeux au ciel, soupirs, roulements d'épaules, tête dans le cou. À Hollywood, il décrocherait un oscar.

— Tu es *obligé* de venir. Si tu ne m'accompagnes pas, je suis foutu. Mme Wilton me tuera. Déjà qu'elle veut ma mort. Elle a la haine. Si elle a l'occasion de te parler, elle me lâchera peut-être un peu les baskets. Tu pourrais lui dire d'arrêter de me rendre la vie aussi dure.

— Ça te fait sans doute du bien.

À nouveau les yeux au ciel.

— Il faut qu'on y soit dans moins de dix minutes.

— Où sont tes copains ?

— Ils ont foutu le camp. On se retrouvera plus tard chez Andy.

— Tu n'as pas de devoirs ?

— Non.
— Pas de devoirs de sciences ?
— Écoute, on y va ou on n'y va pas ?
— Je te rejoins à la porte dans deux minutes.

Paul disparaît et je me penche sur mon écran. Je m'apprête à fermer la boîte des messages quand l'ordinateur bipe. Nouveau message.

Et merde ! Ce mec vit devant son ordi, ou quoi ? Même adresse sur hotmail.

> Me mène pas en bateau, connard. Il n'y a pas trente-six Z. Walker dans l'annuaire.

C'est tout.
— J'suis prêt ! crie Paul depuis l'entrée.
— On y va !

Je ferme le message, éteins l'ordinateur, prends ma veste et mon portable. Je passe devant Paul en coup de vent pour aller à la voiture et le laisse fermer la porte.

Pendant le court trajet, il me demande :
— T'as un problème ce soir, ou quoi ?
— Ça va. Mais des tas de choses me trottent dans la tête.
— T'as l'air vraiment zarbi.
— Mais non, tout va bien. Occupons-nous plutôt de toi et de Mme Winslow.
— Wilton.
— Comment ?
— Elle s'appelle Wilton. Pas Winslow. Papa, tu feras pas bonne impression si, en entrant, tu te trompes de nom ! Comme si je n'étais pas suffisamment dans la merde !

On ne se parle plus. Le parking du lycée est presque plein, et de nombreux parents se dirigent vers le bâtiment principal, certains accompagnés de leurs ados, d'autres non. Mais ils ont l'air de porter tout le poids du monde sur leurs épaules.

Paul me guide le long de plusieurs couloirs et en haut d'un escalier jusqu'à la salle 212, où une plaque sur la porte indique : *Mme J. Wilton*.

— Il y a encore quelqu'un avec elle, constate Paul après avoir jeté un œil à l'intérieur. C'est la mère de Sheila Metzger. Elle va la massacrer en rentrant.

Les histoires de Paul où les mères veulent tuer leurs filles, les profs leurs élèves commencent à m'inquiéter.

Je lui murmure discrètement :

— Qu'est-ce qu'on fait ? On attend ici ?

— Jusqu'à ce que la mère de Sheila sorte. Ensuite ce sera à nous.

— Quel genre de problèmes as-tu avec les sciences ?

Paul hausse les épaules.

— C'est nul. Tu parles comme j'en aurai besoin plus tard !

— Tu comptes faire quoi ?

— Chais pas.

— Alors, comment sais-tu que tu n'en auras pas besoin ?

— Parce que.

— Mais regarde comme tu as pris intérêt au jardinage. C'est une science.

— Non, il suffit de planter et de creuser. La plupart des garçons qui vont travailler cet été avec des paysagistes ne seront pas obligés de porter des blouses blanches, que je sache.

221

— Alors, pourquoi Mme Wilton te déteste-t-elle ?
— Comme ça.
— Pourrais-tu être plus précis ?
— Je pense qu'elle est caractérielle.

Appuyé contre le mur en briques, je songe au second e-mail. Je n'ai jamais cessé d'y penser tout en faisant semblant de m'intéresser à l'entrevue à venir. Si j'ai trouvé le premier message inquiétant, le second me fiche une peur bleue. Ce type a l'intention de me poursuivre jusqu'à ce qu'il obtienne ce qu'il veut. Il prétend que les Z. Walker ne sont pas nombreux dans l'annuaire. En fait, combien y en a-t-il exactement ? Soudain, j'ai besoin de le savoir.

Je demande à Paul :

— Il y a un annuaire téléphonique, dans le coin ?

— Un annuaire ? Sans doute dans le bureau. Pourquoi t'en as besoin ?

— Je veux juste vérifier un truc. Il y en a pour une minute.

— Tu ne peux pas y aller maintenant. Elle va nous appeler dans une seconde.

Je jette un coup d'œil dans la salle comme l'a fait Paul un peu plus tôt. Mme Wilton est blottie derrière l'un des quatre pupitres réunis en un seul bureau. La mère de Sheila est assise en face d'elle. Elles examinent des devoirs et parlent à voix basse. À mon avis, elles sont loin d'en avoir fini.

— J'en ai pour une minute, je répète en fonçant vers l'escalier.

Je file vers l'entrée principale sans m'occuper des parents qui patientent devant les salles de classe, m'attendant à tout moment qu'on me dise d'arrêter de courir dans les halls. Je suppose que le bureau se trouve près de l'entrée. C'est le cas. Comme ce soir est une sorte de « portes ouvertes », la pièce n'est pas fermée à clé, et il y a de la lumière.

— Il y a quelqu'un ? je crie une fois sur le seuil.

Un petit homme d'âge moyen, vêtu d'un costume sombre, sans doute le proviseur, sort la tête d'un bureau adjacent.

— Vous désirez ?

— Désolé de vous déranger, mais auriez-vous un annuaire que je pourrais consulter un instant ?

Perplexe, il se dirige pourtant vers un placard, trouve un exemplaire par noms qu'il pose sur le comptoir. Les Walker ne manquent pas. Chaque initiale en comporte plusieurs colonnes. En fin de liste, je tombe sur une série de Walker W., aucun Walker X. et enfin mon nom : Walker Z. suivi de mon adresse et de mon numéro de téléphone.

Je suis l'unique Walker Z.

— Merde ! je laisse échapper.

— Pardon ? fait le proviseur.

Sans prendre la peine de refermer l'annuaire, je tourne les talons et me précipite de nouveau dans les couloirs. Paul n'est plus là où je l'ai laissé.

Je regarde dans la classe : il fait face à Mme Wilton. Hors d'haleine, j'entre en coup de vent.

— Désolé, dis-je. Vraiment désolé d'être en retard.

Je tends la main à Mme Wilton qui la prend sans enthousiasme et me sourit d'un air lugubre.

— Oui, vraiment navré, mais je vous remercie de prendre le temps de nous recevoir, j'ajoute en attrapant une chaise.

— Bien sûr.

— Alors, quel est le problème avec Paul ?

— Eh bien, pour commencer, répond-elle en ouvrant un classeur et en examinant un graphique rempli de chiffres, de flèches, de notes, Paul a un problème pour arriver à l'heure. Il entre comme un boulet de canon dans la salle de classe, perturbant les autres élèves déjà installés.

Il fait sacrément chaud là-dedans, surtout après ma course effrénée. Pour ôter ma veste, je dois reculer ma chaise, qui grince sur le sol.

— Une minute, je vous prie ! je m'écrie en essayant d'extraire mon bras de ma manche droite sans me lever.

Une fois débarrassé de ma veste, je la suspends au dossier de la chaise.

— Pardon, vous disiez ?

— Quand Paul est en retard, il perturbe la classe.

— Je vous comprends.

Je me tourne vers Paul et demande :

— C'est vrai ?

Il hausse les épaules.

— Parfois, je viens du gymnase et je dois me changer ou prendre une douche, et je n'ai pas toujours le temps.

Le temps. De combien de temps est-ce que je dispose avant que l'inconnu ne débarque à ma porte ? Une fois sur place, quels sont ses plans ?

Il peut récupérer le sac et les 20 000 dollars, je m'en fiche. Qu'il les prenne et sorte de nos vies. Quand il les aura, il n'y a aucune raison qu'il nous fasse du mal, à moi ou à ma famille. Il ignore que je connais son rôle d'assassin, je ne suis donc pas un témoin à éliminer. Je lui dirai presque la vérité : J'ai trouvé le sac de Stefanie Knight au supermarché, je voulais le lui rendre, vous devez être son mari, ravi de faire votre connaissance, le voici, passez une bonne journée et ne claquez pas la porte en sortant.

— Paul a également des difficultés à se concentrer. Les matières que nous étudions sont assez compliquées, et un manque d'attention peut générer des échecs aux examens... Monsieur Walker ?

— Oui ?

— Vous suivez ce que je dis ?

— Bien sûr. Il doit arriver à l'heure. Je suis tout à fait d'accord avec vous.

— Non, je disais que Paul doit être plus attentif.

— À quoi ?

Mme Wilton me semble être du genre à s'énerver facilement. D'un ton quelque peu excédé, elle répète :

— À ce qui se passe en classe. C'était ce que je disais.

— Une fois encore, je suis d'accord avec vous.

Je me tourne vers Paul.

— Tu n'es pas attentif en classe ?

Il hausse les épaules.

— J'essaie. Mais les sciences ne m'intéressent pas. À quoi ça sert ? Qu'est-ce que je vais en faire ?

Je regarde Mme Wilton.

— À vous.

Le professeur plisse les yeux.

— Monsieur Walker, vous êtes auteur de science-fiction, n'est-ce pas ?

Toujours ce ton excédé. Ce n'est pas la façon dont mes fans me parlent de mon œuvre.

— C'est exact. J'ai commis quelques romans.

— Seriez-vous d'accord pour dire que même si on n'a pas l'intention de créer des fusées ou de devenir un spécialiste en épidémiologie, des connaissances générales en sciences sont précieuses ? Même si votre but est d'écrire de bons romans, n'avez-vous pas tiré profit, dans votre métier, des notions scientifiques élémentaires ?

J'acquiesce lentement :

— Excellent argument.

Je me tourne de nouveau vers Paul avant d'ajouter :

— C'est parfaitement exact.

Mme Wilton reprend :

— C'est tout ce que je demande à Paul. D'avoir de bonnes bases scientifiques. Pas de trouver un remède contre le cancer, mais au moins de savoir pourquoi les avions restent en l'air, et donc de connaître les principes aérodynamiques qui leur évitent de s'écraser au sol.

Je ne les ai jamais moi-même vraiment bien compris, mais le moment est mal choisi pour demander des explications.

— Paul a obtenu un 55 ce semestre, et il ne reste que quelques semaines avant l'examen final de l'année scolaire. Inutile de préciser qu'il devra travailler dur pour passer dans la classe supérieure. Il serait bénéfique que Paul passe moins de temps à écouter tous ses petits gadgets et plus à m'écouter quand je parle.

— Des gadgets ?

— Des bipeurs, des téléphones portables et, comment appelez-vous ça, des lecteurs MP5 ?

— MP3, rectifie Paul. Je n'ai rien d'autre. Je n'apporte en classe ni mon bipeur ni mon portable.

— Comme vous vous en doutez, me dit Mme Wilton, il est très difficile de concurrencer ces joujoux technologiques dernier cri.

Je hoche la tête.

— Bien sûr. Je peux…

À ce moment-là, mon portable se met à sonner.

— Désolé, dis-je. Vous m'excusez un instant ?

Je me retourne, fouille dans ma poche, le sors et dis : « Allô ? » Puis j'ajoute en m'adressant à Mme Wilton avec un sourire penaud :

— Veuillez m'excuser. J'en ai pour une seconde.

« Zack ? »

C'est Sarah.

« J'ai complètement oublié. J'ai essayé de te joindre à la maison mais il n'y avait personne. La réunion avec Mme Winslow…

— Mme Wilton ! je rectifie en souriant.

— Comme tu veux ! Tu devrais y être.

— C'est bon. Nous y sommes.

— Désolée. Je raccroche.

— Non, ça va.

— Qu'est-ce qu'elle dit ?

— Il faut qu'il se concentre, tu vois, ce genre de choses… Et toi ? Pas de problèmes ?

— Plutôt tranquille. Un incendie en centre-ville. Mais il y a un truc intéressant. La police criminelle d'Oakwood a été réquisitionnée. Pas loin de chez nous, une femme assassinée.

— Vraiment ?

— Un gamin faisant du porte-à-porte pour vendre des tablettes de chocolat a vu du sang dans l'allée. Ça sortait du garage, les flics sont arrivés et ont trouvé cette femme le crâne fracassé. J'ai envoyé deux reporters pour essayer de récolter quelques infos pour l'édition du matin. »

L'expression de Mme Wilton se fait encore plus revêche, si c'est possible.

« Écoute, dis-je. Je te rappelle plus tard, OK ?

— Parfait. À plus. »

— Désolé, je répète en rangeant mon portable.

Cette fois, Mme Wilton explose.

— D'autres parents m'attendent. Je vais donc résumer : Paul doit arriver à l'heure, mieux se concentrer et laisser ses gadgets électroniques dans son vestiaire avant d'entrer en classe.

J'acquiesce avec enthousiasme, puis, avec un haussement d'épaules, je lance avant de sortir :

— Je me demande bien d'où Paul tient ça ?

Dans la voiture, mon fils se détourne ostensiblement de moi avant de lâcher :

— Merci beaucoup, papa. On pouvait pas rêver mieux.

16

— Ralentis un peu, papa ! T'as jamais conduit aussi vite.

En sortant du parking du lycée j'ai brûlé le stop, appuyé sur l'accélérateur quand le premier feu est passé à l'orange. Il était rouge quand on a franchi le croisement.

— Monsieur Sécurité, je te parle, reprend Paul.
— Je veux rentrer.
— D'accord, mais souviens-toi, tu dois d'abord me déposer chez Andy.

Après l'entretien avec son prof, je ne sais pas si Paul mérite de rejoindre ses amis. En d'autres circonstances, je l'aurais ramené à la maison et envoyé dans sa chambre pour qu'il travaille jusqu'à en avoir les yeux qui saignent, mais pour le moment j'ai trop de choses en tête. Et il me semble judicieux d'éloigner autant que possible les membres de ma famille de la maison, étant donné que mon correspondant sur la Toile, de toute évidence un tueur, fera tout son possible pour me retrouver.

Je fonce donc chez Andy, ce qui n'en donne pas moins à Paul le temps de m'exposer de nouveau sa dernière lubie :

— Je ne parle pas d'un grand tatouage, mais d'un petit que tu ne verras jamais. Sur le dos, sur l'épaule ou sur les fesses.

— Tu veux te faire tatouer les fesses ?

— Je te jure, ça ne vous dérangera pas maman ou toi. Vous ne le verrez même pas.

— Si personne ne le voit, quel intérêt ?

Paul pèse soigneusement ses mots :

— Eh bien, quelqu'un le verra sans doute un jour. Pas vous, évidemment. Y a des tas de dessins très chouettes. Je t'en montrerai sur le Web, ils sont pas tous moches. Le tatouage est une forme d'art.

— Une forme d'art impossible à faire disparaître. Un tatouage, c'est pour la vie.

— Ils ont des moyens de les effacer.

— Ce n'est jamais très efficace. Et ça doit faire vraiment mal.

Je suis crevé et j'ai un début de migraine. Après tout ce que j'ai vu ce soir, je n'ai pas un appétit fou, mais le manque de nourriture se fait sentir.

— Penses-y ! Des tas de gens ont des tatouages, et ce ne sont pas des criminels pour autant. La plupart de mes amis en ont, et je connais des adultes qui en ont aussi. Par exemple M. Drennan, le prof de maths : il a un petit papillon sur le bras. Et ce type, en troisième, ses parents lui ont permis de se faire tatouer une guitare...

Devant chez Andy, je lance à Paul :

— Ta sœur, elle en pense quoi ? Jusqu'à maintenant, elle ne m'a pas harcelé pour que je donne mon autorisation.

Quand Paul est un peu perdu, il demande souvent conseil à Angie pour bénéficier de son expérience.

— Tu parles ! Elle en a déjà un sur son...

Devant mon air surpris, il s'interrompt, ouvre la portière et bondit chez son copain.

— À plus !

Je n'ai pas le temps de deviner où Angie est tatouée. Je me rue à la maison en prenant bien soin d'éteindre mes phares dans l'allée. Quand je tourne la clé dans la serrure, le verrou ne répond pas comme d'habitude. Paul a été le dernier à sortir lorsque nous sommes partis pour son lycée, mais je ne me souviens pas s'il l'a bien refermé. Il est également possible qu'Angie soit revenue du centre commercial et qu'elle n'ait pas fermé à clé.

Personne ne m'écoute jamais.

— Angie ? je crie en passant la porte.

Je dépose mes clés et mon téléphone portable sur la table de l'entrée et me dirige vers la cuisine.

— Tu es là ?

Silence. J'appelle de nouveau, plus fort :

— Angie !

Rien en retour. Mais des bruits me parviennent de la cuisine. Le frigo qu'on ouvre, un cliquetis de bouteilles.

— Sarah ?

Serait-elle rentrée plus tôt ? Non, c'est impossible. Sa voiture n'est pas dans l'allée et elle m'a téléphoné de son bureau quand j'étais encore avec Mme Wilton, il y a seulement quelques minutes.

— Qui est là ?

Je passe devant mon bureau, où est planqué le sac avec l'argent, et pénètre dans la cuisine.

Rick, appuyé contre le lave-vaisselle, boit une Amstel toute fraîche sortie de notre frigo. Il porte un jean, une veste en denim et un T-shirt noir. Son large sourire découvre une dent de devant ébréchée.

Je suis furieux.

— Qu'est-ce que vous foutez ici, bordel ? Où est mon chandelier, espèce de fils de pute ?

Son sourire disparaît.

— C'est pas très sympa de parler comme ça au mec qui vient réparer votre douche.

— Je ne veux pas que vous répariez quoi que ce soit. Je vais toucher deux mots à M. Greenway à votre sujet, lui dire que vous êtes un voleur. Quand vous entrez dans une maison pour faire une réparation, Dieu sait ce que vous emportez en repartant. Allez, dehors ! On trouvera quelqu'un d'autre pour la douche.

— Lorsque je suis passé ici l'autre jour, je ne savais pas que vous vous appeliez Walker. On m'avait juste donné votre adresse.

— Bon, Walker c'est bien moi. Maintenant, je vous prierais de partir.

— Zack Walker. Avec un Z.

La vérité me frappe de plein fouet : Rick n'est pas là pour la douche.

Il glisse la main dans la poche de son jean et en extirpe le papier que j'ai laissé chez la mère de Stefanie Knight avec mon nom et mon adresse e-mail.

— En voyant votre nom dans l'annuaire, je me suis dit : Merde, je connais sa maison. J'y ai déjà mis les pieds.

Je ne réponds rien.

— La porte était ouverte. Vous devriez fermer à clé en sortant. On ne sait jamais qui peut se pointer. J'ai inspecté toute la maison. Depuis la fin du chantier, je n'étais venu qu'au premier. Sympa comme endroit. Je dirais que vous avez un fils et une fille. C'est ça ?

J'acquiesce lentement.

— Voilà, ce soir j'avais pour mission de retrouver Stef. Elle avait un truc qui appartient à M. Greenway et que je devais prendre. Je suis passé chez elle, et comme elle y était pas, j'ai décidé de faire un tour chez sa mère. Vous la connaissez, hein ?

— Sa mère, oui. Et son frère.

— Vous avez rencontré Quincy ?

— En effet.

— C'est moi qui leur ai donné. Un cadeau, quoi. J'adore les serpents. Je trouve ça superbe. Merle, la mère de Stef, est une gentille dame. Nous sommes devenus amis quand j'étais avec Stef, vous savez ?

— Oui.

— Mais Quincy leur a causé des ennuis récemment. Il faut dire qu'il est pas facile, mais c'est un bon serpent. Alors ils m'ont demandé de les en débarrasser pour un moment. Vous viendriez jusqu'à ma voiture pour le voir ?

Je frissonne.

— Non, sans façon ! Je vous l'ai dit, on a déjà fait connaissance.

— Je l'ai fourré dans le coffre. Je vais le ramener chez moi. Vous êtes sûr que vous n'avez pas envie de lui faire un câlin ?

Je fais non de la tête.

— Parce que si je ne pars pas d'ici avec ce que je veux, j'insisterai pour que vous lui fassiez des mamours.

— Je suis sûr qu'on peut s'arranger.

— Merle et Stef, elles se parlent pas beaucoup, mais Stef va là-bas de temps en temps, alors j'ai pensé qu'elle pourrait s'y trouver. Que dalle ! Mais Merle a commencé à me parler d'un homme qui était passé, disant qu'il avait un truc appartenant à Stef. Un type au comportement bizarre. Ça m'a mis en alerte, évidemment. Et il avait laissé son nom et son adresse e-mail. Alors, ils m'ont permis d'utiliser leur ordi pour vous envoyer un petit message.

— Oui.

Il sourit.

— Alors, si vous avez quelque chose qui appartient à Stef, vous me le donnez et je file.

— D'accord. Ça me va. Suivez-moi.

Je le précède jusqu'à mon bureau. Il entre, inspecte les lieux, s'attardant sur mes objets de science-fiction kitsch.

— Wouah ! J'ai loupé cette pièce, quand j'ai fait le tour de la maison. Sacrée installation, que vous avez là !

Il se recule afin d'étudier les affiches sur les murs, s'approche des étagères pour admirer les modèles réduits, les bibelots, les figurines.

— Celle-là, je la reconnais : c'est une Batmobile, mais laquelle ?

— Celle des dessins animés.

— J'ai toujours aimé les vieilles séries télé des années soixante, avec des *paf !*, des *boum !* et des bagarres à coups de poing. Il y avait les roues avec la petite chauve-souris sur fond rouge et or de sa voiture. C'était cool, non ? Je l'avais en Dinky Toy.

— C'était Corgi, en réalité.
— Quoi ?
— Corgi Toy, pas Dinky Toy. Il y en a une, sur l'étagère du dessus.

Il lève la tête.

— Wouah ! Merde ! C'est celle-là. Celle que j'avais quand j'étais gosse.

Il la prend pour l'admirer.

— C'est vraiment cool, putain !

Il pose le jouet en métal au creux de sa main et le soupèse. J'ai envie de lui dire de faire attention, mais je me retiens.

— Une beauté, ajoute-t-il, on dirait qu'elle sort de sa boîte. Elle a encore sa petite antenne et tout et tout.
— Oui, un trésor.
— Où vous l'avez dégottée ? Mes trucs de môme, ma mère les a tous jetés. Cette sale pute !
— Elle a toujours été à moi. Depuis ma petite enfance. Je l'ai gardée durant toutes ces longues années.

Il hoche la tête, impressionné.

— Vous prenez soin de vos affaires.
— Oh ! Je fais de mon mieux. J'ai conservé des tas de jouets de quand j'étais petit, certains en meilleur état que d'autres.
— Eh bien, ça a payé.

Rick glisse ma Batmobile dans la poche de sa veste et sourit, me défiant de lui demander de la remettre sur l'étagère.

— Une minute ! s'exclame-t-il soudain en regardant les livres de la bibliothèque, qui comprennent des exemplaires de mes propres romans. Zack Walker ! Comme Zachary Walker ?

— Exact.

— Je connais ce nom.

Il fronce les sourcils comme s'il cherchait à retrouver un très vieux souvenir. Il sort un exemplaire du *Missionnaire*.

— L'auteur, c'est vous ?

— Oui, c'est même mon premier livre.

— L'histoire de ces mecs qui arrivent sur une autre planète et veulent que les gens ne croient plus en Dieu.

— Oui, absolument.

— Merde, j'ai adoré ce bouquin ! Je l'ai lu pendant que j'étais à l'intérieur.

À l'intérieur ? À l'intérieur de quoi ? La plupart des gens lisent à l'intérieur, sauf s'ils emportent leurs livres à la plage quand il fait beau.

— Ouais, c'était bon. Je l'ai trouvé plein de spiritualité, si vous voyez ce que je veux dire. J'peux pas croire que je suis avec un écrivain célèbre.

— Pas si célèbre. Mes autres bouquins n'ont pas aussi bien marché. Mais celui-là a eu un petit succès, et j'écris la suite en ce moment.

Rick écarquille les yeux.

— Sans blague ! Quand je l'ai fini, je me suis demandé : Alors, qu'est-ce qui va se passer après ? Est-ce que les Terriens vont soudain devenir croyants et se faire tuer parce qu'ils ne le sont pas, ou bien la Terre va-t-elle envoyer encore plus de mecs pour voir ce qui est arrivé aux premiers, comme dans *La Planète des singes*, quoi, quand ils envoient un autre astronaute après que Charlton Heston a trouvé la statue de la Liberté sur la plage... Oh, merde, j'espère que je ne vous ai pas gâché la fin ?

— J'ai vu le film.

— Visez ça ! dit-il en sortant de sa poche revolver un briquet en argent orné de l'insigne de *Star Trek* avec le « V » inversé, symbole de la Fédération des Planètes. Ça vous plaît ?

Il le tourne pour me permettre de mieux voir l'emblème.

— C'est un mec qui me l'a filé. Je m'occupais de lui et comme il savait que j'aimais *Star Trek*, il me l'a donné quand j'étais à l'intérieur.

Encore ce mot. Mais je commence à comprendre ce qu'il entend par là.

— Un peu comme vous en me donnant cette Batmobile, ajoute-t-il en tâtant sa poche. Maintenant, je vais faire de mon mieux pour sauvegarder vos intérêts.

Je m'efforce de sourire.

— Bon, fait-il en revenant au but de sa visite, comment avez-vous connu Stefanie ?

Il appuie sur le mot « connu ».

— Parce que vous êtes pas son type, mais je peux me gourer.

— Non, non, je ne la connais pas du tout.

— Parce que je sais qu'elle voyait un autre mec, récemment. Peut-être même deux.

— Je n'en faisais pas partie.

— Ah bon ?

— Non, vous voyez l'adresse de sa mère ? C'est la seule info que j'avais sur elle. J'ai trouvé un truc qui lui appartenait et j'ai voulu le lui rendre, c'est tout.

— Et ce truc ? Ça serait quoi ?

— Son sac.

— Et comment vous l'avez eu son putain de sac ?

— Je l'ai trouvé. Elle l'avait laissé tomber dans un magasin.

Rick hoche la tête en connaisseur.

— Monsieur Walker, vous avez bien regardé à l'intérieur ?

— J'ai cherché son permis pour trouver le moyen de la contacter.

Rick me lance un regard méfiant.

— Là, vous me racontez des salades, vous le savez parfaitement.

— Non, c'est vrai.

À cet instant, le téléphone de mon bureau retentit. Rick et moi nous regardons, aucun de nous ne sachant apparemment si je dois répondre. L'appareil sonne de nouveau. Je me penche et consulte le numéro d'appel.

— C'est ma femme. Il vaut mieux que je réponde.

— J'suis pas ici, compris ? Sauf si vous voulez que je vous étrangle avec le fil.

— Compris.

Machinalement, je porte une main autour de mon cou et décroche de l'autre.

« Allô !

— C'est encore moi ! J'ai essayé ton portable, et comme ça ne répondait pas j'ai su que tu étais rentré.

— Ouais.

— Comment s'est passé l'entretien avec Mme Wilton ?
— Oh, pas mal. Enfin, pas si bien que ça.
— Raconte.
— Oh, il n'est pas... enfin... eh bien il faudrait qu'il travaille un peu plus. Sur le fond, c'est surtout ça. »

Rick prend un modèle réduit du *Millenium Falcon* sur une étagère et l'examine.

« Rien d'autre ?
— Si, mais je t'en parlerai quand tu seras à la maison. Comment ça va là-bas ?
— Plutôt tranquille.
— Et l'histoire dont tu m'as parlé ?
— Le cadavre près de chez nous ? On attend toujours des précisions. Les flics n'ont toujours pas de nom ni rien, mais elle a été sacrément massacrée. »

— On se dépêche ! râle Rick.

Sarah continue :

« Tu m'inquiètes. Il faudrait que tu te reposes un peu. Je ne t'ai jamais vu aussi stressé que ce soir.
— Mais non, ça va.
— J'ai parlé à Deb, tu sais, du service "Étranger". Son mari a eu le même problème, et on lui a prescrit des petites pilules bleues.
— Tu as discuté de moi avec Deb ?
— Je n'ai rien dit de précis. Seulement des généralités, tu vois ?
— Comme si j'y étais ! "Bon alors, je connais un type – non c'est pas mon mari –, il a du mal à bander"... »

Rick ricane et baisse son pouce dans ma direction.

239

« Mais non, t'inquiète pas. Tu sembles bien susceptible.

— Désolé, c'est sans doute la faim.

— Sûrement ! Fais-toi griller l'autre steak, mange quelque chose.

— Peut-être... Écoute, il faut que je raccroche, je dois aller chercher Angie au centre commercial.

— Au fait, elle t'a soutiré de l'argent ?

— Ouais.

— Bon, il faut que je te quitte, ça commence à chauffer ici. Je t'aime. »

Je repose le combiné.

Le commentaire de Rick ne se fait pas attendre :

— Elle a la langue bien pendue, ta poule ! Elle voulait quoi ?

— Me dire bonjour et savoir si tout allait bien. Elle est à son bureau.

Il hoche la tête.

— Bon, file-moi le truc !

Je soulève le plan de montage du *Seaview*.

— Tenez, prenez le sac, sortez de la maison et ne revenez pas.

Rick me l'arrache des mains, le renverse. Son contenu s'éparpille par terre.

— Où il est ? demande-t-il. Putain, y a intérêt qu'il soit là.

— Voilà, dis-je en attrapant les deux enveloppes blanches.

J'en ouvre une et feuillette les billets de 50 dollars :

— Il manque 150 dollars. Je vous les rendrai.

Bouche bée, Rick contemple la masse d'argent.

— Putain, en voilà un foutu paquet de fric ! D'où ça vient ?

Et, une fois encore, je me dis que je ne maîtrise pas totalement la situation.

J'entends la porte d'entrée s'ouvrir.

— Papa !

Angie est de retour du centre commercial.

17

Ce n'est pas dans les habitudes d'Angie de m'appeler en arrivant.

Ce n'est pas dans les habitudes d'Angie, en revenant d'une quelconque sortie, de nous appeler sa mère ou moi. Il est rare qu'elle crie le moindre : « Je suis là ! » Quand Angie passe la porte, elle se précipite dans la cuisine pour grignoter ou file directement dans sa chambre pour téléphoner. Dans la plupart des cas, nos deux gosses font preuve de la plus grande discrétion. Ils préfèrent cacher l'heure exacte de leur retour, ouvrent la porte d'entrée avec une prudence de démineurs, s'assurant que le verrou ne couine pas, n'allument pas dans le hall, montent l'escalier sur la pointe des pieds et se glissent dans leurs chambres comme des ombres. Parfois, Sarah ou moi nous réveillons vers minuit en nous demandant pourquoi on ne les a pas entendus. Nous nous levons et nous les trouvons au lit, feignant de dormir profondément alors qu'ils ne sont couchés que depuis quatre-vingt-dix secondes.

Donc, si Angie a crié mon nom, c'est très mauvais signe.

Je réfléchis à toute vitesse. Rick aurait-il un complice ? Comme si un seul criminel ne suffisait pas à semer la pagaille dans la maison ! Je n'ose pas imaginer la situation avec deux.

Difficile d'expliquer la suite des événements. J'ai dû agir en homme des cavernes. Ou poussé par un instinct paternel, je ne sais pas. Je comprends seulement qu'à ce moment-là l'essentiel était de protéger ma fille. Le cri d'Angie a surpris Rick autant que moi. Alors qu'il me tourne le dos pour regarder la porte – ne me demandez pas pourquoi ça s'est déclenché –, je saisis la statuette du robot de *Perdus dans l'espace* et le frappe avec. De toutes mes forces.

Cette statuette, je l'ai achetée il y a deux ans dans une boutique du Village, à New York. On y trouve tous les modèles réduits et gadgets de science-fiction imaginables. Je n'ai jamais beaucoup apprécié les feuilletons merdiques des années soixante, mais j'adore les objets qui s'en inspirent. Fabriquée en résine dense, cette statuette du robot qui ne cesse de crier « Danger, Will Robinson ! Danger ! » mesure plus de quarante centimètres, socle compris. Son poids m'a paru réconfortant.

Elle vole en éclats en rencontrant l'arrière du crâne de Rick et je m'attends qu'il pivote et me tue sur-le-champ, mais pas du tout. Il s'effondre. Je me penche sur lui, prêt à le frapper une seconde fois avec ce qui reste du robot et de son socle, mais il ne bouge plus.

— Seigneur, dis-je dans ma barbe, je l'ai tué !

Je repose les débris du robot sur mon bureau, fourre dans le sac les deux enveloppes et tout ce que Rick a jeté par terre, puis me précipite avec ce sac dans la buanderie où je le jette dans la machine à laver vide.

J'arrive dans le hall trempé de sueur, le cœur battant à deux cents à l'heure, me demandant qui je vais devoir assommer à présent.

Évidemment, il faut que ça soit l'agent Greslow !

Elle est engoncée dans son uniforme bleu marine et porte en plus de son képi un grand holster noir d'où dépasse ce qui me semble être un redoutable revolver. Une radio grésillante lui barre la poitrine. Comment les flics ont-ils pu arriver si vite ? Comment ont-ils su qu'un meurtrier présumé s'était introduit chez moi ? Qu'importe ? L'heure est venue de parler. De tout raconter.

— Mon Dieu, papa, merci mille fois ! s'exclame Angie en me voyant.

Ses yeux sont rouges. Elle a pleuré.

— Tiens, tiens, monsieur Walker, s'étonne l'agent Greslow. Comme on se retrouve !

— Oui, bonsoir ! dis-je, à la fois soulagé et angoissé. Que me vaut cet honneur ? Est-ce que vous surveillez ma maison ?

— Euh, non ! Pas du tout. Pourquoi, monsieur Walker, vous croyez qu'on devrait ?

— Eh bien...

Il y a quelque chose qui cloche.

— Monsieur Walker, Angela Walker est bien votre fille ?

— Oui, c'est ma fille.

Allez, trêve de civilités, que je vous parle du type que je viens de tuer dans mon bureau – mais c'était de la légitime défense pure et simple. En plus de l'enquête sur le meurtre de

Samuel Spender, vous vous occupez sans doute d'un autre meurtre qui a eu lieu ce soir, eh bien le coupable c'est ce type, vous pouvez fermer le dossier, inutile de me remercier, je n'ai fait que mon devoir de citoyen.

— Si on s'asseyait ? propose l'agent.

Je lui fais signe d'entrer dans le salon, le plus loin possible de mon bureau, et de prendre place dans le canapé. Quand nous sommes tous les trois bien installés, j'avoue :

— Je suis un peu perdu.

— C'est l'argent que tu m'as donné, explique Angie.

— De quoi tu parles ?

L'agent se penche en avant, faisant craquer sa ceinture de cuir.

— Monsieur Walker, votre fille a utilisé trois billets de 50 dollars pour faire des achats au centre commercial de Groverdale.

— C'était pour le pantalon, intervient Angie.

— Monsieur, la vendeuse a passé les coupures dans le détecteur de billets et s'est rendu compte qu'ils étaient faux.

— Faux ?

— Tu me dois donc toujours 150 dollars, conclut Angie.

— La boutique a appelé le service de sécurité qui nous a alertés. S'il n'y avait eu qu'un seul faux billet, ils n'auraient sans doute pas retenu votre fille, mais trois d'un coup, ça leur a mis la puce à l'oreille. Un examen minutieux a révélé qu'ils avaient tous le même numéro de série.

— Des faux ? je répète une fois de plus.

L'agent continue, sans s'occuper de moi :

— Votre fille affirme que vous lui avez donné ces billets. Est-ce exact ?

— Oui, oui, c'est vrai. Je les lui ai remis avant qu'elle parte pour le centre commercial.

— Je peux pas croire que tu m'aies fait un coup pareil, gémit Angie. Il y avait au moins cent copines dans le centre, et elles m'ont vue traînée dans une voiture de police. Je vais être obligée de changer d'école.

— Monsieur Walker, d'où proviennent ces billets ?

Voyons. D'un sac que j'ai volé et qui appartenait à une femme assassinée. Sans doute tuée par le type dont j'ai fracassé la tête dans mon bureau et qui pourrait avoir besoin d'une ambulance si ce n'est pas déjà trop tard.

Au lieu de ça, je réponds :

— D'un distributeur automatique, sans doute.

— D'un distributeur automatique.

— Je suppose. Je m'en sers sans arrêt. Vous savez, il y en a qui, lorsque vous leur demandez 200 dollars, ne donnent que des billets de 50. Au lieu de 20.

— Je vois. Et où serait situé ce distributeur ?

Réfléchis. Réfléchis. Réfléchis. Réfléchis.

— Je vais un peu partout en ville. J'utilise une bonne dizaine de distributeurs. Je suis incapable de vous dire duquel il s'agit.

— Pourrais-je voir votre carte bancaire ?

— Ma carte ?

— Oui. Je noterai le numéro, l'apporterai à la banque afin de savoir où vous avez retiré de l'argent, et cela nous permettra de déterminer de quel secteur proviennent les billets.

— Bien sûr.

Je sors mon portefeuille.

— Voici la carte que j'utilise, dis-je en la tendant à l'agent.

Elle note le numéro et me la rend.

— Ma fille sera-t-elle inculpée ?

— Non, monsieur. À mon avis, c'est la faute à pas de chance, mais nous gardons les faux billets.

— Tu vois, papa ? Tu me dois ce fric. Et je ne le veux pas en billets de 50.

— À propos, détenez-vous d'autres coupures de 50 dollars provenant de ce même distributeur ?

Si vous regardiez dans la machine à laver, vous en trouveriez pour 19 850 dollars.

Je réponds :

— Pas que je sache.

— Ça vous ennuie de me montrer votre portefeuille, monsieur Walker ?

Ce n'est pas une demande : Greslow tend la main et attend. Je m'exécute. Elle regarde la section où je range mes billets et me le rend.

Pendant un moment, elle ne me pose aucune question, se contentant de prendre quelques notes supplémentaires. C'est ma dernière occasion de tout lui raconter. À propos du sac. À propos de la façon dont j'ai trouvé Stefanie Knight. À propos de la visite de son possible assassin. À propos du cadavre de ce dernier dans mon bureau.

— Très bien, monsieur Walker, on va vérifier tout ça et, entre-temps, soyez attentif aux coupures de 50 dont vous prendrez possession. Surtout au lettrage. Il doit être légèrement en relief. Un tas de faux-monnayeurs utilisent des photocopieuses dernier cri. Comme ils ne gravent plus de plaques et n'ont pas besoin de presses, les faux billets sont devenus un vrai fléau.

— Mmm-mmm.

— Voici ma carte avec mon nom, mon numéro de badge et l'endroit où on peut me joindre. Si quelque chose d'autre vous vient à l'esprit, contactez-moi.

— Merci.

— Au plaisir de vous avoir revu.

Elle porte deux doigts à son képi et s'en va. Avec elle s'éloigne ma dernière chance de me confesser.

Nous nous taisons, Angie et moi, pendant quelques secondes. Ce n'est pas tous les jours que la police vous ramène votre fille parce qu'elle a écoulé de fausses coupures. Que vous lui avez remises.

— Où est maman ? J'ai besoin de lui parler.
— À son bureau, ma chérie.
— Je vais lui téléphoner.
— Non, surtout pas. Elle m'a appelé, et c'est le cirque là-bas. Ce n'est pas du tout, mais pas du tout le moment.

Angie se dirige vers la cuisine, ce qui va la faire passer devant mon bureau. Je lui bloque le chemin.

— Reste là une minute, dis-je en la retenant légèrement par les épaules.

— Quoi ? Tu m'empêches d'aller à la cuisine ?

— Ne bouge pas !

Mon ton la fait sursauter. Elle s'immobilise pendant que je tourne les talons et fonce dans mon bureau. J'ouvre la porte tout doucement. Il n'est peut-être pas mort mais simplement assommé. Ça arrive à Mannix toutes les semaines, à la télé : il reçoit un coup de crosse de revolver sur la tête, mais après la pub il est sur ses pieds, prêt pour de nouvelles aventures.

— Bon sang !

Rick s'est envolé. Je ressors du bureau, verrouille la porte de la cuisine. Celle du patio est grande ouverte. Il est évident que je n'ai pas tué ce type. Quand il s'est aperçu que la police était là, il a déguerpi. Je ferme la porte à double tour. De retour à mon studio, je trouve Angie à quatre pattes, examinant les morceaux du robot éparpillés sur la moquette et les produits de maquillage tombés du sac de Stefanie et qui m'ont échappé.

— Papa, qu'est-ce qui s'est passé ici ? Ton robot ? Il est en mille morceaux...

— Un petit accident, rien de grave.

— Et le maquillage de maman, il fait quoi ici ?

Elle ramasse un eye-liner et ricane.

— Tiens ! Elle n'utilise même pas cette marque !

— Angie, tu as un endroit où aller dormir ce soir ?

— Où aller dormir ?

— Une amie chez qui passer la nuit.

— Tu me laisses jamais dormir dehors quand j'ai classe le lendemain !

— Je sais, mais c'est l'anniversaire de maman dans deux jours, je crois qu'elle va pouvoir s'échapper du journal plus tôt, et je pensais lui faire une surprise quand elle reviendra.

Commander un dîner chez le traiteur, mettre de la musique, peut-être...

— Bon sang, ne m'en dis pas plus ! C'est dégueu... Ouais, je pourrai sans doute aller chez Francine. Ses parents sont en Europe, elle sera contente d'avoir de la compagnie.

— Prends quelques affaires et je vais t'y conduire.

Angie hausse les épaules.

— Oublie pas : tu me dois toujours 150 dollars.

— Désolé pour ce qui s'est passé. J'ignorais que c'étaient des faux billets.

Nouveau haussement d'épaules.

— C'était plutôt cool, tu sais. Je n'avais jamais été emmenée à l'arrière d'une voiture de flics.

18

Pendant qu'Angie se prépare des affaires pour la nuit, j'appelle Paul sur son portable :
« Ouais ?
— C'est moi. Tu es toujours chez Andy ? »
J'entends des voix de jeunes mâles qui rigolent en arrière-plan.
« Silence, c'est mon vieux ! » crie-t-il.
Puis, d'une voix plus calme, il ajoute :
« Ouais, chuis chez lui. Je dois déjà rentrer ? Tu m'as déposé y a juste une demi-heure.
— Non, tu n'as pas besoin de rentrer. Je me demandais jusqu'à quand tu pouvais rester.
— Quoi ? Tu *veux* que je reste ici ?
— Aussi longtemps que tu le voudras. Tu crois que tu pourrais y dormir ?
— Au milieu de la semaine ? »
Depuis quand mes enfants sont-ils aussi intransigeants quand il est question de se coucher tard en milieu de semaine ?
« Oui, bien sûr. Comme Angie dort chez une copine, je ne veux pas faire de jaloux.
— Je rêve ! C'est qui au téléphone ?
— Ton père.

— Alors, je me fais engueuler par ma prof de sciences et, comme punition, j'ai le droit de passer la nuit chez un pote ? Si je te disais que j'ai eu zéro en maths, tu me donnerais de la thune pour que j'aille aux putes avec Andy ?

— Je viens d'expliquer à Angie que c'est l'anniversaire de ta mère dans deux jours et qu'elle sera bientôt rentrée à la maison. Je veux lui réserver un accueil exceptionnel. »

Mensonge ! Pure invention !

Silence au bout de la ligne. Puis, tel un écho à la réaction de sa sœur :

« Dégueu ! »

Comment les ados croient-ils donc qu'ils sont venus au monde ? Je continue :

« Alors, tu crois pouvoir rester ?

— Attends, je vais demander. »

Il pose sa main sur le micro, mais j'entends leur échange malgré les voix étouffées.

« Ouais, c'est cool, déclare-t-il enfin. Mais je n'ai rien apporté.

— Qu'est-ce qu'il te faut ?

— Je dirais une brosse à dents. Et une chemise, mais pas une que t'aimes, plutôt un T-shirt. Pique un truc par terre dans ma chambre. Et puis mes oreillers. Tu sais que je peux dormir que sur mes oreillers. Et ma couette. Je vais sans doute coucher sur le divan du sous-sol, et je ne sais pas combien il y a de couvertures. »

Je prends un stylo près du téléphone et commence à noter.

« Et ma brosse à cheveux... Je veux pas utiliser la brosse de quelqu'un d'autre. Et du dentifrice. Je ne crois pas que les parents d'Andy aient du dentifrice à la menthe. Et des sous-vêtements.

Mais j'ai pas besoin de pyjama. Je dormirai tout habillé.

— Rien d'autre, t'es sûr ? »

J'ai un peu de mal à retenir mes sarcasmes.

« Non, vraiment. Ce n'est que pour une nuit.

— Je te dépose tout ça dans un petit moment. J'ai quelques trucs à faire avant.

— OK. À plus. »

Angie entre dans la cuisine.

— Tu peux réunir ces affaires pour ton frère ? je lui demande en tendant la liste.

Elle inspecte l'inventaire.

— Son duvet ? Pourquoi pas son ours en peluche ? Je l'emballe aussi ?

— Allez, fais ce que je te demande.

Je ne veux pas qu'elle traîne ici. J'ignore où est parti Rick et s'il a l'intention de revenir. Étant donné qu'il s'est sauvé les mains vides mais avec une belle bosse sur le crâne, il est logique qu'il réapparaisse pour récupérer ce qu'il était venu chercher et se venger, histoire de faire bonne mesure. Mais, en regardant par la fenêtre, je constate que la voiture de police n'a pas bougé, l'agent Greslow prenant des notes à la lumière du plafonnier. Tant qu'elle restera là, on sera en sécurité.

Je m'assure que la porte du patio ainsi que les accès au garage sont bien fermés à clé.

Plus rien n'a de sens. Quand j'ai remis à Rick les deux enveloppes de billets – que je sais maintenant contrefaits –, il a été abasourdi. Il est évident qu'il n'avait pas rappliqué pour l'argent.

Il devait y avoir autre chose dans le sac.

— OK, fait Angie, je suis prête.

Elle porte ses affaires dans un sac à dos en bandoulière et, coincés sous ses bras, les oreillers de Paul et son duvet ainsi qu'une pochette en plastique avec la brosse à dents et le dentifrice.

— Où est son sac à dos ? je demande, étonné qu'elle ne l'ait pas utilisé.

— Il est plein de ses merdes. Pas question que je fourre la main dedans. De toute façon, il va repasser ici demain prendre ses affaires de classe avant d'aller au lycée. C'est sur son chemin.

Avant d'ouvrir la porte d'entrée, je jette un coup d'œil dehors pour m'assurer que personne ne rôde.

— Papa, tu fais quoi ?

Les phares de la voiture de police s'allument tandis qu'elle s'éloigne lentement du trottoir.

— Dépêche-toi ! dis-je en ouvrant la porte.

Je referme à double tour derrière Angie et l'entraîne vers ma vieille Civic. Comme il y a des taches d'huile dans le coffre, pour ne pas salir la literie de Paul on pose tout sur la banquette arrière.

Je boucle ma portière et ordonne à Angie d'en faire autant.

— Qu'est-ce que t'as ce soir ? demande-t-elle. T'es encore plus parano que d'habitude.

Je décide de lui révéler certaines choses, qui, sans dévoiler l'essentiel, ne sont pas des mensonges.

— J'avoue être un peu nerveux. Ta mère m'a dit au téléphone qu'il y avait eu un autre meurtre dans le voisinage.

— Vraiment ? Un autre meurtre ? Ça fait deux dans la semaine. En *banlieue*, papa ? Tu nous as dit que ça n'arrivait jamais dans les banlieues résidentielles.

Je continue sans tenir compte de sa remarque :

— On a retrouvé une femme dans un garage. Battue à mort.

Angie ne voit pas là un sujet de plaisanterie et se tait donc. Nous roulons à vive allure sur Chancery Park et je dois demander à ma fille la route à suivre.

— Je ne sais pas où habite ton amie.

— Prends à droite sur Lilac.

Nous continuons presque en silence, Angie se contentant de m'indiquer où tourner. Au bout de cinq minutes, nous nous arrêtons devant une maison à deux étages. Deux voitures de luxe sont garées dans l'allée. Angie a déjà la main posée sur la poignée de la porte quand je lui tapote le bras.

— Je suis désolé, mon chou.

Elle hausse les épaules, et évite de croiser mon regard.

— Tu ne pouvais pas savoir que les billets étaient faux, répond-elle.

— Non, ce n'est pas ça. Je sais que tu n'aimes pas vivre ici, que tes anciennes amies te manquent. À l'époque, j'ai cru faire pour le mieux.

Angie me dévisage, cherchant à interpréter mes paroles.

— Je sais.

— Je vais en parler à ta mère. Nous avons sans doute besoin de faire le point.

— Oh, c'est pas si mal. Je crois que je m'habitue.

Souriant, je lui dis :

— Je t'aime, ma chérie.

— Je t'aime aussi, papa.
— Fais attention à toi.

Elle me serre brièvement la main et se glisse hors de la voiture. Je la surveille tandis qu'elle sonne et j'attends qu'elle soit en sécurité à l'intérieur pour redémarrer.

Arrêt suivant : chez Andy. Paul et lui m'attendent au bout de l'allée, s'amusant sur leurs skateboards. Quand je tourne le coin, mes phares les éclairent. Paul s'empare de ses affaires sur la banquette sans perdre de temps. Il doit avoir peur que je change d'avis et l'oblige à rentrer à la maison.

Sur le chemin du retour, je ne me préoccupe pas des limitations de vitesse. Je ne ralentis que lorsque j'arrive enfin près de la maison, pour scruter les environs à la recherche de voitures inconnues ou de gens dissimulés dans les buissons. Je me gare et ferme la Civic à clé. Tandis que je fonce jusqu'à la porte, je regarde par-dessus mon épaule, m'attendant à voir Rick me sauter dessus comme une bête sauvage.

Mais pas le moindre Rick ! Une fois à l'intérieur, je tire le verrou. Je reste un instant immobile, retenant ma respiration, l'oreille tendue. Est-il caché dans la maison ? Vu qu'il travaille pour le Domaine des Vallées-Boisées, il a sans doute un passe ? Peut-il entrer n'importe où, quand il veut ?

Le seul bruit que j'entends est celui de mon cœur qui bat. Je hurle :

— Je sais que vous êtes là, connard ! Les flics sont revenus, juste devant la maison ! Si vous avez pour deux sous d'intelligence, foutez le camp !

Rien.

Avec une extrême prudence, je m'avance, allumant toutes les lampes sur mon passage. L'épaisse moquette et sa thibaude haut de gamme étouffant mes pas, je peux déambuler sans faire de bruit. Je jette un œil dans la cuisine, le salon, la salle à manger, celle où on regarde la télé. Puis j'entrouvre la porte de mon bureau : mon robot est toujours en miettes. Jusque-là, pas d'intrus.

Je pénètre dans la buanderie, avec sa machine à laver dans laquelle j'ai planqué le sac de Stefanie Knight. Soulevant le couvercle, je m'en saisis et le rapporte dans mon bureau. Là, comme Rick l'a fait, je renverse son contenu sur le sol, à l'écart des débris du robot. À quatre pattes, je commence le tri.

Les enveloppes d'un côté. De l'autre, le maquillage, les serviettes hygiéniques, les clés de voiture, la petite monnaie, les bons de réduction périmés.

Mes yeux tombent alors sur la boîte de pellicule en plastique noir. Je la secoue pour vérifier si elle est vide. Un rouleau cliquette à l'intérieur. Lorsque je soulève le couvercle gris, il glisse dans ma paume.

Pas d'amorce, il a donc servi. Vingt-quatre photos en noir et blanc de haute qualité m'attendent.

Dès que je les aurai développées au sous-sol.

19

Pendant que les négatifs sèchent, je comprends ce que cherchait Rick. Ni les photos d'une expédition à Disney World ni vingt-quatre prises de vue en souvenir d'une excursion au mont Rushmore. Sans être encore capable d'identifier qui figure sur les photos, je distingue deux personnes, un homme et une femme. Elles ne sont pas dans la rue, au sommet de la tour Eiffel ou dans un stade de base-ball, mais dans un intérieur.

En attendant de pouvoir faire des tirages, j'ai le temps de réfléchir. Mes yeux sont maintenant habitués au manque quasi total de lumière, aucun son ne me parvient. Il y a seulement quelques heures, j'étais au supermarché avec Sarah. Depuis, tout va de travers. Et je ne suis plus le seul concerné.

Je pense que les événements de la soirée ne se sont pas déroulés exactement comme Rick me les a décrits. À mon avis, il s'est bien rendu chez Stefanie. Puis chez la mère de Stefanie. Mais je refuse de croire que Stefanie n'était pas chez elle lorsqu'il y est passé. Je parierais qu'il lui a rendu visite pour récupérer ce rouleau de pellicule. Qu'il a attendu son retour. Ce qui explique la seconde fenêtre cassée. Quand Stefanie a fini par arriver, sans doute à pied, et n'a pas pu lui rendre la pellicule, puisqu'elle avait perdu son sac, il a fini par lui défoncer la tête d'un énorme coup de pelle. Mais il ne l'a pas crue quand elle lui a dit pour son sac. Alors, il s'est rendu dans les différents endroits où elle avait pu aller. Où elle aurait laissé le rouleau. Cela l'a mené jusqu'à chez sa mère, et le bout de papier que j'ai donné à celle-ci l'a conduit jusqu'à moi.

J'ai la désagréable impression d'avoir du sang sur les mains, comme on dit.

Je fais un tirage de toutes les vues et les plonge dans les différents bains. À mesure que les images prennent forme, je vois que les deux mêmes personnes figurent sur tous les clichés, enlacées sur un lit king size dans une chambre fortement éclairée. Comme l'appareil photo a dû être accroché au plafond, sans doute derrière une glace sans tain, les clichés des deux protagonistes s'accouplant dans la position du missionnaire n'offrent que peu d'indices quant à l'identité de l'homme. Il est gros, presque chauve, mais avec suffisamment de poils sur le dos et les fesses pour envisager une greffe sur son crâne. (Ramener ses cheveux en avant pour cacher sa calvitie ne lui servirait à rien.) Ces photos ne seront d'aucune utilité pour l'identifier parmi d'autres suspects.

Pour la fille, c'est différent. Ses cheveux déployés sur l'oreiller laissent apercevoir le visage de Stefanie Knight.

Mais, ainsi que je le soupçonnais, les épreuves suivantes permettent de mettre facilement un nom sur son partenaire. Comme si Stefanie s'était débrouillée pour avoir des clichés où le visage de l'homme apparaîtrait en toute lumière. Elle avait dû lui dire : « Laisse-moi venir sur toi. Regarde mes seins s'agiter au-dessus de toi ! » Il n'avait pas pu refuser.

Son visage, je le reconnais tout de suite. Il illustrait un article du *Suburban* relatant la mort de Samuel Spender, le meilleur ami de Willow Creek.

C'est Roger Carpington, le conseiller municipal d'Oakwood.

Je sais que ça va sembler horriblement banal – mais je me sens sale. Seul dans le labo d'Angie, seul dans la maison, à développer des photos porno. Ce n'est pas que je sois coincé, mais si vous tire le portrait en train de chevaucher une jeune femme, la moindre des choses est d'en être averti. Or ça m'étonnerait que ce vieux Roger ait été au courant. Et je parie que Mme Carpington n'en sait rien non plus.

Je tire plusieurs exemplaires du cliché où on l'identifie le mieux. Pour la première fois, je regrette que l'auteur des photos n'ait pas plus que moi disposé d'un appareil digital. Il m'aurait été facile d'afficher les différentes prises de vue sur l'écran de mon ordinateur, de choisir les meilleures et de les imprimer en moins de deux minutes. Me contenter de la vieille méthode va me coincer un peu plus longtemps au sous-sol, un retard frustrant car j'ai hâte de mettre en œuvre le plan qui prend lentement forme dans ma tête.

Soudain, un bruit me parvient d'en haut.

Quelqu'un ouvre la porte d'entrée. Le labo est situé juste au-dessous.

Je l'ai pourtant fermée à clé. J'en suis sûr et certain. J'ai vérifié chaque porte, après avoir déposé Angie et remis à Paul ses affaires. Ma pire crainte est donc fondée : Rick possède un passe. Il peut pénétrer dans toutes les maisons du Domaine des Vallées-Boisées.

On referme le battant. Suivent des bruits de pas. Mais ils s'éloignent du hall, et je n'entends plus rien.

J'ai la possibilité de ne pas bouger d'ici. Rick peut décider de rester au rez-de-chaussée, d'inspecter le bureau à la recherche du sac, et de ne pas descendre au sous-sol.

Inutile de rêver ! Il aura vu la Civic dans l'allée et conclu qu'il y a quelqu'un dans la maison. Sa priorité est de me dénicher, en usant de tous ses moyens de persuasion pour obtenir le rouleau de pellicule. Peut-être un tête-à-tête entre Quincy et moi dans le coffre de sa voiture.

Prenant soin de ne rien heurter, j'avance jusqu'au coin du labo où un trépied repose contre le mur. Il fera une excellente arme dès que je serai sorti de cette pièce étroite et disposerai de suffisamment de place pour pouvoir le bouger à ma guise.

Je crois entendre la porte du sous-sol s'ouvrir, quelqu'un descendre l'escalier. L'élément de surprise est essentiel. La porte du labo n'est qu'à deux pas du bas des marches. Je vais jaillir, trépied en main, et réussir, cette fois-ci, à frapper fort le crâne de Rick.

Je retiens mon souffle et compte dans ma tête. Jusqu'à trois.

Un !

Regarde autour de toi aussi vite que possible. S'il est armé, méfie-toi ! Cogne-lui le bras.

Deux !

S'il est accompagné d'un complice, commence par le plus costaud. Vise la tête. Vise leur putain de tête. OK, mon vieux, action !

Trois !

Je bondis en criant un truc du genre « Aaaahhh ! » et en agrippant fermement le trépied. Je le balance par-dessus de mon épaule comme une batte de base-ball en bandant mes forces, prêt à libérer un maximum d'énergie.

— Papa !

Paul saute en arrière et se protège la tête de ses mains. Stoppé dans mon mouvement à mi-course, je perds l'équilibre et atterris contre le mur. Le haut du trépied cogne celui-ci, entaillant profondément le plâtre.

— Bon Dieu ! Papa ! C'est moi !

Effondré par terre, je prends appui sur mes bras pour me relever.

— Paul ! je murmure. Qu'est-ce que tu fiches là ?

— J'habite ici !

J'essaie de recouvrer mon souffle.

— Tu devais être chez Andy. Je t'avais dit de rester là-bas.

— J'ai oublié de te demander d'apporter des jeux vidéo.

Toujours affalé sur les marches, lui aussi est hors d'haleine.

— On avait besoin des jeux. La mère d'Andy nous a emmenés en voiture. Ils m'attendent dehors.

Enfin debout, je dis :

— D'accord, va prendre tes jeux.

— Qu'est-ce que tu fabriquais ici ? Tu te cachais ? Tu planquais un truc ?

— Non, je tirais quelques photos, c'est tout.

— Quelles photos ? Tu fais les devoirs d'Angie ?

De tout ce que j'ai pu faire ce soir, mon crime le plus grave, aux yeux de Paul, serait d'avantager sa sœur. Je décide de poursuivre sur cette voie :

— Oh, je ne faisais qu'agrandir quelques photos pour elle, rien de plus.

Paul a du mal à reprendre sa respiration normale.

— J'ai cru que tu allais me tuer.

— Pas du tout. Simplement, tu m'as fait une peur bleue.

Je m'essuie le visage du revers de la main.

— Viens ici.

Paul s'avance à une trentaine de centimètres de moi. Je l'attire, le serre contre moi et lui tape dans le dos.

— Je n'allais pas te tuer. Allez, va chercher tes jeux.

Quand je l'écarte de moi, il aperçoit le trou dans le mur.

— Maman va adorer.

— C'est certain.

Paul me dévisage une minute.

— Angie a raison, lâche-t-il.

— Ça veut dire quoi ?

— Tu es en train de devenir dingo.

Il se rend dans la salle de jeux, choisit trois cassettes et me rejoint au bas des marches.

— À demain matin !

— OK, je réponds. À demain.

Puis il monte l'escalier quatre à quatre. Je l'entends sortir, mais comme je ne suis pas certain qu'il ait fermé à clé, je vais vérifier. La voiture de la mère d'Andy recule dans l'allée puis disparaît.

De retour au labo, je sèche quelques tirages où le visage de Carpington est nettement visible. Dans mon bureau, je trouve une enveloppe ordinaire où ranger les négatifs et une grande enveloppe pour les épreuves 20 × 25. L'annuaire d'Oakwood me fournit le numéro de téléphone de R. Carpington.

Je consulte la pendule. Il est près de dix heures du soir. Je compose le numéro.

À la troisième sonnerie, une femme répond.

« Allô ?

— Bonsoir. Mme Carpington à l'appareil ?

— Oui, c'est moi.

— Désolé de vous appeler aussi tard, mais j'aimerais parler au conseiller Carpington. »

Autant lui laisser penser qu'il s'agit d'une communication officielle.

« Je suis navrée mais il n'est pas là. Il assiste à une réunion du conseil municipal qui pourrait se terminer tard.

— Une séance ? Maintenant ?

— Oui, elle a commencé à dix-huit heures trente.

— À l'hôtel de ville ?

— Oui, bien sûr. Désirez-vous laisser un message ? Roger voudra certainement vous rappeler, si ce n'est ce soir, en tout cas demain.

— Non. Je ne veux pas vous déranger. Je vais essayer de le joindre à sa réunion.

— Comme vous voulez. »

Elle raccroche.

Je glisse l'enveloppe contenant les négatifs dans le fond de la coque de la maquette du *Seaview*, que je n'ai pas encore terminée, et colle les infrastructures avec soin. Une fois de plus, je remets tout dans le sac de Stefanie Knight que j'emporte, ainsi que la grande enveloppe kraft contenant les photos de Roger Carpington en galante compagnie. Je saisis mon portable sur la table de l'entrée, le glisse dans ma veste, vérifie deux fois que la porte est bouclée à double tour et m'installe au volant de la Civic.

Le bâtiment municipal, conçu avec autant de goût et d'imagination que les nouveaux lotissements d'Oakwood, s'élève en face du centre commercial où Angie a été arrêtée pour avoir écoulé des faux billets. Ensemble de briques et d'acier noirci, cette horreur ressemble à une boîte à chaussures. À l'arrière, le grand parking est à peu près vide. Si la majorité des employés sont rentrés chez eux et se préparent sans doute à se coucher, il reste une poignée de voitures appartenant au maire, à son équipe et à quelques personnes ayant des plaintes ou des requêtes à formuler.

Je me gare, et, muni de la grande enveloppe, pénètre dans le bâtiment, suis les flèches menant à la salle du conseil, une vaste pièce au plafond haut d'où pendent de grands lustres. Le sol légèrement incliné, tel celui d'un théâtre, offre aux spectateurs le plaisir de voir les conseillers s'activer ; la salle comporte deux rangées de bureaux qui flanquent celui du maire, le tout formant un V.

Dans la salle, vingt administrés au maximum suivent les débats ; un reporter du *Suburban* prend des notes. C'est dire que mon entrée ne passe pas inaperçue : tous les assistants me scrutent, tandis que j'arrive sur la pointe des pieds pour aller m'asseoir.

Douze membres du conseil encadrent le maire. Chacun dispose d'une plaque indiquant son nom. Assis à l'extrémité droite, le gros et quasi chauve Roger Carpington arbore un costume gris et une cravate. De son index, il remonte ses lunettes sur son nez.

Le maire, une femme courte sur pattes, aux cheveux bleutés, la soixantaine bien avancée, prend la parole :

— Le prochain intervenant inscrit sur notre liste est Lucille Belfountain.

Une femme du premier rang se lève et s'approche du micro placé au bout de l'allée.

— Oui ? Allô ? Vous m'entendez ? Le micro fonctionne ?

— Nous vous entendons parfaitement, répond patiemment le maire.

— Madame le maire, messieurs et mesdames les membres du conseil, merci de me permettre de prendre la parole ce soir. J'habite au 43 Myers Road depuis vingt-sept ans et nous avons, depuis quelques mois, un grave problème avec des chiens errants.

Peu intéressé par les ennuis canins de Lucille Belfountain, je laisse mon esprit vagabonder. Mes yeux ne cessent de fixer Roger Carpington, au bout des rangées. Il passe en revue un certain nombre de papiers, couvrant leurs marges de notes, levant parfois la tête pour écouter ce que Lucille a à dire. Si seulement il savait ce qui l'attend !

Un des autres conseillers, sans doute plus concerné par le sujet, promet à Lucille Belfountain que les agents affectés au contrôle des animaux multiplieront les patrouilles dans son secteur et qu'elle devra le rappeler dans une quinzaine de jours si la situation ne s'est pas améliorée.

Carpington saisit son micro.

— Madame le maire, il y a un sujet que j'aimerais soumettre à l'attention du conseil.

— Je vous en prie.

— Je désire prendre date et avertir le conseil qu'à notre prochaine réunion je soumettrai une résolution tendant à approuver la phase finale de l'extension du Domaine des Vallées-Boisées. À ma connaissance, toutes les craintes liées à l'environnement ont été apaisées, et je suis persuadé que cette expansion bénéficiera non seulement à ses promoteurs mais à toute la ville. Elle augmentera le nombre des familles qui emménageront à Oakwood et contribueront à sa prospérité de toutes sortes de façons, à commencer par les impôts fonciers et les emplois.

La seule pensée qui tourne dans ma tête est : Vous avez des fesses poilues, vous avez des fesses poilues...

À l'autre bout de la rangée, le conseiller Ben Underwood prend la parole à son tour :

— Je n'en crois pas mes oreilles. Samuel Spender, qui, voilà seulement quelques semaines, avait pris la parole devant notre assemblée pour souligner l'absolue nécessité de protéger la Willow Creek, est décédé de mort violente il y a quelques jours. La résolution du conseiller Carpington est une insulte à sa mémoire et devrait être mise de côté jusqu'à ce que l'enquête de police ait élucidé les causes de sa mort.

— Attendez ! s'écrie Carpington. Qu'il soit consigné que je n'ai que respect pour Samuel Spender et pour le travail qu'il a accompli sa vie durant en faveur de la protection de l'environnement. Nous devons tous lui être reconnaissants des craintes qu'il a émises pour la Willow Creek et de ses suggestions qui ont permis d'améliorer les plans de la phase finale du Domaine des Vallées-Boisées.

— Roger ! De qui se moque-t-on ? réplique Underwood. Qu'ont fait vos amis ? Ils ont réduit le nombre de maisons de 300 à 299 ?

— Voilà une remarque ridicule ! Vous renoncez sans état d'âme à bâtir tout un quartier pour sauver la vie d'une salamandre. De plus, je ne vois aucun rapport entre l'enquête de police concernant la mort de M. Spender et les plans d'extension du domaine.

— À propos de remarque ridicule, vous ne voudriez…

Le maire intervient :

— Ce débat se poursuivra quand le conseiller Carpington présentera sa résolution. Si nous n'avons pas d'autres affaires à traiter, j'aimerais déposer une motion et déclarer la séance close. Quelqu'un désire-t-il voter contre ?

Secouant violemment la tête, Carpington fourre des papiers dans son attaché-case. De son côté, Underwood saisit ses dossiers et sort furieux de la salle du conseil. Ce type ne fait sûrement pas partie des amis de Don Greenway. Je ne lui conseillerais pas de se promener au bord de la rivière.

J'intercepte Carpington alors qu'il fonce vers la sortie :

— M. Carpington ? Veuillez m'excuser...

Encore sous le choc de sa prise de bec avec Underwood, il me regarde par-dessus ses lunettes.

— Oui ?

— Vous auriez une minute ?

— Il se fait tard. Appelez donc ma secrétaire demain et prenez rendez-vous.

— Désolé, mais ça ne peut pas attendre. C'est plutôt urgent.

Je lève l'enveloppe kraft. D'autres conseillers, à portée de voix, sortent à leur tour.

— Absolument désolé, mais je dois insister : une autre fois.

Je me penche vers lui et murmure :

— Cela concerne Stefanie Knight, monsieur Carpington.

On dirait que j'ai ouvert un robinet, et que tout son sang a reflué en moins de deux secondes. Il avale péniblement sa salive, jette un coup d'œil à ses collègues puis murmure à son tour :

— À mon bureau.

Il me précède le long d'un couloir au sol carrelé et pénètre dans la petite pièce qui lui tient lieu de bureau municipal. Il renferme une petite table croulant sous les papiers, un ordinateur poussé dans un coin et, sur les murs, des relevés de la ville. Sans perdre une seconde, Carpington ferme la porte et m'indique une chaise. Un exemplaire bon marché de la statuette du film *World's Greatest Dad* est posé près d'une photo de famille où, entouré d'une femme sans charme et d'enfants conformes au modèle maternel – une fille et deux fils, tous trois de moins de dix ans –, le conseiller sourit à l'objectif.

Il se glisse dans son fauteuil.

— De quoi s'agit-il ? Je suis navré mais je ne connais personne de ce nom. Stefanie White, vous dites ?

Je corrige :

— Knight. Tentative méritoire. Mais si vous ne la connaissez pas, pourquoi m'avoir traîné ici et avoir fermé la porte ?

— Je ne sais même pas à qui j'ai affaire.

— Zack Walker. Je suis l'un de vos administrés. J'habite sur Greenway Lane, dans un quartier des Vallées-Boisées.

— Je vois. Ah oui, Stefanie Knight. Je crois qu'elle travaille aux bureaux du Domaine. C'est là que j'ai dû la croiser.

Et puis merde, je pense. J'ouvre l'enveloppe, en sors un des tirages et le lance sur le bureau. Il retombe du mauvais côté. Le saisissant par un coin, Carpington le retourne.

Je n'imaginais pas qu'il puisse encore perdre des couleurs. Parmi tous les rats que j'ai eu le plaisir de rencontrer, y compris les rédacteurs en chef de journaux pour lesquels j'ai travaillé, jamais je n'ai vu de spécimen aussi blême, aussi terreux que celui-là.

La main qui tient le tirage commence à trembler. De l'autre main, Carpington essuie les gouttes de sueur qui se forment sur son crâne.

— Combien ? Combien en voulez-vous ?

20

À vue de nez, Roger Carpington n'a pas l'air d'un as de la négociation. S'empresser de céder n'est pas la meilleure tactique. Il lui a suffi de jeter un coup d'œil à la photo sur laquelle on le voit en compagnie de Stefanie Knight pour me proposer un chèque.

— Vous croyez donc que je suis là pour vous faire chanter ?

Transpirant toujours à grosses gouttes, Carpington demande :

— Quel autre motif vous pousserait à venir me voir avec une telle photo ? Vous désirez ma perte, c'est évident. Mais j'imagine que je peux vous en dissuader en y mettant le prix.

Je me cale dans mon fauteuil.

— Je suis persuadé que la motivation cachée derrière ce cliché ainsi que ceux contenus dans cette enveloppe – Carpington la regarde intensément – est bien le chantage. Mais ce n'est pas moi votre maître chanteur. Il s'agit de quelqu'un d'autre. Peut-être Stefanie Knight ? Elle vous faisait chanter ? Vous avait-elle menacé d'avertir votre femme si vous ne la payez pas ?

Carpington écarquille les yeux.

— C'est ridicule ! Je ne couche pas avec Stefanie.

Fronçant les sourcils, je sors de l'enveloppe un nouveau cliché.

— Vous avez raison. Cette photo, où elle a votre bite dans sa bouche, ne fait pas penser à une partie de jambes en l'air. Elle vous donne sans doute des conseils pour interpréter les plans d'urbanisme de la ville.

— Vous me dégoûtez ! Sortez de mon bureau !

Je me lève.

— D'accord. À plus !

— Attendez ! Asseyez-vous ! Dites-moi ce que vous voulez.

— Que vous me parliez de Stefanie. Que vous me disiez tout ce que vous savez.

— En quoi ça vous concerne ? Et comment avez-vous obtenu ces photos ? Vous connaissez Stefanie ? Vous travaillez avec elle ?

— Non, je ne la connaissais pas, quoique je l'aie vue ce soir.

Je scrute le visage de Carpington, guettant une réaction, une étincelle dans ses yeux. Rien.

— La façon dont ces photos me sont parvenues ne vous regarde pas, mais je peux vous assurer que les négatifs sont en lieu sûr, et que s'il m'arrive quelque chose, certaines personnes savent où les trouver.

Je m'étonne d'être aussi doué.

— Je vois.

Carpington semble abandonner toute velléité de sauter par-dessus le bureau et de m'arracher l'enveloppe.

Je lui demande :

— Comment avez-vous connu Stefanie ?

Il se dandine dans son fauteuil.

— Par l'entremise d'une relation d'affaires.

— Laissez-moi deviner : Don Greenway.

— Oui, c'est exact. J'ai rencontré M. Greenway à plusieurs reprises et Stefanie travaille à son bureau. En tant que secrétaire, je crois, assistante.

— Vous avez beaucoup soutenu les réalisations de M. Greenway.

Carpington hausse les épaules.

— Ce sont des gens comme lui qui apportent la prospérité économique à des sites comme Oakwood. Ils multiplient les emplois, attirent des familles, élargissent l'assiette des impôts fonciers, donnent un avenir à notre communauté.

— Pourtant, tout le monde n'est pas d'accord, je réplique tout en pensant que j'aurais bien besoin d'un Maalox tant j'ai mal à l'estomac. Le conseiller Underwood, par exemple, et Sam Spender. Greenway a dû faire face à une farouche opposition dans son secteur, surtout dans la tranche incluant la Willow Creek. Il doit être ravi d'avoir le soutien d'une personne comme vous, en position d'influencer le conseil.

— Que voulez-vous insinuer ?

— À vous de me le dire. Vous sautez sa secrétaire. Ç'a l'air d'une bonne incitation à soutenir ses projets d'expansion. À mon avis, s'occuper de vous fait sans doute partie des fonctions de Stefanie. Mais si par hasard vous aviez des problèmes de conscience ou décidiez de voter contre le Domaine des Vallées-Boisées, Greenway garde un atout dans sa manche : ces photos, qui lui garantissent votre allégeance.

— Mon Dieu, gémit Carpington. Mon Dieu, mon Dieu, répète-t-il en se couvrant le nez et la bouche de ses mains.

Mais je reste insensible à ses pleurnicheries.

— Quand avez-vous vu Stefanie pour la dernière fois ?

— Comment ? Ah ! Hier. Chez elle.

— Sur Rambling Rose ?

— Oui. En fait, la maison n'est pas à elle. Elle appartient à la société de Greenway, qui a construit des tas de pavillons dans le coin il y a quelques années. Mais Stefanie habite là.

— C'est là que vous aviez vos... rencontres ?

Carpington acquiesce.

— Il y a une glace au plafond, dis-je. Dans la chambre.

Carpington semble soudain jaloux :

— Vous y avez été, vous aussi ?

— Non, mais je pense que c'est grâce à ce stratagème qu'on vous a pris en photo. L'appareil était fixé derrière une glace sans tain, juste à la perpendiculaire du lit. Greenway ou l'un de ses sbires était posté dans le grenier et, pendant que vous faisiez vos petites affaires, il a pris les clichés qu'il désirait. Après votre départ, il a confié la pellicule à Stefanie pour qu'elle s'occupe de la faire développer.

Carpington farfouille dans ses papiers.

— Je suis fini. Laminé.

— Ce n'est pas impossible. Mais pour le moment, tant que ces tirages et les négatifs n'atterrissent pas entre de mauvaises mains, rien n'est joué. J'ai donc encore quelques questions à vous poser. Vous avez vu Stefanie hier, chez elle. De quoi avez-vous parlé ? Comment était-elle ?

— On ne discutait pas beaucoup. On ne faisait que… enfin, vous voyez. Mais elle m'a semblé… comment dirais-je… différente.

— Vous pouvez préciser ?

— Sur les nerfs, distraite. Elle était préoccupée.

— Elle vous a parlé de quelque chose ?

— Je ne sais pas. En quoi c'est important ? Vous n'avez qu'à lui demander vous-même.

— C'est à vous que je pose la question. De quoi vous a-t-elle parlé ?

— Elle désirait savoir ce que coûterait un billet d'avion pour les Bahamas, la Barbade, San Francisco. Un peu n'importe quelle destination. Et quand je lui ai demandé si elle partait en voyage, elle m'a répondu : « Peut-être. » Elle a ajouté qu'elle allait sans doute partir pour de bon.

— Seule ou avec quelqu'un ?

— Je l'ignore. On aurait dit qu'elle voulait s'enfuir. Qu'elle avait peur. Mais je peux me tromper. Il est possible qu'elle ait seulement pensé à des vacances. Sans doute avec son petit ami.

— Un petit ami ?

— Là encore je ne suis sûr de rien, mais j'ai l'impression qu'elle a quelqu'un. Un type qu'elle voit. Ou qu'elle voyait.

— Vous devez souffrir à l'idée qu'elle vous soit peut-être infidèle.

Je m'attends que Carpington me regarde de travers, mais l'ironie de ma phrase lui échappe et il continue à fixer son bureau.

— Non, je sais ce que nous avons en commun et j'en connais les limites. Je sais qu'elle ne m'aime pas. Je sais ce qu'elle fait et pourquoi elle le fait. Je ne suis pas idiot. Regardez-moi ! En quoi un type comme moi intéresserait une femme comme Stefanie Knight ?

Ignorant la réponse, je préfère me taire. Mais cela ne m'empêche pas de réfléchir. Ce type avait-il d'autres raisons pour souhaiter la mort d'une femme comme Stefanie Knight ? Il est évident qu'elle était partie prenante d'une combine destinée à le faire chanter. L'a-t-elle menacé de tout révéler à sa femme ? Était-il jaloux, s'il la soupçonnait de fréquenter un autre homme ?

Je commence déjà à me sentir mieux : je ne figure plus en tête de la liste des suspects. Je m'entends dire à la police lors de mon interrogatoire : « Bien sûr, inspecteur, j'ai volé son sac, mais si vous voulez un suspect plus plausible, cuisinez donc ce type. » Mais, tout compte fait, je le vois mal frapper Stefanie avec une pelle. Ce n'est pas le genre.

— Vous croyez que Rick était son petit ami ?
— Rick ?

Carpington, qui a déjà l'air malade, vire au jaunâtre.

— Ne me parlez même pas de lui. C'est un vrai psychopathe. Il est fou à lier.

— À vrai dire, je ne le porte pas dans mon cœur, moi non plus. Nous ne sommes pas dans les meilleurs termes.

— Vous savez ce qu'il m'a fait ? Il m'a emmené dans cette maison en construction – à l'époque où Greenway, M. Benedetto et lui m'ont dit pour la première fois qu'ils avaient besoin de mon aide au conseil municipal et au comité d'urbanisme. À l'époque, seul le sous-sol était achevé, et juste recouvert de poutres et de planches en guise de plafond. Il m'a fait descendre par une échelle – l'escalier n'était pas installé – pour me montrer le premier stade des travaux. Pendant que je regardais autour de moi, j'ai soudain remarqué que Rick avait disparu, ainsi que l'échelle. J'étais pris au piège dans cette immense cave au plafond en planches. Alors Rick a laissé tomber ce serpent – et pas un petit –, une bête géante.

— Quincy ?

— Oui, c'est son nom. Et il s'est mis à ramper partout. Bonté divine, je n'ai jamais eu aussi peur de ma vie. J'ai commencé à hurler pour que Rick me fasse sortir, qu'il remette l'échelle en place, mais il n'a pas bougé, m'observant par le trou du futur escalier, et il a éclaté de rire. Je courais en rond pour empêcher le serpent de me rattraper, et Rick me demandait s'ils pouvaient compter sur mon aide au conseil municipal. Dès que j'aurais dit oui, je pourrais remonter et il s'occuperait de Quincy. Je n'ai jamais vu un serpent aussi énorme.

— Qui ça ? Rick ? Ou Quincy ?

Carpington ébauche un sourire.

— Plus tard, M. Greenway s'est excusé de sa conduite. Il m'a déclaré qu'il souhaitait que notre relation soit plus cordiale.

— Je vous ai demandé si vous pensez que Stefanie continuait à voir Rick.

— C'est possible. Ils sont sortis ensemble il y a longtemps. Rick garde le contact avec la mère de Stefanie ; elle s'occupe du serpent. Mais, à mon avis, Stef ne veut plus avoir affaire à lui. Il lui fait peur.

— Et Greenway ? Elle travaille tous les jours dans son bureau…

— Peut-être.

Carpington réfléchit avant de reprendre :

— Ou peut-être M. Benedetto. En général, il obtient ce qu'il désire.

— Le patron de Greenway ? C'est de lui que vous parlez ?

— Exact. Il a acheté le terrain du lotissement. Mais il charge Greenway de la gestion.

Carpington jette un nouveau coup d'œil à la photo et ses mâchoires se crispent.

— Je n'arrive pas à croire qu'elle soit dans le coup. Je pensais qu'elle valait mieux que les autres, mieux que le reste de la bande des Vallées-Boisées.

— Quelle déception, j'imagine ! Quand on fréquente une femme dont les collègues de bureau ont recours au chantage et vous enferment dans une cave pleine de serpents, ça doit être un choc d'apprendre qu'elle n'est pas fair-play.

— Il faut que je lui parle. Que je sache pourquoi elle m'a traité ainsi.

Il saisit la photo, la plie en deux et la fourre dans son veston.

— Ne vous en faites pas, dis-je, j'en ai d'autres. Mais vous perdez votre temps.

— Comment ça ? Elle est partie ? Elle est vraiment partie ? Ce n'est qu'hier qu'elle m'a parlé de ses projets de voyage.

— Pas du tout. Elle est morte.

Il ouvre la bouche mais aucun mot ne sort. Il se lève soudain, m'écarte pour rejoindre le couloir. Le temps que j'émerge de mon fauteuil et passe la tête par la porte, je le vois courir vers l'entrée du parking.

De loin, je le regarde monter dans une Cadillac bleu marine ou noire. Je fonce jusqu'à ma Civic, me glisse derrière le volant tout en réfléchissant à la marche à suivre. J'ai bien secoué Carpington, maintenant j'aimerais savoir ce qu'il va faire. En lui apprenant que je suis au courant de sa liaison puis que Stefanie est morte, j'ai enclenché un processus. Où cela va-t-il nous mener ?

Au lieu de sortir en trombe du parking comme je m'y attendais, Carpington compose un numéro sur son portable, attend une réponse, et se met à parler à toute vitesse en agitant sa main libre. Il parle pendant deux, peut-être trois minutes avant de raccrocher. Les feux arrière de la Cadillac s'allument, et il démarre en trombe.

Moins puissante, ma Civic peine à suivre. Ce qui est aussi bien, car à cette heure avancée de la nuit, le trafic étant presque inexistant, je ne veux pas trop coller la Cadillac de peur de me faire repérer. Dès que Carpington accélère, la grosse limousine disparaît à l'horizon.

Il se dirige vers les Vallées-Boisées, qu'il aborde par le sud, près de la rivière, à l'endroit où la plupart des maisons sortent tout juste de terre.

Là, il s'arrête. Je stoppe à bonne distance, me gare le long d'un trottoir, tous feux éteints. La Cadillac tourne au ralenti, Carpington demeurant au volant, comme s'il attendait quelqu'un.

Je repars et vais planquer la Civic entre une pile de planches et un chariot élévateur, à environ deux cents mètres de la voiture de Carpington. Je m'avance prudemment pour me rapprocher au maximum de la Cadillac sans être repéré, me cachant derrière les maisons, progressant entre des brouettes, des tas de briques et des parpaings. Dès que mes yeux s'habituent à l'obscurité, le ciel dégagé et plein d'étoiles, la lune presque pleine m'aident à trouver mon chemin. Pourtant, à un moment donné, ma jambe droite dérape dans un petit fossé et je m'étale par terre. Heureusement, je suis encore assez loin pour ne pas attirer l'attention. Je crains de m'être foulé la cheville mais je m'en tire avec plus de peur que de mal. Toutefois, mon jean et ma chemise sont couverts de boue.

En face de la Cadillac, il y a la charpente d'une maison à un étage ; elle sera bientôt recouverte par des planches, de la laine de verre et du placoplâtre. Je longe des encadrements de porte, me glisse entre deux cloisons, pénètre dans la future entrée où je m'aplatis au sol avec la ferme intention d'assister au spectacle.

Carpington, fébrile, ne cesse de regarder dans le rétroviseur, de changer de station de radio, de s'essuyer le front. Il passe un nouveau coup de fil. Nous poireautons tous les deux au moins dix minutes avant d'apercevoir une première paire de phares au bout de la rue, suivie d'une seconde. Les deux voitures avancent lentement. La première, une petite berline étrangère, se range perpendiculairement à la Cadillac ; la seconde, une grosse Lincoln, vient se serrer derrière celle-ci. Voici Carpington bel et bien coincé.

Le chauffeur de la Lincoln éteint les phares et coupe le moteur avant d'apparaître. Je reconnais Don Greenway, engoncé dans un costume. Carpington coupe enfin le contact mais laisse ses phares allumés. Alors qu'il sort de la berline, Rick, tout en se protégeant les yeux de la lumière des phares, rejoint Greenway, qui se tient face à un Carpington fou de rage.

— Elle est morte ! Un type est venu me voir et m'a annoncé qu'elle était morte !

— Roger, calmez-vous ! fait Greenway tranquillement.

— Comment voulez-vous que je me calme ? Stefanie est morte !

— Je viens de l'apprendre. La police est passée au bureau.

— Écoutez, je n'ai jamais été d'accord pour que les choses en arrivent là. Ç'a commencé avec Spender et je ne voulais pas y être mêlé, mais là ça dépasse les bornes !

Rick intervient :

— Baisse le ton, connard ! Il y a des maisons habitées de l'autre côté de la crête, des gens pourraient t'entendre.

— Peut-être que je m'en fous. Peut-être qu'il est trop tard pour que je ne me foute pas de tout !

Greenway regarde Rick puis hoche la tête. Et, soudain, Rick gifle brutalement Carpington, l'envoyant valdinguer contre une aile de la Cadillac. Sans lui laisser le temps de se ressaisir, Rick l'attrape par son col de chemise et le traîne jusqu'à l'arrière de sa voiture. Il fouille dans sa poche, en tire une clé magnétique qui ouvre le coffre à distance.

Quand Rick l'ouvre entièrement, une petite lampe éclaire l'intérieur, le temps pour Carpington de voir ce qu'il contient et de crier : « Non ! » Puis Rick le fourre dans le coffre qu'il referme brutalement.

21

Si j'avais fait l'armée, je serais habitué aux cris de douleur. Une fois, jeune journaliste, ayant été appelé vers minuit sur les lieux d'un atroce accident, j'ai entendu un homme brûler vif dans sa voiture, les pompiers étant incapables d'approcher du sinistre. Le chauffeur d'un camion-citerne s'était endormi au volant et, étant passé à un feu rouge, avait percuté une Chevrolet qui traversait le carrefour. Incroyable que le malheureux conducteur soit resté vivant assez longtemps pour que la police, les pompiers et moi-même l'ayons entendu mourir ! Ses ultimes hurlements d'agonie m'ont hanté pendant des mois et des mois. Aujourd'hui encore, vingt ans plus tard, le mot « Princesse ! » résonne dans mes oreilles. « Princesse » était le surnom de la fille de neuf ans que cet homme avait laissée chez lui.

Ses gémissements étaient peut-être plus pathétiques que ceux que j'entends maintenant. Difficile à dire. Pourtant, dans les cris de Carpington, il y a quelque chose qui ne ressortit pas à de la douleur. Plutôt à de la terreur pure, à de l'hystérie. De quoi me donner la chair de poule. Ce sont les hurlements – entrecoupés de « Libérez-moi ! » et « Faites-moi sortir ! » – d'un homme enfermé avec son pire cauchemar. Tandis que Carpington donne des coups de pied et de poing dans le coffre, la voiture rebondit sur ses amortisseurs comme sur une route pleine d'ornières.

J'ai du mal à comprendre ce que se disent Rick et Greenway, mais ils ont l'air parfaitement calmes. Un instant, Greenway pointe son doigt vers l'astre de la nuit et Rick lève la tête, comme pour remarquer : « Vous avez raison, c'est une lune magnifique, non ? »

Finalement, les cris ne s'arrêtant pas, Greenway fait signe à Rick, qui ouvre le coffre et en extirpe Carpington. Franchement, je suis surpris de le voir encore en vie. Quincy, pour le moins, aurait dû l'étouffer, ce qui aurait mis fin aux hurlements. Mais le conseiller a plutôt bonne mine, malgré des vêtements froissés et une éraflure au visage – il s'est sans doute blessé en se cognant contre le coffre.

— Alors, t'es prêt à te calmer ? demande Rick.

— Oui, oui, merci de m'avoir sorti de là.

— Il est encore endormi, lance Rick. Regarde-le, il dort comme un bébé.

Il gifle Carpington à toute volée avant d'ajouter :

— N'empêche, voilà pour l'avoir dérangé.

— Mais… pourquoi ne bouge-t-il plus ?

— Il est sous Prozac pour pythons. Merle et Jimmy lui ont donné un truc, et il met du temps à récupérer. Mais je te garantis que la prochaine fois qu'on te fourre là-dedans, si on y est obligés, il sera en pleine forme, comme d'habitude.

— Ça ne sera pas nécessaire, je vous promets.

Greenway s'approche de Carpington et lui passe le bras autour des épaules, comme s'ils étaient de vieux amis.

— Roger, qu'est-ce qui vous a donc tellement contrarié ce soir ?

— Ce type qui est venu me voir. Il m'a posé des questions sur Stefanie et m'a annoncé qu'elle était morte.

— Qui est-ce ?

— J'essaie de me souvenir de son nom. Il m'a dit habiter les Vallées-Boisées, la rue qui porte votre nom.

Rick penche la tête sur le côté.

— Ce serait pas Walker, par hasard ?

— Si, précisément.

— Ce fils de pute. On le voit partout ce soir.

Rick se tourne vers Greenway.

— Vous savez ce qu'il a fait ?

— Non.

— Il m'a frappé au visage avec un putain de robot.

Greenway a l'air de se demander si cette piste l'intéresse assez pour qu'il la suive mais choisit de laisser tomber. Pourtant, Rick n'en a pas terminé :

— Et pourtant, j'étais tout près de lui donner mon amitié, à ce mec. Vous savez, c'est lui qui a écrit ce bouquin que j'ai lu en prison sur des Terriens qui vont sur une autre planète, et qui veulent que tout le monde arrête de croire en Dieu ; mais, quand ils obéissent, il y a toute cette merde.

Il marque une pause.

— Je lis pas beaucoup, vous savez.

— Vraiment ? fait Greenway.

— J'l'ai réellement trouvé sympa, ce type. Il m'a dit qu'il écrivait une suite au bouquin en question, mais j'ai comme l'impression qu'il aura des problèmes pour y arriver.

Il sourit pour lui-même.

— Il va falloir que je lui rende une petite visite. Il a des jouets trop cool. Visez ça.

Il sort ma Batmobile de la poche de sa veste.

— Très chouette, Rick.

— Vous appuyez sur ce petit bouton sur le capot et une scie circulaire sort du pare-chocs avant. Il y avait une antenne, mais elle s'est cassée.

Quel fils de pute ! Dire que depuis que j'ai sept ans, elle n'avait jamais eu une égratignure.

Greenway attend quelques secondes pour voir si Rick en a terminé puis demande à Carpington :

— Roger, pourquoi ce Walker vous a-t-il rendu visite ?

— Comme je vous l'ai dit, il voulait se renseigner sur Stefanie. Qu'est-ce qui lui est arrivé ?

— D'après ce que j'ai compris, quelqu'un s'est introduit chez elle et l'a tuée. Frappée en pleine tête.

— Mon Dieu !

— Je sais. Ç'a été un coup terrible pour nous tous. C'était une femme exceptionnelle. J'ai du mal à le croire.

Greenway s'est exprimé d'une voix unie, comme s'il avait répété son discours. Puis, toujours aussi calme, il lâche :

— Roger, dites-moi, vous n'y êtes pour rien, j'espère ? Vous vous étiez querellé avec Stefanie ?

Carpington se recule horrifié.

— Comment ? Bien sûr que non ! Ce n'est pas mon genre de fracasser la tête des gens. Ni de les laisser pour morts dans des rivières.

Il regarde Rick en prononçant ces derniers mots avant d'ajouter :

— Vous avez dit que ça devait ressembler à un accident.

Rick hausse les épaules.

— Selon vous, on aurait l'impression qu'il avait trébuché, s'était heurté la tête et noyé. Mais la police affirme qu'il a été assassiné, la tête défoncée avant même qu'on l'ait placé dans l'eau. Vous n'êtes qu'un amateur, vous vous en rendez compte ?

— T'as peut-être besoin d'un nouveau petit séjour dans le coffre, réplique Rick.

Carpington semble réfléchir un instant.

— Inutile. Je voulais juste rappeler que ça devait avoir l'air d'un accident.

— Tout ça, c'est de l'histoire ancienne, comme on dit, intervient Greenway. Il nous faut prendre les choses telles qu'elles sont, pas comme on aimerait qu'elles soient. La police est venue m'interroger au sujet de M. Spender. Je vous assure, elle n'a aucun soupçon nous concernant. Nous sommes des hommes d'affaires. Nous ne procédons pas ainsi.

Carpington porte sur Greenway un regard accusateur.

— Dans les affaires, est-il normal de prendre des photos d'un couple en train de faire l'amour ?

— Roger, je ne comprends pas.

Le conseiller sort de la poche de son veston la photo pliée et la jette à la tête de Greenway.

Celui-ci ouvre la porte de la Cadillac pour examiner le cliché à la lumière du plafonnier. Rick se penche pour y jeter un coup d'œil.

— J'ai toujours dit que Stef avait de beaux nichons. Vous en avez d'autres ?

— Roger, comment êtes-vous entré en possession de cette photo ? demande Greenway.

— Walker. Il me l'a donnée. Il dit qu'il a les négatifs. Comment les a-t-il obtenus ? Il travaille pour vous ? C'est vous qui les avez fait prendre ? D'après Walker, il y avait un appareil photo dans le plafond.

— Très intéressant, commente Greenway.

Il se tourne vers Rick.

— Tout ça te dit quelque chose ?

— Je n'ai pas eu l'occasion de vous tenir au courant, monsieur Greenway, mais vous vous souvenez que vous m'avez envoyé chez Stefanie pour voir si elle ne s'était pas enfuie avec le registre...

Un registre ?

— ... Je suis allé chez sa mère qui m'a dit que ce type la cherchait, pour lui rendre un truc lui appartenant. Tout ça m'a paru être un tissu de conneries mais pas très net non plus, alors je me suis mis à la poursuite de ce mec grâce à son adresse e-mail, et comme par hasard c'était le trouduc qui voulait que j'arrange sa douche ? Vous savez, vous m'avez envoyé chez lui pour y jeter un œil ?

Greenway hoche lentement la tête.

— Cet odieux personnage était dans mon bureau quand M. Spender a fait irruption, commente-t-il.

Odieux personnage ? C'est moi, l'odieux personnage ?

— Ouais, le même mec. Alors je vais le voir, et il me donne le sac de Stefanie.

— Qu'est-ce qu'il fichait avec son sac ?

Allongé sur le sol en contreplaqué, la tête inclinée vers le bas, je me dis que tout ça est un sacré sac de nœuds.

— Il l'aurait trouvé, et il voulait lui rendre. Alors je l'ai vidé mais pas de registre. D'ailleurs, il est trop grand pour entrer dedans. Mais vous savez ce qu'il y avait aussi ?

Greenway fait non de la tête.

— De l'argent. Deux enveloppes pleines de billets de 50. Un sacré lot. Des coupures comme on en fabrique avec la photocopieuse pour arroser les flics et autres. Mais elles n'avaient pas l'air chiffonnées comme on fait nous. Je dirais qu'elle venait de les fabriquer.

Greenway réfléchit à ce que Rick vient de lui apprendre.

— Elle a dû faire des tonnes de photocopies. Comme si elle prévoyait de s'évanouir dans la nature. Piquer le registre, imprimer du fric et, ni vu ni connu, je prends le large. On a dû lui faire peur.

Carpington intervient :

— Hier, elle m'a parlé de s'en aller. Elle a énuméré un certain nombre d'endroits, comme si elle n'avait pas décidé où elle irait, mais c'est sûr qu'elle voulait partir.

Greenway se tourne vers Rick.

— Tu as remarqué autre chose dans son sac ?

Le type se triture les méninges.

— Maintenant que j'y pense, oui, y avait un rouleau de pellicule.

— Stefanie devait me l'apporter il y a deux jours. Je me demande si elle comptait le faire.

— Alors elle était dans le coup, constate Carpington. Elle vous a laissé prendre ces photos d'elle et moi.

— Roger, Roger, Roger, qu'est-ce que je vais faire de vous ? Oui, j'ai commandé ces photos. Une sorte d'assurance. Vous auriez tort d'avoir des scrupules à présent. Cela nous ferait du tort à tous, mais surtout à vous.

Carpington se tait.

— Voyez-vous, Roger, vous ne travaillez pas pour la Ville d'Oakwood. Vous ne représentez pas les habitants de votre quartier. Vous travaillez pour *moi*. Vous *me* représentez. Vous n'avez qu'un administré : *moi*. Je paie des impôts et je veux être bien défendu. Vous êtes mon homme, et j'attends le meilleur de vous. Un jour, vous serez sans doute maire d'Oakwood – quand cette garce aux cheveux bleus aura démissionné, et nous avons les moyens de l'en persuader... Roger, on vous tient. De quoi vous envoyer au trou pendant longtemps. Si nous tombons, vous tombez aussi, mais encore plus bas. Nos avocats ont plus de couilles que les vôtres. Si jamais notre système s'effondre – mais je ne vois pas pourquoi on en arriverait là –, vous serez le seul à aller en taule. Si vous avez la chance de survivre jusque-là.

Carpington a l'air de comprendre. Rick lui sourit et donne de grands coups sur le coffre de sa voiture.

— Il est important pour M. Benedetto que vous continuiez à faire du bon travail au sein du conseil municipal, poursuit Greenway. Vous avez défendu notre point de vue chaque fois que vous en avez eu l'occasion et nous vous en sommes reconnaissants. L'autre jour, nous bavardions et il m'a dit : « Vous croyez que Roger aimerait une extension à sa maison ? »

— Une extension ?

— Une terrasse ? Ou un grand salon ? Une salle de cinéma ? Vous avez des gosses. Je suis certain qu'ils adorent voir des films.

— C'est vrai, admet Carpington. Ils aiment le cinéma. Surtout les films avec Adam Sandler.

— Je l'aime bien aussi, intervient Rick. Tu connais le film où il fait le porteur d'eau...

— Oui ? fait Carpington.

— C'est quoi, le titre ?

— *Waterboy*.

— Voilà, c'est bien celui-là. Où il joue le porteur d'eau.

— D'où le titre, remarque Carpington.

— Ouais, t'as raison.

— J'adorerais poursuivre cette conversation toute la nuit, messieurs, lance Greenway, mais nous avons d'autres sujets à traiter. Roger, je parlerai demain à M. Benedetto des améliorations à apporter à votre maison.

— Ce serait très gentil de votre part. Je regrette de m'être un peu énervé ce soir. Mais j'ai été très stressé ces derniers temps.

— Je comprends. Nous l'avons tous été. Cependant, il est important que vous sachiez de quel côté vous êtes. Et ne vous inquiétez pas pour ce Walker. On va s'en occuper. Il ne vous ennuiera plus.

— Puisque vous le dites, répond Carpington, désormais bien plus calme qu'à sa sortie du coffre. Mais si quelqu'un tombe sur ces photos, il peut croire que j'avais des raisons de la tuer...

— Sans doute, fait Greenway. Il va nous falloir récupérer les négatifs, n'est-ce pas ?

— Je m'en charge, promet Rick.

Le problème semble réglé. Puis soudain ils se taisent et restent là, figés. Ils ont entendu un bruit et, retenant leur respiration, ils attendent pour voir s'ils le perçoivent à nouveau.

Et voilà ! Ils se tournent dans ma direction.

Le bruit provient de l'intérieur de ma veste.

22

Quand j'ai acheté mon nouveau portable, le vendeur s'est démené pour me fourguer des tas de suppléments. Signal d'appel, transfert d'appel, téléconférence, facturation détaillée et même jeux vidéo. Et la possibilité de substituer à la sonnerie standard un de mes airs favoris. Et pourquoi pas une prolongation de garantie, pour la modique somme de 70 dollars ? Il faut être un sacré bon vendeur pour accomplir l'exploit de proposer le meilleur téléphone du marché tout en convainquant de prendre l'extension de garantie qui signifie : Ce truc-là, c'est de la merde. Avant de suggérer :

— Peut-être désiriez-vous un modèle avec vibreur en option ? Comme ça, quand vous êtes au théâtre, vous savez qu'on vous appelle sans qu'une sonnerie dérange vos voisins. C'est vraiment utile.

J'ai tout refusé. Je ne voulais ni signal d'appel, ni transfert d'appel, ni téléconférence, ni facturation détaillée, ni jeux vidéo. Ni entendre le thème du *Titanic* quand on m'appelle. Ni garantie supplémentaire. Et pas non plus d'une fonction vibreur. Quand je vais au théâtre, je coupe mon portable. Je ne suis pas le type qui accompagne le Président avec la mallette contenant les codes nucléaires. Et les gens se fichent pas mal de ne pas pouvoir me joindre immédiatement. Je veux seulement un téléphone que je puisse emporter. C'est tout.

Ça l'aurait tué, le vendeur, de m'énumérer les quelques autres situations où le mode vibreur peut s'avérer d'une grande utilité ?

Par exemple : « Supposez qu'un soir vous vous retrouviez dans une maison en construction à espionner trois individus en train de planifier des meurtres, parmi lesquels le vôtre dès qu'ils vous auront remis la main dessus, et qu'à ce moment-là votre téléphone sonne, révélant votre cachette. N'aimeriez-vous pas alors disposer du mode vibreur ? »

Bien sûr que j'aurais dit oui.

Ç'aurait été parfait. Mais comme je n'ai pas le mode vibreur, Don Greenway, Roger Carpington et le psychopathe que je connais seulement sous le nom de Rick regardent dans ma direction.

— Vous avez entendu ? demande Rick.

— On aurait dit un téléphone, suggère Carpington.

— Sans blague ? Tu crois ? ricane Rick.

Trois sonneries percent la nuit. Je retiens mon souffle, m'attendant à une quatrième qui ne vient pas. Dès la première sonnerie, je me suis mis à réfléchir à toute allure, tout en essayant de l'étouffer de mes deux mains. Mon geste a été à peu près celui du type qui vient de se prendre une balle – c'est du moins ce que vous en auriez déduit si vous m'aviez aperçu là-bas, dans le noir.

Première option : sortir l'appareil de mon blouson. Mais dans ce cas la sonnerie sera encore plus audible. Et, même en appuyant sur un bouton pour l'arrêter, les trois hommes auront largement le temps de me rejoindre.

J'ai alors une autre idée. Je sors le mobile de ma poche mais le pose en évidence sur le parquet, puis, le plus discrètement possible, je me réfugie dans la partie la plus sombre de la maison. Très précisément derrière une haute pile de plaques de contreplaqué, sur l'emplacement de la future cuisine. Mes poursuivants traversent maintenant l'esplanade boueuse. Ils sont en dehors de mon champ de vision, mais je peux suivre leur conversation.

— Ça venait de par-là, dit Greenway.

— Ouais, affirme Rick.

Leurs pas martèlent la pièce principale.

— Regardez ! Ici ! fait Carpington.

— Il doit appartenir à un des ouvriers du chantier, suggère Greenway. Il a dû tomber de sa poche.

Bien vu ! me dis-je. Continuez sur cette voie. C'est juste un portable. Certainement pas *mon* portable.

Rick tente une pointe d'humour :

— Sans doute sa maman qui s'inquiète qu'il ne soit pas encore rentré.

— Je vais le rapporter au bureau, décide Greenway. Son propriétaire pourra le récupérer. On devrait peut-être lui laisser un mot.

J'entends le déclic d'un stylo à bille.

— Je mets le papier sur les contreplaqués, dit Rick. « *Vous avez perdu votre mobile ? Venez le chercher au burreau.* » Ça devrait suffire.

— Bureau ne prend qu'un seul « r », corrige Greenway.

Rick ne pipe pas. Les trois hommes s'éloignent en direction des voitures. Je me sens suffisamment en sécurité pour risquer un œil hors de ma cachette. Réunis près de la Cadillac de Carpington, ils se disent au revoir avant de rentrer chez eux. Mais voici qu'une sonnerie de portable se fait de nouveau entendre.

— Ça doit être le mien, déclare Greenway en le sortant de sa veste. Allô ?

Mais la sonnerie persiste.

— Ce n'est pas le mien, conclut Greenway.

Carpington inspecte le sien et fait non de la tête.

Greenway fouille alors dans la poche de son pantalon où il a glissé mon appareil et s'en saisit. La sonnerie est encore plus audible. Il répond :

« Oui ? »

Mon cœur s'emballe.

« Qui ça ? »

J'entends comme un roulement de tambour dans ma poitrine.

« Non, désolé, je ne suis pas Zack Walker. Il n'est pas joignable pour le moment. Qui est à l'appareil ?... Oui, oui. Rappelez plus tard. »

Il raccroche, remet mon mobile dans son pantalon. Tous les regards sont tournés vers la maison.

Je me mets à courir.

Ce séjour prolongé dans l'obscurité m'a habitué au manque de lumière. Je franchis deux murs inachevés et bondis hors de la maison par ce qui deviendra la porte de service. Derrière moi, j'entends Rick crier :

— Je le vois !

Un chantier n'est pas le lieu idéal pour piquer un sprint. Les différents tas de matériaux de construction sont autant d'obstacles, mais le plus dangereux est l'état du terrain. Le gazon ne poussera que dans quelques mois. Pour l'instant, ce ne sont que détritus, rochers, cailloux, bref, un paysage lunaire. Comme il n'a pas plu depuis au moins une semaine, les ornières de diverses profondeurs laissées par les camions et autres véhicules de terrassement ont séché. Chaque pas est source de douleurs et d'élancements dans les genoux et les chevilles.

Je fonce entre deux maisons, prends à droite, me faufile entre deux maigres charpentes qui ne me procurent qu'une protection minime. Je n'ose pas me retourner pour vérifier si Rick me rattrape ou s'il a abandonné. Quitter des yeux le sol ne serait-ce qu'une seconde est l'assurance d'un vol plané.

De plus, le râle de ma respiration, le martèlement de mon cœur dans ma poitrine, le claquement de mes pas noient tous les bruits environnants.

À force de courir dans tous les sens, je n'arrive plus à me repérer. De quel côté est ma voiture ? Difficile à dire. Pour couper en diagonale, je bondis dans une maison et, une fois mes pieds fermement plantés sur le sol en contreplaqué, je regarde autour de moi. Une vague silhouette se dessine à deux maisons de là. Elle ralentit, sa tête pivote à gauche et à droite. Rick m'a perdu pour l'instant.

— Monsieur Greenway ! crie-t-il. J'ai besoin de renfort.

La construction où je m'abrite est relativement avancée : trois murs sont presque achevés, le premier étage est ébauché. Je repère une échelle qui me permet de l'atteindre, et là je découvre une ouverture dans le grenier, qu'occupera une vaste lucarne. Grâce à l'escabeau d'un plâtrier, je peux me hisser à mi-corps pour glisser tout doucement à travers le toit et scruter les environs.

Même en pleine nuit, j'ai le tournis. Je m'éloigne du vide et m'assieds près du faîte. D'un côté la pente est douce, mais de l'autre le toit est tellement incliné qu'il serait impossible d'y marcher. Je regarde les autres toits, semblables à une mer qu'éclairent les rayons de lune. Quand j'étais gosse et que je jouais à cache-cache avec mes copains, je montais toujours dans les arbres le plus haut possible. J'ai remarqué que les gens lèvent rarement la tête. En général, ils peuvent se trouver pile au-dessous de vous et regarder à gauche et à droite, devant et derrière, avant de renoncer. J'espère que depuis mon enfance les choses n'ont pas changé.

De là où je suis, j'arrive à m'orienter. Au nord, leurs trois voitures. Donc ma Civic est à l'ouest, assez près de là où je me trouve. Maintenant que je suis immobile, je peux aussi suivre ce que disent mes poursuivants. Pour Rick, ce n'est pas difficile :

— Attends un peu, connard ! On va t'avoir, enculé !

Les deux autres avancent plus prudemment, sans doute pour ménager leurs costumes coûteux.

— Rick ? Où es-tu ? lance Greenway.

— Par ici !

Il se tient à une maison de la mienne.

Greenway et Carpington le rejoignent.

— On devrait s'en aller, propose le conseiller municipal. Même si vous mettez la main dessus, qu'est-ce que vous ferez ? On ne peut pas infliger à tout le monde le même sort qu'à Spender.

Ni Rick ni Greenway ne lui répondent. Au bout d'un moment, Rick dit :

— Je l'ai perdu par là. Vérifions dans ce coin.

Quand ils sont presque sous mes pieds, ils sortent de mon champ de vision. J'entends leurs pas au rez-de-chaussée. Ils se taisent, comme si l'un d'eux avait mis son doigt sur ses lèvres. Je tente de regarder par l'ouverture, mais il n'y a pas assez de lumière pour distinguer quoi que ce soit. Quelqu'un monte par l'échelle au premier étage. Ça ne peut être que Rick.

Je m'éloigne en rampant sur les genoux et les coudes, m'efforçant de ne pas peser plus lourd qu'une plume. Rick a atteint le premier étage.

Il va découvrir l'escabeau. Va-t-il penser que les ouvriers l'ont laissé là ? Je ne crois pas.

Je passe une jambe à l'extérieur, du côté pentu, et me retrouve à cheval sur le faîte. Avec d'infinies précautions, je sors l'autre jambe tout en m'agrippant aux tuiles. Très lentement, centimètre par centimètre, je me laisse glisser.

À l'intérieur, Rick grimpe les barreaux de l'échelle. Quand il aura gravi les deux premiers, sa tête sera à hauteur du toit. J'espère que l'obscurité l'empêchera de repérer les huit doigts qui m'évitent de faire une chute mortelle.

Il ne faut pas longtemps pour que la douleur devienne insoutenable. Pas seulement dans mes doigts, mais dans mes bras. Je ferme les yeux, serre les mâchoires, souffle entre mes dents.

Dans ma tête, j'égrène les secondes. Mille. Deux mille. Trois mille. Me concentrant sur les nombres pour ne pas desserrer mon emprise. Un côté de mon visage étant plaqué contre le toit, les mouvements de mes poursuivants se répercutent dans la charpente puis dans mon oreille. Enfin, les pas se multiplient, la conversation reprend. Les autres bruits s'estompent quelques secondes.

Puis mes poursuivants ressortent. Juste au-dessous de moi. Si je lâche, je glisse et tombe dans leurs bras. Mais il m'est impossible de remonter sans racler le toit avec mes jambes, ce qui ferait beaucoup trop de bruit.

— Je m'en vais, prévient Carpington.

— Il était là, insiste Rick. Je sais qu'il était là !

— Allons-nous-en, Rick, décide Greenway. On ne le retrouvera jamais dans l'obscurité. Il peut être n'importe où. Il a dû déguerpir pendant que nous étions dans la maison. On l'aura. Ne t'en fais pas. On le retrouvera chez lui un peu plus tard.

— Et merde !

Rick donne un coup de pied dans un truc en métal. Mes doigts s'engourdissent. Dans quinze secondes, maximum, ils vont céder.

— Allez, en route, ordonne Greenway.

Ils s'en vont. Quand j'estime leurs voix à une ou deux maisons de moi, je puise dans mes dernières forces – j'ignorais qu'il m'en restait – pour hisser mon torse, puis une jambe à travers l'ouverture. Je ne bouge plus pendant un moment, le temps de récupérer mon souffle et des sensations dans mes bras. De mon perchoir, je vois leurs phares s'allumer. Ils font marche arrière, demi-tour, puis s'éloignent en convoi en direction du bureau de vente.

Même si je sais qu'ils sont partis, je regagne ma Civic avec une prudence infinie. Pas question de prendre le moindre risque. Mon intention est de fouiller dans le sac de Stefanie – il est sans doute trop petit pour contenir le registre, mais il peut renfermer un indice permettant de le trouver. Avant tout, je dois quitter le secteur. Je m'arrête à un café ouvert toute la nuit où l'on sert des beignets et me gare derrière la benne à ordures.

Le sac attendra deux minutes de plus.

Je fonce directement aux toilettes. Après m'être soulagé, je me plante devant le miroir du lavabo. Je suis en piteux état : veste, chemise, pantalon couverts de boue et de saletés ; visage noir de poussière. Je prends mon temps pour me laver et tente d'utiliser le séchoir à cheveux. (Je demeure persuadé que mon meilleur livre reste celui où se mettait en scène un type qui remontait le temps pour empêcher l'inventeur de ce maudit gadget de venir au monde.)

En commandant un café avec une triple dose de crème et deux beignets au chocolat, je me rends compte que je tourne à vide dans tous les sens du mot. J'emporte mon en-cas à une table de coin et passe en revue les autres clients. Deux ados flirtent. Un type âgé lit son journal. Contrairement à la tradition d'addiction aux beignets, deux flics mangent des muffins. En les voyant, j'essaie de me faire tout petit, de disparaître. Certes, ils n'ont aucune raison de me chercher, mais j'ai l'impression d'avoir l'air louche.

Après avoir dévoré les pâtisseries et avalé mon café, je sors et m'installe au volant de ma Civic. J'allume le plafonnier et prends le sac de Stefanie sur la banquette. Je cherche ses clés de voiture. Elles sont attachées à un gros porte-clés en plastique noir serti du blason VW sur une sorte de galet qui commande l'ouverture du coffre et des portières.

Ainsi, Greenway et Rick cherchent un registre que Stefanie leur a piqué. Il est trop gros pour son sac. Mais pas pour sa voiture. Et je sais où celle-ci est garée.

Je démarre. Le moment est venu de retourner sur les lieux de mon crime.

23

Chaque fois que je vois des phares dans mon rétroviseur, je retiens ma respiration. Ça peut être la police qui a décidé que j'étais impliqué dans l'affaire Stefanie Knight, au minimum en tant que témoin, si ce n'est en tant qu'assassin. Et ça peut être Rick. Il doit circuler dans le secteur à la recherche de ma voiture, après être passé devant chez moi et avoir fait chou blanc.

Le parking du Mindy est à peu près vide : à peine une demi-douzaine de voitures garées çà et là. Deux d'entre elles sont des Volkswagen. Une Jetta et une Coccinelle. Je crois me souvenir que la mère de Stefanie a mentionné une Coccinelle bleue, et celle qui est garée sous un lampadaire est bleu marine.

Afin d'éviter de trop me faire remarquer, je range ma Civic de l'autre côté de la rue, dans le parking d'un MacDo, fermé à cette heure-ci. Puis je traverse à pied. Quand j'arrive à proximité de la Coccinelle, j'appuie sur le bouton de la clé commandant l'ouverture des portières. Les feux arrière clignotent.

Je regarde à l'intérieur par la portière du conducteur. Le tapis de sol est jonché d'emballages de bonbons, de couvercles de tasses à café en carton, de vieux mouchoirs. Je retourne à l'arrière et j'ouvre le coffre en grand. Encore des détritus, ainsi qu'une paire de chaussures, des brochures du Domaine des Vallées-Boisées, des plans de maison et une boîte vide de biscuits de régime. Une sangle permet de soulever le plancher pour atteindre la roue de secours. J'y jette un coup d'œil, mais il n'y a rien.

Je fouille sous les sièges avant, dans la boîte à gants. Je bascule les sièges, passe ma main dans les vide-poches. Rien. Je soulève les quatre tapis de sol mais ne trouve que 78 cents que je laisse sur place. Je commence à croire que cette voiture ne détient aucun secret.

Et puis je remarque qu'elle dispose d'un hayon, et qu'en repliant les sièges arrière on aménage un espace de rangement assez vaste. Mais pour replier les sièges, il faut basculer leur base.

Je passe la main dans la fente qui sépare les deux sièges, tire et, comme je m'y attendais, un des sièges se soulève.

Il est là. Un registre vert pâle.

Je m'en saisis, remets le siège en place, me glisse derrière le volant, referme la portière. La lumière des lampadaires est suffisante. Pas besoin d'allumer le plafonnier et d'attirer ainsi l'attention.

Des dates, des noms, des montants, le livre en est rempli. Je vous l'ai déjà avoué, je suis incapable de vérifier mon relevé de compte. Pourtant, sans savoir exactement ce que tout ça signifie, j'en ai une assez bonne idée. Et j'ai encore une meilleure idée : Trixie saura déchiffrer tous ces éléments.

À cet instant, j'aperçois quelque chose du coin de l'œil. Une voiture ralentit en passant devant Mindy. Une petite voiture étrangère. Comme celle de Rick.

Ses feux rouges s'allument. Elle s'arrête, recule, entre dans le parking du MacDo. Et vient se garer à côté de ma Civic.

Je me tasse sur le siège de la Coccinelle, tout en continuant à surveiller ce qui se passe dans la rue. Rick émerge de sa voiture, fait lentement le tour de la mienne pour vérifier qu'il ne se trompe pas. Il a dû sillonner les environs avec l'espoir de me dénicher, et quand il a repéré une voiture ressemblant à la mienne il a voulu être sûr de son coup. J'imagine qu'il n'a pas relevé le numéro d'immatriculation quand il l'a vue devant chez moi.

Il regarde à l'intérieur, d'abord sur la banquette, puis à l'avant, et remarque le sac sur le siège passager. Si nous avons un défaut en commun, c'est l'incapacité de distinguer un sac d'un autre – qui m'a conduit à me cacher dans une Volkswagen au milieu de la nuit –, mais ce sac ressemble tellement à celui de Stefanie qu'il cesse d'hésiter. Il tente d'ouvrir toutes les portières, constate qu'elles sont fermées à clé ; alors, il se rend calmement jusqu'à sa propre voiture pour prendre quelque chose sur la banquette.

Sa batte de base-ball.

Le premier coup est violent ; la vitre du conducteur vole en éclats qui se répandent dans l'habitacle. Enfermé dans la Coccinelle, toutes vitres relevées, j'entends à peine le bruit. Rick remonte le taquet de la portière, ouvre, s'empare du sac et le jette dans sa voiture. Mais il l'a déjà fouillé et sait qu'il ne contient pas de registre. Il suppose sans doute que je l'ai dissimulé dans mon véhicule.

Il commence donc son inspection, tout comme je l'ai fait avec la Coccinelle. Il examine le coffre et le dessous des sièges, arrache la banquette. Frustré, furieux, il s'éloigne de quelques pas pour mieux évaluer la situation. Il me fait penser au Basil Fawlty, ce héros de sitcom, personnage vulgaire qui rêve d'aristocratie, avec néanmoins une différence notoire : ce n'est pas avec une badine que Ricky fouette l'air de frustration, mais avec sa batte.

L'une après l'autre, il démolit les vitres, puis le pare-brise, la lunette arrière. Sa colère n'ayant pas diminué, il s'attaque aux rétroviseurs et au capot. Suivent les pare-chocs, les phares, les feux arrière, le coffre.

Bon sang ! Pourquoi t'y mets pas le feu, ça irait plus vite ?

Comme s'il m'avait entendu, Rick retourne chercher quelque chose dans sa voiture. Un chiffon. Puis il passe le bras à l'intérieur de la Civic pour actionner l'ouverture du clapet du réservoir d'essence, dévisse le bouchon et fourre le chiffon dans le tuyau.

Qu'il enflamme avec son briquet.

Maintenant il doit faire vite. Il saute dans sa voiture, traverse le parking en marche arrière à fond de train, s'arrêtant une dernière fois, pour attendre l'explosion sans doute.

Elle est magnifique.

Je suis aux premières loges et vois les vitres du MacDo exploser, entends les sirènes des alarmes se déclencher à l'unisson. Rick émerge de sa voiture, avec aux lèvres un sourire si radieux qu'il ne m'échappe pas, malgré la distance.

Mais si, jusque-là, il n'a pas dû se demander ce que ma voiture faisait là, voici qu'il inspecte les environs, s'imaginant que l'explosion m'a fait sortir de ma cachette. J'essaie de me baisser le plus possible sans cesser de guetter sa progression. Puisqu'il connaissait Stefanie, il est normal qu'il connaisse sa voiture.

Il traverse la rue.

Alors, glissant la main dans mon jean, j'en extrais le trousseau de clés et mets le moteur en route.

Là, je suis bien obligé de me relever. Rick m'aperçoit et se précipite vers moi. Parfait. Je veux justement qu'il soit le plus loin possible de sa voiture quand je démarrerai.

Dès que le moteur rugit, je passe la première, lâche la pédale d'embrayage, accélère un grand coup. Les roues crissent au moment où Rick arrive à ma hauteur, hurlant des injures, brandissant le poing. Comme il a laissé sa batte dans sa voiture, il ne peut que donner un coup de poing sur le toit alors que je passe en trombe devant lui.

Quelques mètres plus loin, je le regarde dans mon rétroviseur et lui adresse un amical au revoir.

Ce n'est plus une heure pour rendre visite à Trixie mais, comme on dit, il y a urgence. Je roule à toute vitesse dans les rues du quartier, fonce sur Chancery Park, atteins le coin de Greenway, ralentis légèrement devant ma maison. Pas de voiture dans l'allée, pas de lumière aux étages. Je vais dans la rue de derrière, pour m'assurer que la voiture de Rick ne s'y trouve pas. Il ne serait pas prudent de rentrer chez moi – Greenway et Rick ont parlé de m'y attendre, et je me demandais s'ils étaient déjà arrivés. Ça ne semble pas être le cas.

Impossible de laisser la Coccinelle dans notre allée ou devant chez Trixie. Je la gare donc sur Rustling Pine Lane, à deux rues de Chancery, et reviens sur mes pas à pied, le registre coincé sous mon bras. En dépit des apparences, je ne dois pas négliger la possibilité qu'un comité d'accueil guette mon retour. Aussi, je me rends chez Trixie en passant par les jardins et pénètre dans sa maison par la porte de derrière, tout en me félicitant que Sarah ait été obligée de faire des heures supplémentaires au *Metropolitan*. Elle ne reviendra se coucher qu'au matin, et à ce moment-là, c'est décidé, j'irai tout raconter à la police. Mais auparavant je veux m'assurer que je ne manque pas de munitions pour affronter la charmante bande du Domaine des Vallées-Boisées. Et Roger Carpington qui, à mon avis, s'il n'a pas tué Stefanie Knight, a de quoi être inculpé pour un tas d'autres délits.

Je contourne le garage de Trixie, remarque sa voiture dans l'allée ainsi qu'un autre véhicule. J'appuie sur la sonnette et comme une seule sonnerie ne suffira sans doute pas à la réveiller, je compte laisser mon doigt dessus pendant plus de dix secondes.

Mais l'interphone grésille immédiatement.
« Allô ? »
Malgré l'heure tardive, Trixie ne semble pas endormie.
« Trixie, c'est Zack. Ouvre-moi.
— Zack ? Il est une heure du matin. Qu'est-ce que tu fous ici ? »
Au bas de Chancery apparaissent les phares d'une petite voiture.
« Trixie, écoute-moi, je n'ai pas le temps de t'expliquer. Laisse-moi entrer.
— J'arrive dans deux minutes. Je suis...
— Trixie ! Je ne peux pas aller chez moi. J'ai besoin que tu ouvres. C'est une urgence.
— Minute ! »
La voiture se rapproche, ralentit en arrivant au coin de Greenway. Je me plaque contre le mur, puis me réfugie derrière un buisson.
À l'intérieur, on débloque le verrou, la porte s'entrouvre à peine. Je remercie mentalement Trixie de ne pas avoir allumé la lampe du perron, au risque de m'exposer à des regards hostiles.
Je fais irruption à l'intérieur, referme la porte d'un coup de pied et pousse le verrou avant que Trixie ait eu le temps de dire ouf.
— Merci, merci, je lance. Tu n'as pas idée des emmerdes dans lesquels je...
Je m'interromps brusquement.
Trixie ne m'a pas ouvert en pyjama. Il est évident que je ne l'ai pas réveillée.
Un corset de cuir lui enserre la taille, elle arbore un porte-jarretelles qui maintient des bas noirs et des bottes en cuir verni montant jusqu'aux genoux. Et brandit un fouet.

— Tu as mal choisi ton moment, lance-t-elle d'un ton sévère.

Un bruit très étrange se fait entendre, provenant sans doute de la cave. Une plainte humaine. Un gémissement.

— Sers-toi une tasse de café, lance Trixie en m'indiquant la direction de la cuisine. Il faut que je détache ce type et le renvoie chez lui. Tu viens de me coûter 1 000 dollars, pourboire non compris.

24

— Tu n'es pas comptable, alors ! je m'écrie quand Trixie s'assied en face de moi à la table de la cuisine.

Elle a enfilé un peignoir, mais chaque fois qu'elle remue sur sa chaise ou se penche pour verser de la crème dans son café, j'entends le crissement érotique du cuir, le bruissement du nylon contre le nylon.

— Bien sûr que je suis comptable ! rectifie Trixie, l'air indigné. J'ai mon diplôme et tout et tout, j'ai travaillé pour une des principales campagnes de la Ville. J'étais très bonne et je le suis toujours. Je peux te faire ta déclaration d'impôts si tu veux. Mais maintenant, je gagne bien plus. Et depuis les scandales financiers Enron et Andersen, ma nouvelle profession est nettement plus respectable.

Elle souffle sur son café, en avale une gorgée, laissant du rouge sur le bord de la tasse.

— Je suis désolé d'être arrivé sans crier gare.
— Peu importe. Finalement tu es bien tombé.

En effet : Trixie avait un peu trop serré la sangle autour de la poitrine de son client ; aussi, à peine m'étais-je installé dans la cuisine qu'elle m'a demandé de descendre à la cave pour l'aider à le libérer.

Ce n'est pas une salle de jeux traditionnelle. Des murs peints en noir, des ampoules rouges enfoncées dans le plafond et diffusant une lumière sensuelle, presque surnaturelle. Un des murs est recouvert de panneaux perforés d'où pendent des crochets, de diverses sortes et de tailles variées, tels qu'on en voit dans les ateliers bien tenus. À ces crochets pendent des cordes, des sangles, des menottes, des sandows aux boucles en acier chromé qui seraient d'une parfaite efficacité pour maintenir des bagages sur une galerie lors d'un départ pour de longues vacances en famille. Mais ce n'est pas leur utilité immédiate, comme aurait pu en témoigner George, le type ligoté sur un énorme X en bois adossé au mur du fond. Affligé d'un embonpoint protubérant et d'une blancheur maladive, il n'arborait en tout et pour tout qu'un slip à coquille de cuir noir et, dans sa bouche, une balle rouge tenue par des rênes qui lui encerclaient la tête.

Une large sangle en cuir autour de son torse aidait à le maintenir contre les poutres du X. Mais quand Trixie avait voulu le libérer, elle n'avait pas réussi à desserrer la boucle.

Ma voisine a fait les présentations :

— Zack, voici George. George, voici Zack.

George, toujours bâillonné, a hoché la tête.

— George, a repris Trixie, j'ai trop serré, mais n'oubliez pas que vous me l'avez demandé. Malheureusement, je n'ai pas la force nécessaire pour ouvrir la boucle. Certes, je pourrais couper la sangle, mais ça serait dommage, alors je vais demander à Zack de m'aider.

Je me suis exécuté en tirant dessus avec tant d'énergie que la sangle s'est incrustée dans la poitrine flasque.

— Et voilà !

Trixie a libéré les poignets et chevilles du type, lui a retiré la balle de la bouche.

— George, je suis désolée pour tout ça. Ce n'est pas professionnel de vous renvoyer chez vous de bonne heure, mais j'ai un imprévu.

— Pas de problème, a répondu George d'une voix docile. Heureux de vous connaître, Zack.

Nous nous sommes serré la main.

George a disparu dans une salle de bains de la cave où il a enfilé des vêtements normaux.

À travers la porte, Trixie lui a crié :

— George, je ne vous compte rien pour ce soir.

— Vous êtes sûre ? J'ai eu une demi-séance, je ne vais pas me plaindre.

— Non, ça ne serait pas juste. Voilà ce que je vous propose : on oublie celle-là, ou alors vous me la payez mais la prochaine sera gratuite. Je vous ferai même le truc avec le fromage blanc sans supplément.

La proposition a semblé satisfaire George. Une fois sorti de la salle de bains vêtu d'un pantalon chic, d'une chemise blanche impeccable et d'une veste de sport, il a glissé discrètement une liasse de billets à Trixie.

— Vous fréquentez Trixie depuis longtemps ? m'a-t-il demandé, alors que nous remontions ensemble l'escalier.

— Euh, non.
— Eh bien, vous ne serez pas déçu. C'est la meilleure. Je ne saurais trop la recommander.
— Vraiment ?
Trixie l'a accompagné jusqu'à la porte.
— Saluez Mildred de ma part.
Elle a embrassé George sur la joue et l'a regardé s'éloigner. Par la vitre, je l'ai vu se mettre au volant et reculer dans l'allée.
— Mildred ? j'ai demandé.
— Sa femme. Elle ne fait pas de trucs comme ça. Elle est vraiment soulagée depuis qu'elle me l'a envoyé.
— Elle te l'a *envoyé* ?
— Elle a remarqué ma petite annonce. La première fois qu'elle lui a dit de venir, c'était pour son anniversaire. Maintenant, c'est un client semi-régulier. Il vient environ une fois par mois. Certaines personnes sont ouvertes d'esprit.
Elle s'est alors dirigée vers la cuisine.
— Tu t'es servi de café ?
— J'allais le faire quand tu m'as appelé en bas pour t'aider.
— C'était tellement gênant. J'aurais pu couper la sangle, mais elle vaut au moins 300 dollars... Bon, raconte-moi pourquoi tu as fait irruption chez moi en pleine nuit. T'as vu mon annonce, toi aussi ? a-t-elle ajouté en souriant.
— Non ! Mais je suis dans le pétrin.
— Assieds-toi.
C'est à ce moment-là que je lui ai demandé de me pardonner de cette intrusion.

— Qu'est-ce qui se passe ? Un autre incident de sac à dos ?

— Bien pire. En fait, ça a commencé de la même façon, mais ensuite les choses sont parties en vrille. Et puis il y a ces hommes, surtout un, qui me traquent dans l'intention de me tuer, et je n'exagère pas.

Trixie fronce les sourcils.

— Pourquoi des types voudraient-ils te tuer ?

— Entre autres choses à cause de ça.

Je pousse le registre à travers la table.

— C'est quoi ?

— Tu es comptable. À toi de me le dire.

Elle le feuillette. Ses ongles, longs et rouge sang, ne me laissent pas indifférent.

Et quand son peignoir s'entrouvre, son opulente poitrine apparaît, mise en valeur par un corset diabolique.

— Voyons. Des listes de paiement, des rentrées d'argent, quelques noms... Tiens ! Je connais ce mec. Un inspecteur des bâtiments. Il vient ici de temps en temps. Son truc, c'est de jouer au docteur.

— Je vois le genre.

— Alors comme ça, on dirait bien que les Vallées-Boisées lui versent à peu près régulièrement 500 dollars par semaine. Et cet autre nom : Carpington...

— Roger ? Encore un client ?

— Non, je ne connais que son nom, je l'ai lu dans le journal.

— C'est un conseiller municipal. Combien reçoit-il ?

— Dans les 5 000.

Elle feuillette le registre.

— Son nom revient souvent, mais ils sont une bonne douzaine en tout. Zack, où t'as trouvé ça ?

— C'est une longue histoire.

— J'ai le temps, réplique-t-elle en se calant dans sa chaise et en croisant ses jambes bottées.

— J'étais allé faire des courses avec Sarah…

Et je lui raconte tout. Ma méprise, ma tentative raté pour rapporter le sac, la découverte du cadavre de Stefanie Knight, Rick, la rencontre avec Carpington, la scène sur le site de construction. Trixie écoute attentivement, en silence, hochant seulement la tête de temps en temps.

Je termine mon récit par la découverte du registre dans le véhicule de Stefanie et la façon dont Rick a détruit ma voiture sur le parking du MacDo.

— T'es vraiment dans la merde jusqu'au cou, conclut-elle en passant sa langue sur ses dents du haut.

— Bonne analyse de la situation. Merci.

— Oh ! Ne passe pas tes nerfs sur moi ! Est-ce que je t'ai dit de prendre le sac de Sarah pour lui donner une leçon ?

— Non. Ah, j'ai oublié de te dire, et c'est le bouquet : pour couronner le tout, elle me croit impuissant !

— Tu l'es vraiment ? Je pourrais vérifier.

— Ce soir, elle voulait qu'on passe enfin un peu de temps ensemble avant de retourner travailler, mais c'est dur de se concentrer quand on croit que la police est à vos trousses pour vous inculper de meurtre... Bref, je pense que c'est le moment d'aller voir les flics.

— Comment es-tu venu, si ta voiture a été incendiée ? demande Trixie, perplexe.

— Avec celle de Stefanie. Sa Coccinelle. Je l'ai garée à une rue d'ici.

— Ainsi, non seulement tu as volé son sac mais tu as piqué sa voiture. La police va apprécier. Tu ne portes pas sa petite culotte, par hasard ?

C'est vrai que je n'ai pas réfléchi à l'aspect illicite de ma balade dans la voiture de Stefanie. Il est évident que je ne suis pas taillé pour le grand banditisme.

— Mais si je ne vais pas à la police, comment me protéger de Rick ? Il est fou à lier. Il a massacré Spender et sans doute Stefanie, et il se promène avec un python dans son coffre.

Trixie ouvre grands les yeux.

— Sarah est au courant de tout ça ?

Je fais signe que non.

— Elle s'est juste rendu compte que je me conduisais bizarrement depuis quelque temps. Comme elle est de permanence cette nuit, elle ne rentrera que demain matin et j'ai envoyé les gosses dormir chez des copains.

— Tu as besoin de renfort. Tu as un flingue, au moins ?

— Tu rigoles ? Est-ce que j'ai l'air du type qui a un revolver ? Je ne connais même personne qui...

Je m'arrête.

— Quoi ?

— Si, je connais quelqu'un qui possède un revolver. Et qui me doit un service. Peut-être qu'il me le prêtera.

— Vous savez l'heure qu'il est ? lance Earl en nous ouvrant sa porte.

Trixie a troqué sa tenue de travail contre un jean et un T-shirt. Elle est sortie la première, a vérifié les alentours avant de me faire signe. J'ai traversé la rue à la vitesse de la lumière avant de plonger derrière des buissons, quand Trixie a sonné.

— Laissez-nous entrer ! Zack a besoin de votre aide.

— Où est-il ?

— Là, dans les buissons. Éteignez la lampe du perron.

Earl est en caleçon à carreaux et sweat-shirt. Il fait les cent pas, pieds nus, dans sa cuisine, allume une cigarette.

— C'est quoi ce bordel ? questionne-t-il en passant la main sur son crâne chauve.

Il me regarde, l'air nerveux.

— T'as cafté, hein ? T'as parlé aux flics de mes affaires ? Ils seront là dans combien de temps ?

— Je n'ai rien fait de tout ça !

— T'en as parlé à ta bonne femme ? C'est elle qui les a appelés ?

— Tu veux dire Sarah ? Non, je ne lui ai rien dit. Je suis venu te demander un service.

Il cligne des yeux.

— Un service ?

— J'ai besoin d'une arme. Je voudrais t'emprunter ton revolver.

— Pas question.

— Earl, je ne te le demanderais pas si ce n'était pas important. Il y a des gens qui me cherchent ce soir, et tant que je n'ai pas élucidé certaines choses, j'ai besoin de me protéger.

Il me regarde de travers.

— T'as déjà eu une arme ?

— Non.

— T'as déjà tiré ?

— Non, pas vraiment.

— Zack, as-tu même déjà *tenu* une arme ?

J'essaie de réfléchir. Est-ce qu'un jouet, ça compte ? Et la panoplie de GI Joe que j'avais, enfant ?

— À dire vrai, non. Je n'ai tiré que des photos.

— Pourquoi donc as-tu besoin d'une arme ? Combien d'ennemis se fait un type qui écrit des histoires intergalactiques ?

— Allons, Earl, tu as une dette envers moi. Est-ce que j'ai appelé l'inspecteur Flint en partant d'ici l'autre jour ?

— D'accord, je t'en suis reconnaissant. Mais ce que tu me demandes, c'est énorme.

Trixie s'en mêle :

— Zack, il va peut-être falloir que tu expliques à Earl.

Pour la seconde fois en une heure et demie, je raconte mon histoire, mais dans sa version abrégée. Par exemple, je ne lui dis pas que j'ai essayé d'inculquer à Sarah les éléments de base concernant la protection des sacs à main. Je me contente de lui dire que j'ai trouvé un sac.

— Je voulais le rendre, alors j'ai regardé sur son permis de conduire, et appris le nom de sa propriétaire. Stefanie Knight travaillait au Domaine des Vallées-Boisées.

Earl hoche la tête et sort une bière du frigo.

— Je me suis mis à sa recherche, j'ai laissé mon nom et mon e-mail à sa mère, c'est alors que ce dingue de Rick s'est lancé à ma poursuite pour récupérer le contenu du sac. Au début j'ai cru que c'était pour l'argent ; mais comme c'étaient des faux billets, j'ai ensuite pensé qu'il cherchait la pellicule...

— La pellicule ?

— Oui, un rouleau de photos. De Stefanie Knight et d'un conseiller municipal au plumard.

— Quel conseiller ?

Je lui donne son nom.

— En fait, Rick et son patron, Greenway, ne voulaient pas seulement la pellicule mais ce registre.

Je lui désigne le livre posé sur la table, comme si c'était la preuve numéro 1.

— Ils te traquent à cause de ce registre ?

— Ouais, et puis Rick est furieux parce que je l'ai assommé.

Earl s'assied, alternant bouffées de cigarette et gorgées de bière.

— Tu l'as cogné ?

— Quand il est venu chez moi et que ma fille est rentrée. C'était de la légitime défense. En d'autres circonstances, on aurait pu être amis. Il a lu un de mes bouquins et l'a aimé.

— Ç'a dû te faire plaisir. On ne sait jamais quand on va tomber sur un fan. Je me suis promis de lire un livre de toi un jour.

— T'as oublié la partie la plus importante, dit Trixie.

— Ouais ?
— Cette Stefanie Knight, elle est morte.
— J'y arrivais. J'ai du mal à raconter les choses dans l'ordre. Rester pendu à ce toit n'a pas arrangé ma mémoire.

Earl prend une grande bouffée de cigarette et souffle la fumée au-dessus de nos têtes. Je continue :

— C'est plus ou moins pour ça que j'ai été en cavale toute la nuit. Elle a été assassinée, j'ai son sac – ou plutôt j'avais son sac –, j'ai encore sa voiture et il va me falloir du temps pour expliquer tout ça aux flics. Mais je crois que c'est le moment d'aller les voir.

Earl se tait. Il réfléchit. Trixie me regarde et hausse les épaules. Finalement, Earl exprime sa pensée :

— Mon vieux, tu n'as pas seulement besoin d'une arme. Il te faut du muscle.

Je souris.

— Tu as quelqu'un en tête ?
— Possible. J'ai l'impression que tu vas devoir rendre une nouvelle visite à Greenway et Carpington pour savoir ce qui s'est passé au juste. Pour les faire parler, on pourrait recourir à des méthodes différentes de celles de la police. Et si ce Rick se ramène, il faudra également se débrouiller avec lui.

Je me sens rasséréné. Empli d'une confiance nouvelle.

— Tu sais ce qui nous serait utile ? je lance à Trixie. Des menottes.

Elle s'épanouit.

— Combien de paires ?

Je tends trois doigts.

— Je vais te chercher deux paires normales et une paire doublée de fourrure. Don Greenway a toujours aimé la douceur.

Intrigués, Earl et moi échangeons un regard puis nous dévisageons Trixie.

Elle hausse les épaules.

— C'était un de mes clients. Mais sacrément pingre pour les pourboires. Je l'emmerde.

25

Earl nous annonce qu'il doit s'habiller et faire une ou deux choses avant de partir. D'abord, je l'entends se rendre au garage, farfouiller dans son pick-up, claquer le hayon ; puis il passe devant la cuisine en montant dans sa chambre. Tandis qu'il s'agite, je regarde Trixie d'un air las, songeant que j'ai de la chance d'avoir trouvé en ces temps difficiles une dominatrice et un planteur de cannabis pour veiller sur moi.

— Merci de ne pas me juger, dit-elle.
— Comment ?
— Je m'attendais à un sermon, à des questions à n'en plus finir : pourquoi tu fais ça, quel genre de fille es-tu, etc. L'Inquisition, quoi.
— J'ai passé le stade où je montre les gens du doigt. Comme dit le proverbe : « Que celui qui n'a jamais péché lui jette la première pierre ». C'est la vieille histoire de la paille et la poutre. De toute façon, je suis sûr que ton métier a des tas d'avantages. Tu bosses chez toi, tu choisis tes horaires, tu rencontres des tas de gens intéressants.
— C'est vrai. Et j'apprends ce qui les fait réagir.

— Exact.

Trixie sourit.

— N'essaie pas de savoir.

— Tu as raison.

— Tout va bien entre Sarah et toi ? À part son idée fixe selon laquelle tu es fâché avec la plomberie ?

— Ouais, ça va. Mais quand tout ça sera fini, j'ignore où on en sera. Cela n'a rien à voir avec l'incident du sac à dos ou l'épisode de la voiture cachée. Ces temps derniers, j'ai été un vrai con. Un empêcheur de tourner en rond.

— Pas de doute, tu es vraiment un con. Mais dans le genre, tu es plutôt gentil, et Sarah a de la chance.

Ensuite, sans raison, son regard se perd dans le vague.

Earl refait son apparition, vêtu d'un sweat-shirt des Blue Jays, l'équipe de base-ball de Toronto, et de grosses bottes de chantier qu'il n'a pas lacées jusqu'en haut.

— Prêt ?

J'acquiesce.

Il ouvre le tiroir central du meuble de cuisine, fouille jusqu'au fond et en sort un revolver.

— Voyons si on peut aller résoudre quelques-uns de tes problèmes, annonce-t-il en glissant l'arme dans la ceinture de son pantalon.

— Ça ne t'ennuie pas de revenir sur certains détails ? demande Earl en plaçant une cigarette dans l'allume-cigare et en attendant l'étincelle. Cette fille, celle qui est morte, elle baisait avec ce mec sur la photo ?

— Carpington.

— Un conseiller ? Municipal ?
— Exact.
— Ils voulaient garder un souvenir ?
— Je dirais plutôt qu'il s'agissait de faire chanter Carpington.
— Il s'en rend compte, perd la boule et tue la fille ?
— Ce serait une raison, mais je ne pense pas. Pas le genre. Je suis allé le voir à l'hôtel de ville : à mon avis, il n'a pas les tripes.

Earl acquiesce et récupère sa cigarette.

— Zack, si j'ai appris une chose, c'est que les gens sont rarement ce qu'ils semblent être. On n'est jamais à l'abri d'une surprise.

Je songe à Trixie. Et à lui aussi, en l'occurrence. Tous deux gagnent leur vie d'une façon plus que surprenante.

Earl extrait de son pantalon le revolver et le pousse vers moi.

— Prends-le en main pour te familiariser.

Je le saisis de la main droite, et suis d'abord étonné par son poids.

— Tu vois ce petit cran, là, la sécurité ? Assure-toi qu'il reste dans cette position, ça t'évitera de te tirer dans les couilles. Mais, au cas où tu aurais besoin de t'en servir, tu le bouges. Comme ça.

— Compris.

Je remets le cran en place et repose le revolver sur la banquette.

— Je propose que tu le gardes, moi je poserai les questions, lui dis-je.

— Ça me va, approuve Earl en portant sa cigarette à ses lèvres et en mettant le contact. On va où ?

— Aux dernières nouvelles, Greenway et sa bande se dirigeaient vers le bureau de vente. C'était il y a plusieurs heures mais ils peuvent y être toujours.

— Allons traîner dans le coin, dit-il avant de sortir la voiture du garage.

Lorsque nous atteignons le bureau de vente, je conseille à Earl de ne pas s'arrêter.

Il ralentit un peu à la vue de la Cadillac et de la Lincoln garées devant le préfabriqué.

Je pousse un soupir de soulagement.

— On dirait que Rick n'est pas là. Je ne vois pas sa voiture. Il continue sans doute à me chercher.

Au croisement suivant, Earl fait demi-tour et revient lentement vers le préfabriqué.

— Ces caisses sont à qui ?

— Carpington a la Caddy et Greenway la Lincoln.

— Allons leur rendre une petite visite.

Il se gare dans le parking du bureau. Le gravier crisse sous les pneus. Soudain, ma respiration s'accélère, mon souffle se fait haletant.

— Earl, je ne suis pas sûr d'être à la hauteur. Pour être franc avec toi, j'ai la trouille. Tout ça me dépasse complètement. Ces gens-là n'hésitent pas à tuer pour obtenir ce qu'ils veulent.

Earl me tapote gentiment l'épaule.

— Te fais pas de bile, mon pote. C'est pas à toi d'avoir peur, mais à ces tas de merde.

Il désigne le bureau de son menton.

— On va leur tomber dessus.

Je déglutis péniblement, respire à fond, ouvre la portière. Nous nous avançons vers le bureau, épaule contre épaule, Earl tenant son revolver à bout de bras.

Les trois paires de menottes de Trixie tintent en s'entrechoquant dans ma veste. Au dernier moment, Trixie a décidé de ne pas me donner la paire doublée de fourrure. « Pas la peine de signaler la provenance exacte de ces entraves », a-t-elle fait remarquer. Et d'ajouter que même si Greenway ne lui était pas d'une grande utilité, elle ne voyait aucun avantage à exhiber le dégoût qu'elle éprouvait à son égard. Un argument imparable.

Entre deux bouffées de cigarette, Earl propose de faire le tour du bâtiment. À travers les stores, nous voyons Greenway derrière son bureau sermonnant un Carpington penaud assis en face de lui. Toutes les autres pièces sont plongées dans l'obscurité, ce qui nous prouve que nous n'aurons affaire qu'à ces deux individus.

Je ne peux m'empêcher de murmurer à Earl :

— Mais Rick peut se ramener n'importe quand.

— Une chose à la fois. On réglera son problème le moment venu.

Nous arrivons à l'entrée du bâtiment. Je manœuvre doucement la poignée de la porte pour voir si elle est fermée à clé. Elle l'est.

— Frappe ! ordonne Earl.

Je cogne fort. On entend du bruit à l'intérieur, puis la voix de Greenway derrière la porte :

— Qui est là ?

Je réfléchis à toute allure.

— Rick ! dis-je en prenant un ton un peu plus grave.

— Où est ta clé ?

Rick aurait-il la patience de s'expliquer ? Pas sûr.

— Ouvrez donc cette putain de porte !

Le verrou est tiré et, dès que la porte s'entrouvre, Earl glisse le pied dans l'interstice et se rue à l'intérieur. L'arme au poing, légèrement pointée vers le plafond, il traverse le hall de réception qui n'est pas éclairé. Entré derrière lui, je referme à clé. Greenway est affalé par terre ; Carpington, plus ou moins pétrifié, se tient sur le seuil du bureau.

Earl prend le commandement des opérations :

— Vous deux, dans la même pièce.

De son arme, il fait signe à Greenway de se relever et de regagner son bureau.

— Je vous en prie, ne nous tuez pas, gémit Carpington.

— Ta gueule !

Earl bouscule Greenway et Carpington, qui regagnent leurs places initiales.

— Zack, passe-leur les menottes.

La terreur défigure Carpington, tandis que Greenway s'efforce de garder son calme, espérant ainsi nous déstabiliser et nous faire croire qu'il sait des choses que nous ignorons. La tactique est bonne. Bien que nous ayons l'avantage, je me sens nettement déstabilisé.

— Dites-moi seulement ce que vous voulez savoir, me supplie Carpington. Vous m'avez assuré tout à l'heure que vous ne vouliez pas d'argent, mais au cas où vous auriez changé d'avis, je pourrais vous en donner.

— Vous avez sans doute économisé sur les paiements hebdomadaires portés sur le registre, je réponds en sortant deux paires de menottes de ma poche.

Je saisis son poignet droit et lui passe un bracelet pendant qu'Earl brandit son arme pour décourager toute velléité de rébellion. De sa main gauche, il enlève la cigarette de sa bouche et répand les cendres sur la moquette.

Je ramène de force le bras de Carpington derrière son dos et passe l'autre bracelet à son poignet gauche, comme si j'avais fait ça toute ma vie. Je ressens une poussée d'adrénaline.

— Vous n'allez pas me passer des menottes ! s'exclame Greenway, quand je contourne son bureau.

— Si vous aviez réparé ma satanée douche, je serais un peu plus indulgent.

Je tente de saisir son poignet mais il se défend.

— Bas les pattes ! Vous ne savez pas à qui vous avez affaire !

— Vous non plus ! dit Earl en tirant une balle en direction du plan du domaine accroché derrière le bureau de Greenway.

La détonation est assourdissante et elle me surprend autant que nos deux prisonniers. Le bruit résonne dans mes oreilles. Greenway s'écroule dans son fauteuil tandis que Carpington s'effondre sur son siège. Mais ses mains entravées l'empêchent de se retenir au bord et il tombe encore plus bas.

— Bon Dieu, Earl ! Qu'est-ce que tu fous ?

— J'attire leur attention, répond-il calmement. Monsieur Greenway, auriez-vous l'obligeance de laisser mon associé vous passer les menottes ?

À contrecœur, Greenway obtempère avant de se caler dans son fauteuil de cuir, cherchant à paraître aussi digne que s'il était libre de ses mouvements.

— Et maintenant, poursuit Earl, j'ai besoin des clés de vos voitures.

— Comment ? fait Greenway.

— Quoi ? dit Carpington.

— Pourquoi ? je renchéris.

— Je vais garer les voitures et mon pick-up derrière le bâtiment. Préférable qu'on croie les locaux vides, comme ça il y a moins de risques que Rick nous tombe sur le poil.

Tout ce qui peut éviter l'irruption de Rick me semble une bonne idée. Carpington et Greenway m'indiquent les poches qui contiennent leurs clés et je les prends.

— Et si je m'occupais des voitures pendant que tu les surveilles ? je demande à Earl.

Mais celui-ci secoue la tête et me tend l'arme en échange des clés.

— Non, toi, tu les surveilles.

Le revolver est chaud. Est-ce la chaleur de la main d'Earl ou son utilisation récente ? En le prenant, mon pouls s'accélère.

— Earl ! La sûreté ? Dans quel sens ça marche ?

Il lève les yeux au ciel. Je sais ce qu'il pense. Ce n'est pas ce genre de question qui risque de terroriser nos prisonniers. D'abord, j'ai failli mourir de peur quand il a tiré, et à présent j'ai besoin du mode d'emploi.

— Elle n'est pas mise. Comme ça, si l'un d'eux joue au mariole, tu pourras lui faire sauter sa putain de cervelle facile.

— Parfait.

Je soupèse l'arme, vise à gauche et à droite, l'apprivoise. Greenway et Carpington deviennent de plus en plus nerveux, surtout quand je pointe le revolver dans leur direction. Ils doivent se dire que leur chance d'être tués a augmenté de manière exponentielle depuis que l'engin est passé des mains d'Earl aux miennes. Ce n'est pas que j'aie l'air plus cruel. Au contraire. Mais tout dans mon comportement souligne une totale incompétence, qui me terrorise autant qu'eux. Je m'efforce de ne pas les viser.

Earl m'a dit qu'il serait de retour dans deux minutes.

Dès que Greenway entend la porte d'entrée se refermer, il me demande :

— Qui est votre ami ?

— Un autre heureux résident des Vallées-Boisées. Alors, qu'est-ce qui vous amène ici cette nuit ?

— Nous étions en réunion. Et nous attendons quelqu'un. Vous seriez bien avisés d'en terminer et de fiche le camp avant son arrivée.

— Il s'agit de Rick ?

— À l'heure qu'il est, il vous cherche. Il est très fâché contre vous.

— Ça, ma voiture l'a déjà constaté.

Greenway n'ayant pas l'air de comprendre, je continue :

— Il devrait suivre des cours pour apprendre à gérer ses crises de rage. Cela dit, s'il était bien éduqué, il n'aurait pas accepté de tuer Sam Spender et Stefanie Knight pour votre compte.

— C'est ridicule. Je ne sais pas de quoi vous parlez.

— Bien sûr que si ! D'ailleurs, c'est la raison de notre présence ici : tâcher d'apprendre ce que vous savez. Et, je vous l'avoue, il est dans mon intérêt d'en apprendre le maximum.

Carpington se démène pour tenter de se relever et de s'asseoir.

— Je n'ai rien à voir avec ces meurtres ! crie-t-il.

Des phares éclairent les vitres du bureau. Earl est en train de planquer la Cadillac.

— Alors, si ce n'est pas Rick que vous attendez, qui est-ce ? je demande. Laissez-moi deviner : le célèbre M. Benedetto. Il a appris à quel point vous avez merdé et il vient se rendre compte de la situation.

Leur silence est éloquent.

Au bout d'un instant, Greenway se décide :

— Si ça ne vous dérange pas, j'ai une question à vous poser.

— Allez-y, tirez !

Je regrette aussitôt le choix de ce mot en apercevant mon reflet dans une vitre. Ce sosie qui tient une arme et essaie d'effrayer deux aigrefins m'est inconnu. Et je ne peux croire qu'il formule dans sa tête des phrases comportant le mot « aigrefins ».

— Qui êtes-vous, bon Dieu, et de quoi vous mêlez-vous ?

Deux questions judicieuses, aucun doute là-dessus. Mais la réponse serait trop longue si je voulais la formuler de façon satisfaisante.

— Je suis tombé dans cette histoire par hasard. Mais maintenant que j'y suis jusqu'au cou, je veux en apprendre le plus possible avant d'en ressortir. Vous répondrez plus facilement à mes questions qu'à celles de M. Benedetto. Que va-t-il penser lorsqu'il débarquera et vous trouvera tous les deux menottés, le registre disparu, les négatifs envolés, plus les milliers de dollars en espèces...

— L'argent est sans importance, intervient Greenway.

— Sans doute, puisque les billets sont faux. C'est ça, la photocopieuse – je désigne la machine dans le bureau d'à côté – que vous utilisez pour les imprimer ?

— Écoutez, déclare Greenway, on ne faisait pas ça souvent. Seulement quand on manquait de liquidités. Mais Stefanie – je ne sais pas ce qui lui a pris – a dû en imprimer des tonnes quand elle a décidé de filer.

Carpington s'exclame :

— Des faux ? Vous imprimiez des faux ?

Greenway lève les yeux au ciel.

— Mais non, Roger. On imprimait de vrais billets. On avait obtenu l'autorisation du Trésor.

— Ce qui veut dire que vous m'avez payé en monnaie de singe !

Il est atterré. Vous imaginez, arroser un conseiller municipal avec de la fausse monnaie ! Dans quel monde vivons-nous ?

— Pas tout. On y recourait juste de temps en temps... Écoutez, de toute façon personne ne s'en aperçoit, il n'y a pas de quoi fouetter un chat.

— Pourquoi Stefanie a-t-elle voulu se barrer ? je demande.

Greenway est presque triste quand il répond :

— Je l'ignore. Je la traitais bien. Je lui ai donné une maison.

— Elle avait besoin d'un endroit où exercer ses talents. Elle baisait avec Carpington, selon vos ordres, pour qu'il soit content et vote en faveur de vos projets. Et puis, il y a un bonus supplémentaire avec l'appareil photo caché : au cas où il parlerait trop, vous avez quelque chose à montrer à sa femme et à ses enfants.

Si Carpington avait les mains libres, il les mettrait devant ses yeux et pleurerait. Une nouvelle paire de phares balaie la fenêtre. Earl gare la seconde voiture. Je me tourne vers Carpington.

— C'est à peu près tout, hein Roger ? Un peu de cul, un peu de pognon, une petite visite à Quincy dans le coffre et vous votez comme on vous l'ordonne.

Il acquiesce, les yeux humides.

— En plus, pour Spender, vous savez que Rick lui a écrasé le crâne au bord de la rivière. Si Greenway a pu le faire tuer par Rick, il peut en faire autant pour vous.

Carpington a du mal à avaler sa salive.

— J'ai une peur bleue depuis si longtemps ! J'ai pris l'argent, oui, et j'ai couché avec Stefanie. Mais, je le jure devant Dieu, je voulais que ça se termine, d'une façon ou d'une autre. Il fallait juste que je trouve une solution qui m'épargne, ainsi que ma famille, et ne détruise pas mes chances d'être élu à la mairie.

D'où vient ce type ? De Neptune ?

— Voyez-vous, Roger, si ce genre de choses est porté à la connaissance du public, cela risque d'avoir un effet négatif sur votre campagne électorale.

Comme porte de sortie, Greenway propose :
— Et si on vous livrait Rick ?

— Pardon ?

— On dira que c'est Rick le coupable, qu'il a tué Spender et Stefanie, mais que nous on n'était au courant de rien.

— Vous savez donc qu'il a tué Stefanie ?

— Vous l'avez vu en pleine action : c'est une vraie tête brûlée. Tout l'accuse. Mais laissez-nous hors du coup. Permettez-nous de continuer nos petites affaires. Vous n'y perdrez rien.

— Vous allez réparer ma douche ? Et vous occuper de l'isolation de la fenêtre de ma chambre ?

— Bien sûr. On va tout régler. J'enverrai une équipe. On arrangera votre maison et on ajoutera des options en bonus. Une piscine, ça vous plairait ? On pourrait installer une piscine.

— Ma foi, dis-je en feignant de réfléchir à son offre, c'est terriblement tentant... mais je préfère vous voir tous en prison.

— Non ! s'écrie Carpington. Trouvons un accord ! Je vous dirai tout ! Mais ne m'envoyez pas en prison ! Je ne suis pas le seul. Il y a des tas d'autres hommes politiques d'autres villes dans le coup.

— Roger ! beugle Greenway. Fermez-la !

Il se lève, ce qui n'est pas une mince affaire puisqu'il ne peut pas s'aider de ses mains, et commence à faire le tour de son bureau en se dirigeant vers Carpington. J'ai l'impression qu'il va essayer de lui donner des coups de pied.

— Fermez-la !

— Assis !

J'ai poussé un tel cri qu'il me semble d'abord qu'Earl est de retour et que c'est lui qui a hurlé, avant de me rendre compte que ce mot est bel et bien sorti de ma bouche. Je pointe le revolver du côté de Greenway, mais, n'étant pas sûr de moi, je prends soin de ne pas le viser trop précisément.

Avec raison. Car le coup part.

Seule explication plausible : quand j'ai crié, mes muscles se sont tendus, y compris celui de mon index qui reposait sur la détente. Je pensais que tirer demanderait une pression plus forte, un effort de volonté, mais non. Il y a quelques instants, tout était relativement calme dans le bureau, et voilà qu'un énorme trou est apparu dans la table de travail de Greenway.

— Oh, merde ! Désolé.

Greenway a fait un saut en arrière et est allé heurter le mur. Carpington hurle à son tour. La porte s'ouvre brutalement.

— Qu'est-ce qui se passe ? s'exclame Earl.

Je demeure immobile, l'arme dans ma main mais dirigée vers le sol.

— J'ai tiré dans la table.

Il me semble ne pas m'être suffisamment excusé auprès de Greenway.

— Je suis navré. Je vous rembourserai les dégâts. Ce qui est arrivé est indépendant de ma volonté.

— On dirait que je suis revenu juste à temps, constate Earl en me reprenant l'arme.

Il enlève le mégot de ses lèvres, souffle la fumée et se tourne vers Greenway et Carpington.

— Messieurs, je viens de vous sauver la vie.

— Merci, dit Carpington, merci beaucoup !

Earl s'adresse à moi.

— Leurs voitures sont planquées derrière et j'allais cacher mon pick-up quand j'ai entendu la détonation. T'as bientôt fini ici ?

— Je crois.

Le bruit caractéristique des pneus sur le gravier nous parvient à cet instant. Earl se glisse dans le hall resté dans la pénombre et regarde à travers les stores.

— Rick a quel genre de bagnole ?

— Une petite berline d'importation à quatre portes.

— Alors, ce n'est pas lui. C'est une grosse BMW série 7.

Greenway précise, du ton de celui qui s'est résigné au pire :

— Ce doit être celle de M. Benedetto.

— Plus on est de fous, plus on rit, remarque Earl en se mettant en position derrière la porte.

Au premier coup frappé, il l'ouvre en grand et colle son arme sous le nez de Benedetto.

— Donnez-vous la peine d'entrer.

Ce type a quelque chose de surhumain. Grand, large d'épaules, vêtu avec une élégance parfaite d'un costume sombre et d'un pardessus de prix. Le cheveu argenté, des lunettes à fine monture métallique, des sourcils broussailleux, une large bouche tombant aux commissures. Il ne sourcille pas quand Earl lui plaque le revolver en plein visage et avance calmement en le poussant jusqu'au bureau de Greenway.

De son siège, celui-ci l'interpelle :

— Monsieur Benedetto ! Je peux vous expliquer. Nous avons un problème.

Je me porte à la rencontre du nouvel arrivant.

— Bonsoir, monsieur Benedetto. J'ai beaucoup entendu parler de vous. Mon ami et moi-même serions heureux de rester bavarder avec vous, mais nous en avons à peu près terminé ici.

Tandis qu'Earl le tient en joue, je demande à Greenway :

— Où est mon téléphone ?

Pendant un instant, il n'a pas l'air de comprendre. Puis il se souvient qu'il l'a récupéré sur le chantier.

— Tiroir du bureau. En haut à droite.

Il y est. Je le glisse dans la poche de ma veste.

— Bonsoir, messieurs.

— Hé ! fait Carpington en agitant ses mains. Vous avez la clé ?

Je lui souris en haussant les épaules.

— Ça évitera aux flics d'avoir à vous menotter quand ils arriveront.

Je sors, suivi d'Earl. Nous courons jusqu'à son pick-up, quittons le parking et prenons la direction de la rue.

— Et Benedetto ? lance Earl. On aurait pu lui passer la dernière paire de menottes.

— On a ce qu'on voulait. Même s'il est libre.

Je respire deux fois très profondément, et soudain je suis pris d'une crise de toux.

— Wouah ! Bon Dieu ! Tu nous as vus là-dedans ? C'était quelque chose !

— On était les méchants ! s'exclame Earl.

— Des sacrés méchants !

— Ouais ! des ordures !

— Des vrais fils de pute, non ?

En tapant sur le tableau de bord, j'ai l'impression de sortir tout droit de *Pulp Fiction*.

— J'arrive pas à le croire ! On est entrés, on les a bousculés, on leur a soutiré des renseignements. On leur a botté le cul, pas vrai ?

Earl ébauche un sourire.

— Ouais, on leur a botté le cul. T'as même failli les descendre, pauvre con !

Nous roulons un moment en silence et quittons le quartier, sans prendre de direction précise.

— On va où ? je demande.

— C'est toi le commandant de bord. Je voulais juste qu'on s'éloigne du bureau. Il me semble qu'on a bien besoin d'un verre...

— Non, il faut en finir avec ça. Je suis prêt à aller voir les flics. J'ai ce qu'il me faut.

Earl opine d'un air pensif.

— Zack, j'ai deux, trois choses à te dire.

— Je t'écoute.

— D'abord, je te serais reconnaissant de me laisser en dehors de tout ça. J'ai été heureux de te donner un coup de main, mais tu trouveras sûrement un moyen de ne pas révéler ma présence aux autorités. J'ai pas envie de les voir débarquer et me poser un tas de questions. J'ai une affaire à gérer.

— D'accord. Je ferai ce que je peux. Ça dépendra de ce que Greenway et Carpington vont leur raconter. Mais ils auront sans doute suffisamment de trucs à dire pour ne pas porter plainte contre nous pour agression.

— T'as raison... J'ai une autre info à te filer, mais qui ne doit pas venir de moi, étant donné que je veux faire profil bas.

— Quoi donc ?

— Quand tu appelleras les flics, suggère-leur de fouiller les voitures de ces clowns. Quand je les ai changées de place, j'ai remarqué tout un fatras : des livres, des dossiers, tu vois le genre. C'est peut-être ce qu'ils cherchent.

— Pas de problème, je serai heureux d'éclairer leur lanterne.

— Tu veux que je te dépose devant le commissariat ?

— Non. J'ai garé la Coccinelle de Stefanie Knight dans la rue derrière notre maison. Je vais la leur amener et ils me raccompagneront plus tard.

— Ça roule.

Il rebrousse chemin, retourne dans notre quartier et se gare à côté de la Volkswagen. En ouvrant ma portière, je lui lance :

— Merci, Earl. Tu n'étais pas obligé de m'aider.

— Pas de quoi. Mais n'oublie pas ce que je t'ai dit.

J'acquiesce, claque la portière et quand Earl s'éloigne dans la nuit, je cherche les clés de la VW dans mon jean. Mais avant de démarrer, je décide de voir si mon mobile est branché.

Je le sors de ma poche. Peu enclin à prendre mes messages, Greenway l'a éteint. Mon petit écran s'éclaire, signe que mon téléphone revient à la vie. « *Vous avez 4 nouveaux messages.* »

Pas très difficile de deviner d'où ils proviennent. Avant de me rendre au commissariat, mieux vaut appeler Sarah à son travail. Il est temps de tout déballer. Elle va hurler, mais puisque la police est sur le point d'entrer en action, elle doit être mise au courant.

Sans prendre la peine de consulter les messages, j'appelle sa ligne directe.

Un homme répond. Pas la voix de Dan, heureusement.

« Rubrique "Faits divers".

— Sarah Walker, je vous prie.

— Elle n'est pas là. Je peux prendre un message ?

— Son mari à l'appareil. Elle est partie au milieu de sa permanence ?

— Une urgence. Elle a dû retourner chez elle. »

Et si c'était elle qui avait téléphoné quand je me cachais sur le chantier ? Et qu'elle ait entendu un inconnu – Greenway – lui assurer que je n'étais pas joignable ? Dans la mesure où personne ne répondait à la maison, elle a dû paniquer.

Merde !

« Merci ! »

En raccrochant, je me rends compte de la gravité de la situation. Sarah est à la maison. L'endroit dangereux entre tous.

Je m'apprête à composer notre numéro quand mon mobile sonne. De surprise, je manque le laisser tomber avant d'appuyer sur le bouton vert.

« Allô ?

— Zack ? dit Sarah.

— Oui, oui, c'est moi.

— Tu n'as pas eu mes messages ? J'ai essayé de te joindre toute la nuit.

— Je viens de récupérer mon téléphone et je n'ai pas eu une seconde pour les écouter. Désolé, mais ç'a été une sacrée soirée.

— Je t'ai appelé et un type a répondu. J'ai essayé de rappeler et j'ai téléphoné à la maison, mais tu n'y étais pas et je ne pouvais pas joindre les enfants. Alors j'ai quitté le journal et...
— Sarah.
— ... je me suis fait un sang d'encre, surtout avec...
— Sarah.
— ... cette femme au crâne fracassé à quelques rues de chez nous, je crois que je t'en ai parlé...
— Sarah.
— ... j'ai roulé aussi vite que possible et...
— Sarah !
— Quoi ? »
Je m'efforce de paraître calme.
« Sors de la maison.
— Quoi ?
— Sors tout de suite de la maison. Sors, monte dans ta voiture et va à la boutique de beignets. Je t'y retrouve.
— Comment ça, je sors de la maison ?
— Sarah, je t'expliquerai plus tard. Pour l'instant, il est important que tu...
— Attends !
— Quoi ?
— Ne raccroche pas. Il y a quelqu'un à la porte.
— Sarah, n'y va pas... »
J'entends qu'elle pose le téléphone. Elle doit utiliser celui de la cuisine, pas un sans-fil, sinon elle continuerait à me parler en se rendant à la porte.
« Sarah. »
Pas de réponse.

« Sarah ? »

Toujours rien.

« Sarah ! »

Une minute plus tard, j'entends qu'on reprend le combiné.

« Sarah ?

— Salut ! fait une voix que je reconnais. Je parie que c'est Zack.

— Rick !

— Dans le mille ! Et si vous vous radiniez en apportant le registre, avant que je descende votre femme ? »

26

Je ne suis qu'à deux minutes de la maison, mais c'est le plus long trajet de ma vie. J'écrase l'accélérateur, prends deux virages sur les chapeaux de roue, brûle deux feux rouges, me gare sur la pelouse, bondis de la Coccinelle sans couper le contact ni refermer la portière. La Camry de Sarah est garée dans l'allée, bloquée par la voiture de Rick.

La porte d'entrée étant fermée à clé, je fouille dans ma poche à la recherche de mon trousseau. Je tremble tellement qu'il me faut m'y prendre à deux fois pour enfoncer la bonne clé dans la serrure. Je me précipite dans la maison en tremblant.

— Sarah !

Tout est étrangement silencieux. Je m'immobilise un instant, me demandant où se trouvent Rick et Sarah. Le sang bat à mes tempes.

— Salut, Zack ! fait Rick d'un ton naturel. On est dans la cuisine !

Comme s'il disait : « Viens donc boire une bière ! »

J'avance lentement, songeant aux différentes manières de prendre les choses en main. À dire vrai, je n'en ai aucune idée. Je pense seulement avoir commis une terrible erreur en ne téléphonant pas à la police en chemin, en ne passant pas prendre Earl ou en ne sonnant pas chez Trixie pour récupérer le registre, mais je ne songeais qu'à une chose : Sarah était en danger, je devais venir à son secours le plus vite possible.

Maintenant je suis là, et Sarah est là, ligotée à une des chaises de la cuisine avec des mètres de ruban adhésif. Rick se tient près de l'évier, faisant des moulinets avec le couteau à cran d'arrêt qu'il a utilisé pour enlever des morceaux de mastic de notre douche.

— Bonjour, ma chérie, dis-je.

Elle a trop peur pour parler. Les larmes ont fait couler son rimmel et deux traînées sombres ornent ses joues. Elle arrive cependant à prononcer deux mots. En forme de question :

— Les enfants ?

— Sains et saufs. Ils passent la nuit chez des amis.

— Si c'est pas mignon ! s'exclame Rick en me regardant. J'adorais dormir chez un pote quand j'étais gosse. Dire que vous auriez pu avoir une nuit formidable tous les deux, les gamins hors de la maison, la chance d'y aller gaiement, c'est-y pas vrai ?

Je me tais. Rick brandit son couteau, l'enfonce dans un coin du comptoir qu'il effrite. Il recommence et fait une nouvelle entaille. À ce train-là, il va réduire notre cuisine en miettes.

— Zack, quel bonheur de vous mettre enfin la main dessus. J'ai l'impression de vous avoir couru après toute la nuit.

— C'est fini. La police ne va pas tarder à arrêter Greenway et Carpington. Sortez donc d'ici et filez. Il ne lui faudra pas longtemps pour comprendre que vous avez tué Spender et Stefanie.

— Wouach ! vous avez tout faux, mon pote !

— Allez, partez ! Ne nous faites pas de mal. On n'appellera pas les flics avant une heure. Ça devrait vous donner une bonne avance.

Rick semble peiné.

— Mais Sarah et moi, on espérait faire plus ample connaissance. Vous et moi, on a eu l'occasion de mieux s'apprécier, mais Sarah et moi on connaît rien l'un de l'autre.

Il se tourne vers elle.

— Vous savez, jusqu'à ma deuxième visite ici j'ignorais que votre mari avait écrit un de mes livres préférés.

— Vraiment, murmure Sarah.

— C'est la vérité. Je ne lis pas beaucoup, alors vous imaginez ma surprise quand je m'en suis aperçu.

— Bien sûr.

Comment l'obliger à déguerpir au plus vite ? Évidemment, il y a le problème du couteau. Mais il est moins gênant qu'un revolver : Rick ne parviendrait pas à m'atteindre, de là où il est. Et si je courais chercher de l'aide ? Si je fonçais plus vite que ce salaud ? Tout en songeant à cette vague possibilité, j'ai du mal à envisager la suite, décamper de la maison, laisser Sarah seule avec lui. Au moins, tant que je suis là, s'il l'attaque avec son couteau, j'essaierai d'intervenir. De me conduire en héros.

Rick s'adresse à moi :

— Tenez, je me demande si vous avez un exemplaire de ce livre et si vous pouvez me le dédicacer.

— Bien sûr, dis-je en regardant alternativement Sarah et le couteau. Je serais heureux de faire ça pour vous. Et tout ce que vous voulez, je vous le donne, si vous partez et nous fichez la paix.

Rick réfléchit à ma proposition.

— La dernière fois que j'étais ici, je ne cherchais qu'une chose : ce grand livre avec les paiements et toutes les listes. M. Greenway tenait absolument à ce que je le récupère. Et je le veux toujours, c'est sûr. Mais aussi ces négatifs que ce trouduc de Carpington dit être entre vos mains, même si j'en ai rien à foutre, dans tous les sens du terme.

Sarah, en plus d'avoir l'air aussi terrorisée que si elle vivait son pire cauchemar, a l'air totalement ahurie. Un grand livre ? Des négatifs ?

Rick continue :

— Vous m'avez bien dit que vous aviez presque terminé la suite du bouquin ?

— Oui.

— Il est imprimé sur des pages, et tout et tout ?

— Eh bien oui.

— Super ! Je veux ça aussi.

— Le manuscrit.

— Le *quoi* ?

— Le manuscrit. C'est ainsi que le livre s'appelle.

— Manuscrit, répète-t-il, comme s'il déchiffrait le mot dans l'air. C'est le titre ? Genre : *Le Missionnaire. Le retour* ?

— Non, un manuscrit, c'est les pages tapées à la machine.

Rick me regarde de travers, comme si je voulais le faire passer pour un idiot.

— Vous vous foutez de ma gueule ?

— Non, désolé, pas du tout. Vous l'aurez aussi.

— Y a un problème. Vous m'avez dit qu'il était pas terminé ?

— C'est exact. Il manque un chapitre.

— Bon, mais on va commencer par le plus important. Je veux le registre.

— Je ne l'ai pas. Enfin, je ne l'ai plus.

— Il est où ?

Pas question de mettre Trixie en danger. Ni même d'envoyer Rick chez elle.

— Je l'ai déposé sur les marches du commissariat. Ils le trouveront et comprendront ce qu'il y a dedans.

Rick secoue la tête lentement.

— Zack, vous vous foutez de ma gueule. Vous n'avez rien fait de tout ça. Mais j'arriverai à vous faire cracher le morceau. Asseyez-vous sur cette chaise.

Il m'indique le siège en face de Sarah. Je ne bouge pas. Il avance alors d'un pas en brandissant son couteau.

— Assis ! Tout de suite !

Je m'exécute. Il me lance un rouleau de gros ruban adhésif.

— Donnez-moi votre portable. Attachez-vous à la chaise !

— Je vous ai dit la vérité, je répète tout en lui tendant mon mobile. La police détient le registre…

Soudain, Rick menace Sarah de son couteau. Quand il fend l'air près de son cou, elle tente de se recroqueviller.

— Allez, commencez à vous attacher.

Je trouve l'extrémité du rouleau, le détache, entends le crissement familier du ruban adhésif qui se déroule. Je plaque le bout sur ma chemise, fais un tour autour de ma taille et de la chaise, passant le rouleau de ma main droite à ma main gauche. Je fais un second tour et m'arrête.

— Non, encore un peu ! insiste Rick.

Je proteste.

— Il m'est impossible de me lever.

— Discutez pas !

Je fais encore un tour, déchire le ruban et le pose sur la table de la cuisine.

— Maintenant, vos chevilles !

— Je ne peux pas. Je ne peux pas me plier en deux, le ruban m'en empêche.

— Merde ! s'exclame Rick.

Voilà un grand projet qui s'effondre. Il laisse son couteau sur le comptoir et s'approche de moi par-derrière.

C'est l'instant ou jamais !

Je bondis sur mes pieds en me reculant. Sarah hurle. La chaise se soulève à quarante-cinq degrés, mes fesses toujours prisonnières, mon corps tout courbé. Les pieds du meuble se prennent dans les jambes de Rick, mon poids l'envoie contre les stores verticaux des portes coulissantes en verre menant à la terrasse. Ses bras battent l'air, ses mains s'accrochent aux stores, les déchirent. Je le coince contre une des portes.

Je fais un pas en arrière, toujours ficelé à la chaise, mais les mains libres. Je lui donne des coups de poing au hasard. Avant d'assommer Rick, en début de soirée, je n'avais jamais frappé personne de toute ma vie adulte – et c'était avec mon robot. À présent, je ne dispose que de mes mains nues : la douleur remonte dans mes bras et mes épaules, qui me font toujours souffrir après mon aventure sur le toit.

— Enfoiré ! crie Rick en passant à l'offensive.

La logique veut qu'un type ayant bossé des années sur des chantiers de construction, quand il n'était pas en prison à faire des haltères, ait plus de force qu'un écrivain rêvassant toute la journée devant un ordinateur. Lorsqu'il commence à me rouer de coups, ses bras ont l'air de pistons, et il n'a aucun mal à me propulser à travers la cuisine jusqu'à une série de placards qui vont du sol au plafond. Les pieds de la chaise les heurtent en premier, faisant tomber des boîtes de conserve.

Sarah continue à hurler.

Rick se baisse, m'attrape par la taille, me projette par terre avec ma chaise. Le martèlement reprend. Les coups de poing pleuvent sur mon menton, puis sur ma joue droite ; ils rebondissent sur mon front, écrasent mes lèvres. Le sang envahit ma bouche. C'est à peu près à ce moment-là que je perds connaissance.

Rien ne va. Vraiment, rien ne va…

Je suis vaguement conscient du crissement du ruban adhésif qu'on déroule et de la voix de Sarah :

— Zack ? Tu m'entends ? Zack ! Zack ! Parle-moi !

J'ai l'impression d'émerger d'un profond sommeil, sauf que pendant ma léthargie quelqu'un a démantibulé mon corps. Ma tête, affaissée sur mon torse, palpite, et je ne vois rien de l'œil gauche. Quant à la vision du droit, elle est toute floue.

— Zack, tu es là ? Il est dans l'autre pièce... Zack, qu'est-ce qui se passe ?

Je veux m'étirer, comme d'habitude quand je me réveille, mais peu de choses bougent. Mes jambes sont attachées, ma main gauche est emprisonnée contre mon flanc gauche. Seule ma main droite est libre.

La vision de mon œil droit s'améliore : je suis bloqué contre la table de la cuisine. Trouvant la force de soulever légèrement la tête, j'ai la confirmation que tout ce qui est arrivé n'est pas un mauvais rêve. Je suis toujours dans ma cuisine, Sarah est toujours ligotée à une chaise et me fait face. Moi aussi, je suis ligoté à une chaise.

Je souffre terriblement.

Je regarde Sarah, et tente de lui sourire, mais je n'arrive qu'à grimacer.

— Zack ? Zack, tu me comprends ? Tu m'entends ?

J'acquiesce, mais ce simple geste me fait un mal de chien.

— Qui est ce type ? Pourquoi veut-il nous tuer ? Qu'est-ce que c'est que ce registre dont il parle ? Qu'est-ce qui se passe, mon Dieu ?

Je marmonne :

— J'ai foiré. Dans les grandes largeurs.

— Comment ? Comment ça ?

— Le sac. J'ai pris le sac de cette femme au supermarché. J'ai cru que c'était le tien.

Je marque une pause.

— Grossière erreur.

Sarah enregistre mes révélations.

— Mon Dieu. Je portais mon sac banane. Tu voulais me faire la leçon et…

— Si seulement ce sac avait appartenu à quelqu'un d'autre ! N'importe quel sac sauf celui-là.

— Zack, reste éveillé. Il faut qu'on sorte d'ici. Ce type est cinglé. Il va nous tuer, même si tu lui donnes le registre qu'il réclame. La police l'a vraiment ? Sinon, donne-le-lui. Donne-lui tout ce qu'il veut.

— J'ai d'autres mauvaises nouvelles.

Elle retient son souffle.

— Lesquelles ?

— Je n'ai pas de cadeau pour ton anniversaire. Je sais, tu croyais que je préparais quelque chose, un genre de surprise. Mais je ne m'en suis pas encore occupé.

Ses yeux brillent et elle soupire :

— Ce n'est pas grave. Et puis c'est demain.

Je tente d'acquiescer.

— On cherchera quelque chose plus tard. Un truc sympa.

Elle s'efforce de garder son calme.

— Bien sûr.

— Après, on sortira dîner, on rentrera à la maison et on célébrera l'événement. Je vais bien, tu sais.

— Non, tu ne vas pas bien. Il faudra que tu consultes un médecin.

— Je parle de ma... enfin tu comprends... elle est tout à fait en état de marche. C'est juste que j'ai eu pas mal de soucis ces derniers temps.
— Salut ! dit Rick en rentrant dans la cuisine. C'est ça ?

Il laisse tomber sur la table un paquet de plusieurs centaines de pages. Je me dévisse le cou pour les voir.

— C'est ça quoi ? je demande.
— Le livre. Je furetais là-haut et j'ai vu ces pages tapées à la machine alors j'ai pensé que c'était ça.

Ce n'est pas franchement une découverte.

— Ouais, elles sont à vous. Allez les lire dans un coin.
— Nan, je vais les emporter. Mais dites-moi, comme le dernier chapitre manque, c'est quoi la fin ?

Je ferme les paupières pour chasser le sang qui goutte presque dans mes yeux.

— On apprend qu'il n'y a pas de Dieu.

Rick secoue la tête.

— Merde alors ! Vous parlez d'une surprise. J'aurais pu vous le dire.

27

— J'espère que vous ne m'en voudrez pas, mais je vais aussi emporter quelques-uns de vos jouets, annonce Rick en pointant le doigt vers mon bureau. Vous avez vraiment des trucs chouettes. J'adore votre destroyer Klingon et vous avez des petits vaisseaux spatiaux de *La Guerre des étoiles* super.

Il s'approche de moi.

— Je peux vous poser une question ?

Toujours ligoté à ma chaise, je relève faiblement la tête.

— Je vous écoute.

— À votre avis, lequel est le mieux ? *Star Trek* ou *La Guerre des étoiles* ?

Je regarde Sarah, ficelée à sa chaise de l'autre côté de la table. Elle en a déjà tellement vu que ces questions ne l'étonnent même plus.

— Et vous ? Vous préférez lequel ?

— *Star Trek*, je crois.

— Moi aussi.

— Vraiment ? Vous savez pourquoi je le trouve meilleur ? Un max de minettes en tenue. Au moins dans le premier. Dans *Star Trek Generations*, ils y sont allés plus mollo. Jusqu'au

Retour sur Terre, avec la nana borg qui avait une tenue super-moulante. Putain !

Soudain, comme s'il avait oublié quelque chose, il retourne à mon studio. Quelques instants plus tard, il revient avec ma maquette du vaisseau spatial en forme de soucoupe volante, le *Jupiter 2* de *Perdus dans l'espace*. Pour être exact, il fait semblant de le faire voler en le portant à quelques centimètres de ses yeux. Il ferme l'un, plisse l'autre, comme s'il imaginait le vaisseau fendant la galaxie.

— Bon, je prends celui-là aussi, mais il y a un morceau de cassé.

— C'est la porte. Il faut la recoller. Elle est sur l'étagère, à côté de là où se trouvait *Jupiter 2*.

Et le voilà reparti à sa recherche. Il réapparaît avec la porte et un petit flacon de colle liquide qu'il a vu sur ma table de modélisme.

— Je veux que vous le répariez, j'ai jamais été doué pour ce genre de trucs. Je mets toujours trop de colle et c'est le désastre.

— Je suis légèrement coincé, en ce moment.

— OK, je vais dégager votre main droite.

Il commence à ôter le ruban adhésif qui ligote mon poignet droit à la chaise.

— J'aurai besoin de mes deux mains, si je dois coller la porte et la maintenir en place.

— Vous me prenez pour un demeuré ? Vous pouvez y arriver d'une seule main. Je vais vous aider, et ensuite on parlera de la façon de retrouver ce registre pour M. Greenway.

Il dévisse le bouchon du flacon. De ma main libre, je pose la porte à l'envers pour appliquer la colle sur les parties qui seront en contact avec le vaisseau.

— Voici ce que je vous propose, dis-je à Rick en mettant quelques gouttes de colle sur la porte. Vous en saurez plus sur le registre si vous me permettez de vous raconter une nouvelle sur laquelle je travaille actuellement.

— Quoi donc ? Une autre histoire de science-fiction ?

— Non, celle-ci est un peu différente. Une sorte de roman policier autour d'une trahison.

— Ah ouais ? J'ai toujours aimé ce genre de truc. Vous pensez qu'un mec est votre ami, et ensuite vous découvrez qu'il est votre ennemi.

— C'est l'histoire d'un type qui se tape tout le sale boulot pour son patron, prend tous les risques, mais se fait rouler à la fin.

Rick ne me quitte pas des yeux.

— Continuez !

— Pour protéger son patron, il va même jusqu'à commettre des assassinats, vous voyez ?

Rick fronce les sourcils.

— Je ne vois pas en quoi ça pourrait m'intéresser.

— Vraiment ? Ça devrait. C'est vous qui m'avez inspiré cette histoire… Ah ! Appuyez sur la porte pour qu'elle soit bien en place et tenez-la encore quelques secondes… Dans cette nouvelle, vous êtes le personnage principal. Celui qu'on a trahi.

— Mon œil !

— Vous savez ce que m'a dit votre patron, Greenway ? Je ne sais pas quand c'était, je n'ai plus aucune idée de l'heure, mais un peu plus tôt dans la soirée, il m'a dit une chose très intéressante.

— Quoi ?

— « Et si on vous livrait Rick ? »

Ledit Rick tourne plusieurs fois sa langue dans sa bouche.

— Ça veut dire quoi, « si on vous livrait Rick » ?

— Il a dit : « Et si on vous livrait Rick pour les meurtres de Spender et de Stefanie ? On en fait le bouc émissaire et on vous donne ce que vous voulez. »

— C'est que des conneries.

— Tout à l'heure, dans son bureau, ça n'avait rien d'une connerie. Pour l'instant, je ne suis pas en situation de marchander, mais il y a deux heures j'avais votre patron et son copain Carpington à ma merci, et ils étaient prêts à tout me révéler pour rester en dehors de cette affaire. Greenway a ajouté que vous étiez une tête brûlée, que vous aviez tué ces gens, et il est clairement disposé à vous donner pour sauver ses fesses. En ce moment, il est dans la merde. Tout s'écroule autour de lui, et s'il peut éviter la prison en vous livrant aux flics, il ne s'en privera pas. Et vous savez que Roger suivra. Ce type recherche des arrangements à long terme.

— Que des foutaises !

— M. Benedetto lui aussi a trouvé que c'était une bonne idée. Il vient d'arriver au bureau ; je pense qu'ils sont en train de peaufiner les derniers détails pour vous faire porter le chapeau. Et si vous croyez qu'en nous tuant vous défendrez les intérêts de Greenway, je ne compterais pas sur lui pour vous protéger.

— Foutue merde ! s'exclame Rick en abattant son poing sur la maquette, qu'il brise en mille morceaux.

Sarah, bien que ligotée, sursaute si violemment que sa chaise se déplace de quelques centimètres.

Rick paraît calme maintenant et semble réfléchir. Il ne sait pas s'il doit me croire ou non. Mais, en fait, il l'a toujours pressentie, cette trahison. Lentement, la colère grossit. Bientôt, il va sortir sa batte et démolir encore une voiture.

— Ces sales connards, ils ne peuvent pas me faire ça.

— Vous croyez qu'ils hésiteraient ? Vous pensez...

On frappe à la porte à coups répétés. Nous tournons tous la tête vers la source du bruit. Rick s'approche du comptoir et saisit son couteau.

Sarah et moi, nous nous regardons. Ce n'est ni Angie ni Paul. Ils ont chacun une clé. Et même s'ils les avaient oubliées, ils ne frapperaient pas ainsi.

Les flics ? Il n'est pas impossible que la police ait compris que j'étais impliqué d'une façon ou d'une autre dans ce foutoir. Ils auront vérifié les derniers appels passés sur le téléphone de Stefanie Knight et noté les numéros. Découvert que l'un d'eux était celui de mon mobile, et voilà qu'ils veulent m'interroger sur ce que je sais du meurtre.

Je sais beaucoup de choses ! Demandez-moi tout ce que vous voulez ! Je suis prêt à parler !

— Ne bougez pas d'ici ! nous intime Rick.

Comme si on pouvait faire le moindre mouvement.

— Pas un bruit ! ajoute-t-il.

Mais doutant de notre obligeance sur ce dernier point, il coupe deux autres bandes de ruban adhésif. Il en plaque une sur ma bouche, l'autre sur celle de Sarah.

Les coups redoublent à la porte.

Rick sort en courant de la cuisine, avec son précieux couteau. De ma main droite, je détache la bande de ma bouche. Sarah roule des yeux comme pour dire : « Ce type ne peut donc rien faire de bien ? »

Rick atteint l'entrée. Il doit regarder par la vitre jouxtant la porte pour voir la tête du visiteur.

Je l'entends tourner le verrou. En tout cas, c'est quelqu'un qu'il accepte de laisser entrer. Je commence à retirer les bandes qui me lient à ma chaise.

— Monsieur Benedetto, dit Rick, froidement.

— Rick ! dit M. Benedetto tandis que la porte se referme. M. Greenway a pensé que vous seriez ici pour vous occuper de certaines affaires.

— Ouais.

Il y a tellement de bandes superposées que j'ai du mal à m'en défaire. Je m'attaque d'abord à ma main gauche.

— Nous avons un petit problème, et comme vous êtes débrouillard, nous avons songé que vous pourriez nous donner un coup de main. M. Greenway et M. Carpington sont dans la voiture, et tous deux sont menottés.

— Quoi ?

Dans l'esprit de Rick, « menottes » signifie flics. Il comprend que la situation a évolué et qu'on ne l'a pas tenu au courant :

— Alors c'est vrai !

— Qu'est-ce qui est vrai, Rick ?

— Les flics les ont coincés. Et ils vont négocier. Qu'est-ce que la flicaille vous a dit ? Que si vous veniez ici pour m'alpaguer, ils se montreraient arrangeants ?

J'enlève une bande adhésive de mon poignet gauche. J'ai l'impression qu'il ne reste plus qu'une couche. Tout en la détachant, je remue le poignet afin d'avoir suffisamment de jeu pour libérer ma main.

— Je crains de ne rien comprendre à ce que vous me dites, Rick. Mais auriez-vous l'obligeance de me faire part de ce qui se passe ici. M. Walker est là ? Avez-vous récupéré le registre ?

— Walker m'a raconté ce que vous manigancez. Vous allez me livrer pour le truc de Spender. Et pour Stefanie. Vous savez que j'y suis pour rien.

— Je continue à ne rien comprendre à ce que vous me dites, Rick. Pourriez-vous sortir et nous aider ?

Je libère enfin ma main gauche. Mais je suis toujours ligoté à la chaise et mes chevilles restent entravées.

— Vous aider ? répète Rick, soudain plus calme. Bien sûr. J'ai des outils dans mon coffre. Venez avec moi, je vais vous montrer. J'ai des tas de trucs.

La porte s'ouvre puis se referme. On n'entend plus une voix dans la maison.

Je regarde Sarah.

— Il est sorti.

Elle hoche furieusement la tête, ses yeux remplis d'espoir au-dessus de la bande adhésive.

— Si j'arrive jusqu'à la porte, j'ajoute, je la ferme à clé.

Toujours lié à ma chaise, je me penche en avant et progresse sur la pointe des pieds, un peu en déséquilibre. Je prends appui sur la table pour arracher la bande adhésive de la bouche de Sarah.

— Fais vite ! murmure-t-elle.

J'essaie de sautiller, mais je tombe. En me servant de mes bras, j'arrive néanmoins à progresser. Je me traîne sur le lino de la cuisine, atteins la moquette de l'entrée avec sa thibaude de luxe. Le temps me manque pour tenter de m'asseoir, retrouver mon équilibre et sautiller de nouveau. Alors, je me contente de me traîner, essayant de prendre appui sur mes orteils. La moquette me brûle les coudes, et si mes genoux pouvaient crier, ils ne s'en priveraient pas. Le verrou n'est pas fermé. Encore un mètre ou deux. Encore un petit effort.

J'arrive à la porte et, me couchant sur le côté, toujours ligoté à ma chaise, je tends le bras et tourne le loquet.

Je crie à Sarah :
— Il est fermé !
— Formidable !
— Tu peux arriver au téléphone ?
— Je vais essayer.

J'entends le bruit de sa chaise qu'elle déplace par petits bonds.

Je tente de suivre par l'étroit panneau vitré qui borde la porte du sol au plafond ce qui se passe à l'extérieur en me démanchant le cou. Le soleil est apparu à l'horizon et j'y vois très bien.

La Coccinelle de Stefanie est toujours au milieu du jardin. Greenway et Carpington, toujours menottés, sont appuyés contre la BMW de Benedetto, garée le long du trottoir. De là où je me trouve, j'ai du mal à apercevoir la Camry de Sarah et la voiture de Rick parquée derrière. Greenway et Carpington regardent attentivement du côté de la voiture de Rick. Carpington est soudain tellement épouvanté qu'il se met à descendre en courant Chancery Park vers Lilac. Greenway hurle, secoue la tête pour dire non et donne un ordre à Rick. Un truc du genre : « Laisse-le sortir ! »

De toute évidence, Quincy est maintenant bien éveillé.

Rick apparaît dans mon champ de vision, brandissant son couteau. Il saisit Greenway par l'épaule et l'entraîne vers l'entrée. Il s'empare de la poignée et pousse comme s'il s'attendait à ce que la porte s'ouvre. Elle résiste. Il hurle, en la frappant du plat de la main :

— Ouvrez cette putain de porte !

Sarah m'appelle :

— J'y suis presque ! Mais je n'arrive pas à libérer mes mains.

— Walker ! Ouvrez ! Ouvrez cette porte !

Il donne deux coups de pied dedans, mais elle ne bouge pas. Puis il s'attaque au panneau en verre qui se fendille légèrement.

— T'es mort ! Dès que j'entre, t'es mort !

Il disparaît.

Il tourne autour de la maison en courant, cherchant un autre accès. Je l'entends essayer les portes du garage, mais elles sont également fermées à clé. Au bout de quelques secondes, Sarah s'exclame :

— Il est là !

Elle veut sans doute parler des portes en verre coulissantes, mais elles aussi sont bouclées. Va-t-il essayer de les briser ?

J'ai beau me trouver à l'autre bout de la maison, les coups de couteau que donne Rick contre les panneaux de verre et ses menaces proférées à tue-tête me parviennent :

— Je vais vous découper vos putains de cœurs !

— Zack ! crie Sarah.

— Quoi donc ?

— L'échelle ! Il grimpe à l'échelle !

Oh non ! L'échelle que j'ai laissée appuyée à l'arrière de la maison afin de recalfeutrer régulièrement la fenêtre de notre chambre ! Je parie qu'elle est ouverte. La nuit, on ne la ferme pas, pour profiter de l'air frais. Avec son couteau, le store ne lui posera aucun problème.

— Zack ! Il est à notre fenêtre. Il va entrer !

Je tente de remuer, les pieds de la chaise s'enfonçant de biais dans la moquette. Une pensée morbide me traverse l'esprit : Sarah va l'entendre me tuer avant qu'il ne s'attaque à elle. L'escalier mène dans l'entrée, donc Rick tombera sur moi en premier. Sarah devra m'écouter hurler tandis qu'il m'ouvrira en deux. Je me demande s'il y a un moyen de faire face à la mort avec un minimum de dignité. Si j'évite de crier, les derniers moments de Sarah seront-ils moins terrifiants ? En cet instant, je ne peux rien lui offrir de plus : qu'elle meure en sachant que je n'ai pas trop souffert. Et que ça n'aura pas duré trop longtemps. Pas terrible comme cadeau d'anniversaire, mais c'est tout ce que je peux faire.

— Il est entré ! Il est entré !

Elle n'a pas besoin de me le dire. L'irruption de Rick dans notre chambre s'est accompagnée d'un fracas énorme. Notre commode étant sous la fenêtre, il a accroché au passage une lampe qui a valdingué par terre.

Je l'entends glousser :

— Vos cœurs ! Je vais les bouffer, bordel !

Je pense à Paul et à Angie, à combien je suis désolé de leur infliger cette tragédie Qui s'occupera d'eux ? Mon père ou les parents de Sarah ? À moins que le deuil ne fasse grandir Angie, et qu'elle puisse veiller toute seule sur Paul et assurer à ses grands-parents qu'elle est capable de se débrouiller sans eux ?

Ça serait bien son genre d'essayer. Solide et fière, elle se sentira obligée comme par une dette d'honneur de veiller seule sur son petit frère.

Rick est sorti de la chambre et fonce dans le couloir. Son ombre se projette sur les plus hautes marches.

C'est la fin.

— Sarah !

Ce n'est pas un cri. Je souhaite seulement prononcer son nom. Et lui demander pardon une ultime fois.

— Je suis désolé !

Rick vole dans l'escalier. Je ne veux pas dire qu'il descend à toute vitesse, trois ou quatre marches à la fois. Non, il plane littéralement.

Sa tête précède nettement son corps. Ses bras sont allongés, il tend devant lui son couteau, qu'il tient dans la main droite. Ses pieds ne reposent sur rien. S'il portait une cape, on pourrait dire qu'il flotte en fendant l'air.

Il ouvre la bouche, totalement ahuri. Il est évident qu'il n'avait pas prévu de descendre l'escalier de cette façon. Et le voici qui bat des bras, qui donne des coups de pied dans le vide, qui tente de reprendre l'équilibre, de retrouver une assise.

Il continue de tomber. D'abord, sa main droite heurte une des marches basses ; son coude craque, faisant pivoter le couteau vers sa poitrine. Mais c'est son cou qui entre en contact avec la lame, dirigée droit vers sa jugulaire. Le poids de son corps l'enfonce profondément. Sa bouche s'ouvre toute grande, mais aucun son n'en sort.

Il termine sa chute, bras et jambes pliés selon des angles irréels. Le sang jaillit de son cou, comme d'une fontaine. Une mare s'étale entre la deuxième et la dernière marche.

Dévalant l'escalier telle une arrière-pensée, telle la suite d'une blague qu'on croyait terminée, apparaît le sac à dos de Paul. Il rebondit une ou deux fois avant de finir sa course contre la tête ensanglantée de Rick.

28

Le livreur de journaux du quartier fait son apparition peu après. Il rebrousse chemin avant d'avoir atteint notre porte. Comment lui en vouloir ? Voici ce qu'il trouve :

Sur notre perron, un homme menotté assis.

Sur la pelouse, une Coccinelle abandonnée, portière du conducteur ouverte, moteur tournant au ralenti.

Depuis l'intérieur de la maison, des hurlements de femme, les appels au secours d'un homme.

Provenant du coffre d'une petite voiture garée dans notre allée, des cris encore plus perçants. Sans doute masculins.

Le livreur de journaux (il n'y a presque plus d'adolescents désormais ; les journaux doivent être ramassés au milieu de la nuit, livrés avant six heures et, qui plus est, nul ne souhaiterait qu'un adolescent assiste à un tel spectacle) retourne à sa voiture et appelle à l'aide sur son portable.

Quel cirque !

En moins de cinq minutes, deux voitures de police et une ambulance entrent en scène.

Quand arrivent les infirmiers qui, m'a-t-on dit, reconnaissent sans difficulté notre maison, le livreur de journaux commence par les diriger vers le coffre de la voiture. Mais Don Greenway, toujours menotté et toujours assis sur notre perron, leur conseille de ne pas ouvrir le coffre et d'appeler plutôt quelqu'un du zoo.

Je parviens à me soulever suffisamment pour ouvrir le verrou et laisser entrer tout le monde. La police en premier, qui avec force coups d'épaule me dégage du chemin, incapable que je suis de bouger, toujours ligoté à ma chaise. Ils font à peine attention à moi dès qu'ils voient Rick au pied de l'escalier, cadavre beaucoup plus convaincant que je ne l'ai été au même endroit il y a fort longtemps.

À cet instant, ils pensent que celui qui a tué Rick doit être la même personne qui m'a ligoté à la chaise, mais peu à peu la vérité commence à émerger. Je leur demande de s'occuper de ma femme, enfermée dans la cuisine. Un policier se précipite, tandis qu'un autre reste à mon côté pour savoir s'il y a quelqu'un d'autre dans la maison, et des blessés.

Pendant qu'il coupe mes liens, je lui explique :

— Il y a un type dans le coffre, mais c'est peut-être trop tard pour lui. Il y en a un autre qui n'est pas blessé mais qui court dans le voisinage, les mains menottées dans le dos.

— On a déjà un type avec des menottes.

— Ça, c'est le second. C'est une longue histoire.

Enfin libre de mes mouvements, je file à la cuisine, où Sarah est maintenant debout, et nous nous jetons dans les bras l'un de l'autre et commençons à pleurer. Je la serre longtemps contre moi.

— Maman ? Papa ?

C'est Paul qui nous appelle depuis le jardin. La police lui barre le passage. Nous fonçons tous les deux pour l'embrasser, tellement heureux d'être tous vivants – sauf que Paul n'a aucune raison de penser que notre survie est une chose extraordinaire.

— Qu'est-ce qui se passe ? me demande-t-il. Bon sang, qu'est-ce qui est arrivé à ton visage ?

— Tu es un héros, dis-je en le prenant de nouveau dans mes bras, et tu ne le sais même pas.

— Quoi ?

À l'extérieur, la confusion est totale. Il y a au moins une demi-douzaine de voitures de police, trois ambulances, une voiture de pompiers au cas où, deux gros 4 × 4 dont les flancs arborent les sigles de stations de télévision. Tous nos voisins sont sortis de chez eux et se tiennent dans leur jardin, fascinés. C'est la première fois que je vois la femme au peignoir fleuri sans un tuyau à la main.

Trixie a du mal à se frayer un chemin jusqu'à nous.

— Dieu du ciel ! C'est l'émeute !

— On dirait. J'aimerais que tu me rapportes le registre.

Elle acquiesce et retourne chez elle. Earl se tient de l'autre côté de la rue, appuyé contre son pick-up. Nos regards se croisent et il hoche la tête comme pour dire : « Je suis content que tu t'en sois sorti, l'ami, mais si ça te gêne pas, je préfère rester de ce côté-ci de la rue, tant que les flics sont dans les parages. » Ce qui me convient parfaitement.

Sarah attrape un infirmier qui passe à sa portée :

— Mon mari a été blessé.

Je le reconnais : il est venu à la maison lors de l'incident du sac à dos. S'en souvient-il ? En tout cas, il ne le montre pas. Mais c'est vrai que mon visage est tellement tuméfié et ensanglanté qu'il est méconnaissable.

Pour finir, on nous emmène tous les deux à l'hôpital. Bien que Sarah n'ait aucune plaie visible, ils veulent l'examiner à fond. Je demande à Paul de contacter Angie pour lui dire que nous allons bien.

— À ton avis, elle pense que nous n'allez *pas* bien ? réplique-t-il.

— Dis-lui aussi de ne pas se soucier d'aller en cours aujourd'hui. Et quand elle arrivera, demande à un policier de vous emmener tous deux nous rejoindre à l'hôpital.

Sarah s'en tire avec juste quelques brûlures aux poignets dues au ruban adhésif. Un peu plus tard, la direction de l'hôpital annoncera à la presse qu'elle est « dans un état satisfaisant », mais je ne suis pas convaincu. Nul ne sort d'une situation pareille « dans un état satisfaisant ». Cette nuit, les cauchemars commenceront et la hanteront pendant très, très longtemps.

Je donne beaucoup de mal aux médecins et aux infirmiers. On me pose des points de suture à trois endroits du visage ; mon œil gauche a la taille d'un œuf et la couleur d'un pruneau, et tout un assortiment de bleus consécutifs à ma bagarre avec Rick et à mes reptations avec ma chaise sur le dos ornent mon corps.

La police nous interroge séparément. Inutile de préciser que Sarah n'a pas grand-chose à déclarer, n'étant au courant de presque rien. En revanche, vider mon sac face à plusieurs inspecteurs dont mon ami Flint prend beaucoup plus de temps.

Des heures et des heures.

Je commence au début, quand j'ai pris le sac de Stefanie Knight par erreur. Je leur explique toute l'histoire du Domaine des Vallées-Boisées. Le chantage fait à Carpington, le meurtre de Spender, comment Stefanie s'est offerte sur l'autel du sexe. À propos, ils ont trouvé Carpington au bord de la Willow Creek, écoutant le gazouillis de l'eau, et quand deux policiers se sont approchés de lui, il s'est tourné vers eux, leur a souri et a déclaré : « C'est ravissant ici, non ? On ne devrait jamais construire de maisons dans ce coin. »

La police me pose une question précise : Ai-je tué Stefanie Knight ?

Je réponds non.

Puis : Est-ce que je sais qui a tué Stefanie Knight ?

Je dis que, sans en être certain, je parierais sur Rick, sa violence étant sans limites.

Ils m'apprennent que son vrai nom était Richard Douglas Knell, qu'il avait trente-huit ans et que, s'il avait passé une grande partie de sa vie sur des chantiers de construction, il avait aussi séjourné « à l'intérieur » (l'endroit où il s'adonnait à la lecture) pour avoir donné un coup de pied dans la tête d'un gars à l'extérieur d'un bar, six ans auparavant. Il aurait été condamné à une peine plus lourde s'il n'avait pas prouvé qu'il était, jusqu'à un certain point, en état de légitime défense. Libéré, il était retourné travailler pour Don Greenway, qui avait été son patron auparavant et qui avait su tirer parti de ses talents de persuasion très poussés.

— Il aimait les serpents, dis-je.

Mes interrogateurs en conviennent. Hélas, Quincy n'est plus de ce monde. Quand les policiers ont ouvert le coffre de Rick, ils ont constaté que le serpent avait déjà étouffé M. Benedetto et qu'il procédait à son ingestion. Il n'en était qu'à ses genoux. Lorsque, pris de panique, les flics ont compris à quoi ils avaient affaire, ils ont vidé plusieurs chargeurs dans le serpent, tout en s'efforçant de ne pas trop abîmer le corps de M. Benedetto, et en n'amochant finalement que ses chaussures. Plus tard, ils se sont demandé en privé ce qu'ils auraient trouvé de M. Benedetto s'ils avaient tardé à ouvrir le coffre. Le python aurait-il réussi à avaler le corps en entier ? Ç'aurait été un truc à voir, c'est certain.

Les policiers veulent savoir si j'ai d'autres suspects sur ma liste.

Bien sûr, il y a Greenway. Stefanie avait selon toute vraisemblance décidé de quitter le coin en emportant des réserves d'espèces faites maison, ainsi que le registre qu'elle se proposait d'utiliser pour de futurs chantages et le rouleau de pellicule. Détenait-elle cette pellicule parce qu'elle en avait marre de jouer un rôle aussi minable ou bien parce qu'elle n'avait pas eu le temps de la confier à Greenway pour qu'il la fasse développer ? Je me demande à quel labo il s'adresse. Mindy le fait en une heure pour 6,99 dollars le rouleau de vingt-quatre poses, avec une série de tirages supplémentaires pour 2 dollars.

Je promets aux flics de leur donner les négatifs, toujours dissimulés dans ma maquette du *Seaview*, ainsi que le registre.

Le nom d'Earl n'est jamais mentionné. Aux yeux de la police, j'ai envahi seul le bureau du Domaine des Vallées-Boisées. Je ne compte pas non plus impliquer Trixie. Tant pis si la police garde l'impression que j'ai une passion coupable pour les menottes. Plus tard, je compare avec Sarah les questions qu'on lui a posées, et elle me demande :

— Quand as-tu cessé de collectionner les maquettes de science-fiction pour t'intéresser aux menottes ?

Lorsque la police décide enfin de m'autoriser à rentrer chez moi, étant bien entendu qu'ils auront à m'interroger à nouveau, et sans doute plusieurs fois, je leur suggère, comme une sorte d'arrière-pensée :

— Vous pourriez jeter un coup d'œil dans les voitures de Carpington et de Greenway. Elles ne devraient pas renfermer de serpents. Et puis, sait-on jamais, vous risquez de trouver quelques trucs intéressants.

— C'est déjà fait, réplique l'inspecteur Flint.

Je me demande si je vais être inculpé de quelque chose. Ils ont l'embarras du choix :

ne pas avoir signalé immédiatement la mort de Stefanie, avoir entravé l'enquête, et je ne sais quoi encore. Mais, en général, ils prennent leur temps, et s'ils veulent me poursuivre, ça n'arrivera pas avant des mois et des mois.

En revanche, ils ne perdent pas de temps pour en inculper d'autres. Greenway, qui n'a pas pris la peine de s'enfuir ce matin-là, sachant que la partie était finie, a attendu les flics venus l'arrêter.

De même pour Roger Carpington deux jours plus tard : à grand renfort de publicité, il est accusé du meurtre de Stefanie Knight.

Dans le coffre de sa voiture, la police a trouvé une bêche ensanglantée. Après un test ADN, les flics ont conclu sans l'ombre d'un doute qu'il s'agissait du sang de Stefanie Knight.

Il faut du temps pour que la vie reprenne son cours normal. Les patrons de Sarah lui ont dit de s'octroyer autant de vacances qu'elle le voulait, donc environ une semaine. D'ici sept jours au plus, ils vont l'appeler : « Ça va, la forme ? Si tu revenais, ça te ferait du bien de travailler sur des histoires de meurtre et de voies de fait. Ça te changerait les idées, tu ne crois pas ? »

Moi, je dois m'occuper des histoires d'assurances. Nous avons perdu une voiture. Un gros trou est apparu dans le mur de la cave, conséquence du coup que j'ai donné avec le trépied. Enfin, il nous faudra prendre en compte la moquette lugubrement tachée de sang, après la chute de Rick sur sa lame.

Il y a d'autres dégâts que les experts des assurances ne sont pas habilités à traiter.

Sarah refuse de me parler.

Elle reste présente pendant que je me remets de mes blessures. Elle me prépare du thé, m'apporte des poches de glace ou des verres d'eau pour avaler mes Advil. Mais elle n'a rien à me dire, et je ne lui en veux pas. À force de fouiner à droite et à gauche, j'ai failli nous faire tuer tous les deux. Et faire de nos enfants des orphelins.

Eux non plus ne sont pas très contents de moi, mais ils sont surtout contrariés du silence qui s'est instauré entre leur mère et moi. Ou, plus exactement, que leur mère ne m'adresse plus la parole.

— Je vais lui en toucher un mot, m'annonce Angie.

— Merci, ma chérie, mais je pense que ça prendra un moment.

— Combien de temps ?

Ce soir-là, quand je me glisse dans le lit près de Sarah, elle éteint la lumière, me tourne le dos et tire la couverture jusqu'au menton. Je fixe le plafond sans parvenir à m'endormir et je me mets à réfléchir à des choses qui ne devraient plus me concerner. À mes yeux, tout est bel et bien terminé, et pourtant...

Roger Carpington. Il a été inculpé de meurtre. Ils ont trouvé la pelle dans son coffre.

Je l'ai vue, cette pelle. Elle gisait à terre près du corps de Stefanie Knight. Comment a-t-elle atterri dans le coffre de Carpington ?

Peut-être est-il revenu après mon départ. Peut-être a-t-il eu peur d'avoir laissé ses empreintes dessus. Il serait repassé, se serait glissé à l'intérieur, aurait pris la pelle pour la jeter dans son coffre ?

Ce n'est pas impossible.

Sauf qu'à l'heure où j'ai quitté la maison de Stefanie Knight se tenait une réunion du conseil municipal d'Oakwood. Quand j'avais téléphoné chez Carpington, sa femme m'avait dit que cette réunion avait commencé à dix-huit heures trente. Il aurait donc fallu que le conseiller présente ses excuses en plein milieu de la séance, traverse la ville en voiture, récupère la pelle, retraverse la ville en sens inverse et réintègre le conseil.

Carpington n'a pu s'emparer de la pelle ni après la réunion ni après ma visite, puisque la police était déjà sur les lieux. De plus, Sarah m'a téléphoné pendant que j'étais avec la prof de sciences de Paul – Mme Winslow ou Wilton ? – et m'a appris qu'elle avait envoyé un journaliste sur la scène du crime...

Le lendemain matin, après une nuit presque blanche, j'appelle le greffier de la municipalité :

« Roger Carpington a-t-il quitté la dernière séance du conseil pendant un bon moment ?

— Monsieur Walker, je ne sais si je dois vous répondre. L'affaire est entre les mains de la police.

— Ce n'est qu'une simple question. A-t-il été présent pendant toute la réunion ou s'est-il absenté ? »

Le greffier soupire.

« Il n'a pas quitté la salle.

— Je vous remercie. »

Je téléphone à mon excellent ami l'inspecteur Flint pour lui communiquer l'information. Il n'est pas étonné de mon appel :

— Monsieur Walker, vous en avez vraiment fait plus qu'assez. Nous pouvons mener l'enquête sans l'aide de personne, merci beaucoup.

— Mais pour la pelle ? Je l'ai vue de mes propres yeux. J'étais dans le garage et je l'ai bien vue.

— Alors, vous vous êtes trompé sur l'heure. Vous étiez sans doute chez elle plus tôt que vous ne le pensez... Écoutez ! Une fois encore, nous vous remercions de votre aide mais nous tenons notre homme.

Autant laisser tomber.

Il est possible que je me sois emberlificoté dans les heures. Ou alors qu'il y ait eu un second tireur sur la pelouse, et donc une seconde pelle.

Est-ce que c'est vraiment important ?

Carpington est une crapule. Tant qu'à faire cinq ans de tôle pour corruption, qu'il prenne cinq ans de rab pour meurtre, après tout, ça ne devrait me faire ni chaud ni froid.

Dans la cuisine, je suggère à Sarah que nous devrions partir. Confier nos enfants à ses parents et passer une ou deux semaines quelque part. Louer une villa. Ou aller à New York – elle pourrait utiliser ses relations avec les gens de la rubrique « Spectacles » pour nous obtenir des places de théâtre ou de comédie musicale. Ou faire un saut en Europe : pourquoi pas une semaine à Londres ou, mieux encore, à Paris ? Ça ne la tente pas ? Tom Darling pense que les ventes de la suite du *Missionnaire* seront meilleures que prévu, grâce, j'ai le regret de le dire, à tout le tintouin fait autour de mon nom. On va donc toucher un peu d'argent supplémentaire.

Sarah ne répond rien et quitte la pièce.

J'aimerais donner une petit fête. Bon, une « fête » est un mot trop fort. Mais je veux faire quelque chose pour Trixie et Earl. Les inviter à prendre un verre. J'en parle à Sarah.

Sa réponse est claire :

— Alors comme ça, on va organiser une fête en l'honneur d'un cultivateur de marijuana et d'une pute ?

— À ma connaissance, elle se contente de ligoter et de fouetter ses clients, elle ne baise pas avec eux.

— Mille excuses. Je vais sortir notre plus beau service.

Mais pour finir elle fait vraiment bonne figure. D'une certaine façon, elle comprend qu'étant dans la panade j'aie dû trouver une porte de sortie, et que Trixie et Earl, si bizarre que cela puisse paraître, m'ont aidé quand j'en ai eu le plus grand besoin. Nous les invitons donc pour le mercredi suivant, pas trop tard. Trixie nous explique qu'elle a une séance à neuf heures qui demande beaucoup de préparation. Costumes et compagnie. Sarah prépare des lasagnes et nous débouchons quelques bouteilles de vin.

Au départ, Earl a refusé l'invitation. Il a été heureux de me prêter main-forte, mais il n'est pas à l'aise à l'idée de venir chez nous. Il sait que Sarah est furieuse. Je lui force un peu la main, lui rappelant que jusqu'à maintenant je n'ai pas mentionné son rôle à la police. Et ce n'est ni Greenway, ni Carpington, ni leurs avocats hors de prix qui vont moucharder.

Trixie s'était également montrée réticente et m'avait demandé :

— Sarah est au courant de mes occupations ?
— Oui.
— Et tes gosses ?
— J'en suis moins sûr. Je ne leur en ai pas parlé franchement. Mais ils ne sont pas idiots. Je ne veux pas que tu te vexes, mais tant que tu n'es pas leur conseiller pédagogique, ça ne pose pas de problème.

Earl et Trixie viennent donc. Ainsi que quelques voisins, ceux qui étaient sur le trottoir le matin où tout s'est terminé. Nous avons pensé qu'ils aimeraient savoir à quoi on ressemble sans un escadron de voitures de police devant chez nous. Nous faisons connaissance des occupants de la maison située entre celle de Trixie et la nôtre, les Peterson, un couple qui tient les manettes d'une station de télévision évangéliste. Évidemment, je meurs d'envie de leur apprendre comment nos voisins communs gagnent leur vie, mais je m'en abstiens.

On ne s'assied pas à table. C'est décontracté. Chacun prend un verre, une assiette qu'il remplit d'une portion de lasagnes et de salade, avant d'aller se poser où il veut. Dans la cuisine, devant la télé, où ça lui chante.

J'entends Trixie demander à Sarah dans la cuisine :

— Vous êtes retournée travailler ?

— Après une semaine de congé, je bosse à nouveau. Mais Zack et moi songeons à partir en vacances.

J'arrête de mastiquer pour mieux prêter l'oreille.

— On va louer une villa ou passer une semaine à Paris.

— Fabuleux ! s'exclame Trixie.

Je suis bien d'accord avec elle.

Earl, qui s'approche de moi, m'empêche d'entendre la suite. Il y a un peu de sauce tomate sur la cigarette qu'il fume.

— Tu es certain de m'avoir tenu en dehors du coup ?

— Jusqu'à présent, oui. Mais qui sait, si un jour j'y suis obligé...

Earl hausse les épaules.

— Voilà, je pense me tirer d'ici. Que les Asiatiques cherchent quelqu'un d'autre pour faire tourner la boutique. Je ne suis pas le proprio. Je peux m'en aller. Il est plus que probable que, le jour où tu seras obligé de parler, j'aurai quitté le secteur.

Je souris. Tout ce que je trouve à dire, c'est :
— Ouais.

Angie passe à côté de moi et me caresse l'épaule. J'ai remarqué que mes deux enfants ont multiplié les contacts physiques dernièrement. Un baiser par ici, une tape dans le dos par là. Je lui effleure les cheveux quand elle est à ma portée.

Paul s'avance, avec une assiette pleine de lasagnes et deux petits pains.

— Le héros du moment ! dit Earl.

Mon fils affiche un large sourire.

— Pour une fois, je n'ai pas été enguirlandé parce que j'avais laissé mon sac à dos sur le palier du haut.

Earl émet un peu de fumée, avale un morceau de pain.

Paul lui demande :

— Vous allez encore m'aider avec le jardin ? Il se peut que je plante des rosiers.

— Je ne sais pas, vieux. Je ne sais pas si ton père est si content que ça de te voir en ma compagnie.

Quand les choses se sont calmées, j'ai révélé aux enfants la façon dont Earl gagnait sa vie.

« Écoute, papa, ils vont la légaliser, la beuh, un jour ou l'autre », m'ont-ils répliqué.

Je ne suis pas très à l'aise.

— Je crois qu'Earl songe à s'en aller, je dis à Paul. Il va peut-être falloir que j'apprenne un peu à jardiner. Ou alors tu feras le prof et je me contenterai de pousser la brouette.

— Papa, il y a une chose dont je veux te parler.

Je lui jette un coup d'œil méfiant.

— De quoi ?

— De mon point de vue, c'est grâce à moi que toi et maman êtes toujours vivants. Je pense donc mériter une sorte de récompense, hein ?

— Quelle sorte ?

— Mon tatouage...

— Pas question.

— Écoute ! Si ce type – et il marque une pause – vous avait tués, j'aurais pu avoir mon tatouage de toute façon.

— Hélas ! les choses ne se sont pas passées comme ça.

Il se vexe. Il ne voulait pas dire ça, et je regrette immédiatement ma mauvaise blague.

— Papa, se plaint Paul, tu déformes ce que je dis. Je ne peux pas en avoir un ? Tu te souviens, je t'ai raconté que des tas de gens que tu connais en ont, et ce ne sont pas des crapules. Comme M. Drennan, mon prof de maths.

— Je ne le connais pas.

— Et Earl, alors ? Il en a un. Tu trouves que c'est une crapule ?

Le sourire d'Earl disparaît.

— Paul, ne me mêle pas à vos histoires. C'est strictement entre ton père et toi.

— Mais c'est un fait, vous avez un tatouage, vous parlez avec mon père et je ne crois pas qu'il vous estime moins à cause de ça.

— Bien sûr que non, dis-je à Paul. Mais Earl est un adulte, et pas toi.

— Allez, montrez-le-lui, implore Paul.

— Je n'en ai pas très envie, déclare Earl.

Paul se tourne vers moi.

— Il est super cool, et pourtant je ne l'ai vu qu'une fois. Earl, vous vous souvenez, on plantait ces arbustes, et ce jour-là vous avez enlevé votre chemise tellement on crevait de chaud.

Il a éveillé ma curiosité.

— Earl, c'est quoi ? Je parie que c'est une femme nue !

— Non, répond Paul. C'est encore plus cool. C'est une montre.

Earl tire longuement sur sa cigarette.

— Earl, dis-je, autant me la montrer. Sinon Paul va t'enquiquiner jusqu'à ce que tu t'exécutes.

Earl pose son assiette de lasagnes sur le comptoir et remonte lentement la manche droite de son sweat-shirt noir. Il dénude son épaule et retire sa main.

C'est bien une montre. Mais pas une montre normale. Une montre de gousset, sans bracelet, et une montre molle, comme celle de Dalí.

Il nous laisse la regarder un instant puis redescend sa manche.

— Ça c'est quelque chose, je m'écrie, et les yeux d'Earl croisent les miens.

29

— Tu viens te coucher ? demande Sarah.

Rien dans sa voix n'indique qu'elle réclame ma présence dans un autre but que ma compagnie. Ces jours-ci, Sarah n'a nullement envie de dormir seule.

Il est minuit passé. Nos invités sont partis depuis des heures. Comme je l'ai dit, Trixie a dû aller travailler et Earl s'est éclipsé plus tôt que prévu. Je suis dans mon bureau quand Sarah apparaît à ma porte, une main appuyée contre le chambranle. Elle porte une longue chemise de nuit ornée d'une grande image de Snoopy s'exerçant au karaté.

— Bientôt, je réponds.

Je consulte un épais dossier plein de coupures de presse.

Elle se tourne pour partir.

— Très bien.

— Je t'ai entendue dire à Trixie…

Sarah s'arrête net.

— … qu'on allait sans doute partir. En voyage.

Sarah se tait un moment.

— Sans doute.

— C'était juste une façon de parler ou t'en as envie ?

Elle serre les lèvres, se passe une main dans les cheveux.

— Je ne sais pas. Parfois ça me tente. Je cesse de t'en vouloir à mort pendant un certain temps et l'idée me plaît. Et puis je suis à nouveau furieuse contre toi et je n'y pense plus.

Je hoche la tête, toujours assis tandis qu'elle demeure sur le seuil, et une minute s'écoule.

— Et si on pouvait récupérer notre maison ? je suggère.

— Comment ?

— Et si on pouvait récupérer notre ancienne maison ? Retourner en ville ?

— De quoi tu parles ?

— De déménager. De retrouver notre ancien quartier. Pas forcément la même maison. Mais dans le quartier, sur Crandall ou dans une rue toute proche. On pourrait à nouveau faire nos courses chez Angelo, où tu achèterais tes cannolis, et les enfants retourneraient à leur ancienne école. Ça serait comme si on n'avait jamais vécu ici...

Sarah se mord les lèvres et détourne le regard. Puis elle s'essuie le coin de l'œil du bout de l'index.

— Je pourrais appeler quelqu'un, faire estimer cette maison, la mettre en vente, voir ce qu'on peut en tirer. On sera sans doute obligé d'emprunter, là-bas les maisons sont plus chères qu'ici, mais je pourrais toujours aller bosser dans un journal. M'occuper de la rubrique locale, prendre des photos, enfin tu vois.

Sarah renifle, avance d'un pas hésitant vers moi, puis de deux autres. Quand elle est à portée de main, je me penche, glisse mes bras autour de ses cuisses, appuie ma tête contre son ventre. Pendant un moment, nous demeurons ainsi sans bouger.

— Ce n'est pas ici que nous allons accumuler de bons souvenirs, dis-je. Et je suis persuadé que l'avenir nous en réserve des montagnes.

Sarah acquiesce, renifle encore une fois, regarde le dossier de coupures étalé sur mon bureau.

— Qu'est-ce que tu fabriques ?
— Rien de particulier. Va donc te coucher, je te rejoins bientôt. Demain matin, on reparlera de tout ça.

Dès qu'elle s'éloigne, je ferme la porte et regagne mon bureau où j'ouvre mon dossier. Quand j'ai réuni ces coupures de presse, dans le but d'écrire un jour un livre sur cette affaire, je les ai classées par ordre chronologique.

Le premier article, daté du 9 octobre, est intitulé : « *La police ratisse le voisinage à la recherche d'une fillette de cinq ans* ».

D'après mon souvenir, la disparition n'a pas eu droit à la première page, mais à la page 3, sur trois colonnes, avec une photo de Jesse Shuttleworth. Un cliché flou, sans doute tiré d'une photo d'amateur dont la définition a mal supporté l'agrandissement. C'est une gamine rousse, avec des yeux marron et un sourire à faire fondre. Au moment du bouclage de la première édition, Jesse n'a disparu que depuis quelques heures. La rédaction en chef ne lui a consacré qu'un quart de page, ne voulant pas attribuer trop d'espace à l'événement. L'enfant pouvait être chez une amie ou seulement perdue. Inutile d'étaler sa disparition en une alors que les journaux commençaient à être distribués dans la rue et que les gens entendraient peut-être à la radio de leur voiture qu'elle avait passé la nuit en toute sécurité. Il valait mieux mettre la pédale douce et la cantonner en page 3.

Renata Sars, une des journalistes-vedettes des faits divers, écrit alors :

> La ville retient son souffle pendant que la police fouille le quartier de Dailey Gardens à la recherche de la petite Jesse Shuttleworth, une élève de maternelle qui a disparu du square hier après-midi.
>
> La mère de Jesse, Carrie Shuttleworth, 32 ans, habitant Langley Avenue, a confié à la police que Jesse jouait de l'autre côté de la rue, au square Dailey, quand elle a disparu, vers seize heures et quart.
>
> Lors d'une conférence de presse improvisée sur le perron de sa maison, cette maman en pleurs a déclaré que Jesse faisait de la balançoire et avait l'habitude de rentrer directement chez elle quand elle avait fini de jouer.
>
> « *Je ne désire qu'une chose*, a-t-elle encore dit. *Je prie pour qu'elle revienne saine et sauve.* »
>
> La police refuse de faire le moindre commentaire sur les causes de la disparition de Jesse, mais elle a établi un poste de commandement dans le square et demandé aux habitants du voisinage qui auraient des informations de se faire connaître.
>
> « *Pour le moment*, a déclaré le sergent Dominic Marchi, *il ne s'agit que de la disparition d'une enfant. Nous espérons qu'elle réapparaîtra bientôt.* »

Elle refuse de discuter d'une rumeur selon laquelle un homme à l'air famélique aurait été vu dans le square un peu plus tôt dans la journée.

Cependant, le lendemain, la disparition de Jesse Shuttleworth est sur toutes les lèvres. Elle occupe les trois quarts de la première page sous un seul titre de trois mots, en caractères normalement réservés à l'annonce de la fin du monde : « *OÙ EST JESSE ?* » Renata Sears continue à suivre l'affaire et sait faire vibrer la corde sensible :

> Ses poupées sont alignées sur ses oreillers, comme si elles attendaient le retour de Jesse.
> Voilà maintenant trente heures que la petite Jesse Shuttleworth a disparu du square Dailey et, malgré la chasse à l'homme la plus impressionnante de l'histoire de la ville, on n'a toujours aucun signe d'elle.
> Une mère est assise à sa table de cuisine, attendant un appel, une nouvelle, bonne ou mauvaise, de Jesse. Carrie Shuttleworth, une mère divorcée travaillant dans une blanchisserie le jour et dans un café le soir pour pourvoir aux besoins de sa fille unique, nous confie que Jesse est une enfant merveilleuse, qui adore les histoires de Robert Munsch mais déteste Barney, le dinosaure pourpre.
> Les voisins collaborent aux recherches en fouillant jardins, piscines, garages. La police suppose que Jesse, après s'être perdue, s'est blessée, et que personne n'a entendu ses appels au secours. Raison supplémentaire pour la retrouver au plus vite.
> Aujourd'hui, la police est en quête de volontaires qui se réuniront à neuf heures du matin, square Dailey. De là, ils parcourront au coude à coude le ravin tout proche, cherchant non seulement la petite Jesse mais des indices de sa disparition.

Randy Flaherty, père de deux enfants, voisin le plus proche des Shuttleworth, fait partie des personnes qui ont l'intention d'être au rendez-vous pour prêter main-forte aux enquêteurs :

« *Ce qui a pu se passer est inimaginable. Nous vivons dans un quartier agréable, les familles se connaissent, nous nous entraidons, nous sommes tous proches* », nous a-t-il déclaré.

La police refuse de dire si la disparition de Jesse est un enlèvement. Elle a déjà exclu un rapt familial – le père de Jesse, qui vit dans l'Ohio, est arrivé hier en avion pour consoler son ex-femme et lui offrir son soutien.

Sur l'hypothèse d'un enlèvement commis par un inconnu, le sergent Dominic Marchi a eu ces quelques mots :

« *C'est une possibilité qu'il nous faut envisager. Tant que nous n'en savons pas plus, c'est une des voies à explorer.* »

L'article du troisième jour se concentre sur les recherches et l'angoisse de Carrie Shuttleworth. Le journal publie des photos inédites de Jesse, à la piscine municipale ou caressant un animal lors d'une sortie au zoo. Les appareils photo ont été inventés, c'est évident, pour de tels clichés. Je le sais. J'ai croisé Jesse chez Angelo, le marchand de primeurs.

La fouille du ravin ne donne rien. Pas de Jesse. Ni de lambeau de vêtement. Ni de fragment de chaussure.

Le quatrième jour, l'affaire prend le tour que tout le monde redoutait.

À dix maisons de chez Jesse, une femme qui loue des chambres aimerait bien mettre la main sur un certain Devlin Smythe, l'un de ses locataires qui a des loyers en retard. Elle ne l'a pas vu depuis deux jours – depuis l'annonce de la disparition de la malheureuse fillette. Pensant que son locataire s'est peut-être porté volontaire, elle lui donne un jour de répit. De quoi cela aurait-il l'air si elle le jetait à la rue alors qu'il collabore aux efforts pour retrouver la petite Jesse ?

Mais comme Smythe ne rentre pas dormir, elle craint qu'il ait déménagé pour ne pas régler ses dettes.

Elle monte donc à son étage, frappe à sa porte et, ne recevant aucune réponse, utilise son passe pour entrer.

C'est bien ce qu'elle craignait. Pas de chaussures ni de bottes près de la porte, pas de vêtements dans le placard. Smythe a fait sa valise et s'est volatilisé en lui laissant la chambre en piteux état. De la vaisselle sale dans l'évier, des bols pleins de cendres et de mégots. Une odeur tenace de cigarette dans toute la pièce. Il va lui falloir plusieurs jours de nettoyage avant de la relouer.

Quant au frigo...

Renata Sears écrit :

> Le corps de Jesse Shuttleworth était tassé sous un pot de crème aigre moisi, des branches de céleri flétries, une boîte entamée de soupe de poulet. C'était une tombe d'une infamie si monstrueuse que même les policiers les plus endurcis ont dû détourner la tête.

Les articles suivants donnent plus de détails. La propriétaire est interrogée longuement et fournit un portrait-robot. L'homme connu de la police sous le nom de Devlin Smythe a des cheveux blonds sales et ébouriffés, une moustache, une forte mâchoire. Robuste, il mesure environ un mètre quatre-vingts.

Le journal diffuse son portrait. J'essaie de l'imaginer sans cheveux et sans moustache, le crâne rasé.

Il fume comme un pompier. « On ne le voit jamais sans une cigarette au bec », précise son ex-propriétaire.

Il vit de petits boulots. Selon un témoin, il était doué pour les travaux électriques. Il aurait refait toute l'installation électrique d'une maison : « Il travaillait très bien, et vite. Il aimait se faire payer au noir. »

Tous les talents requis, me dis-je, pour shunter un compteur électrique.

Un autre témoin se présente à la police pour avouer qu'il a confié à Devlin Smythe des travaux de jardinage. C'est grâce à sa déposition qu'on apprend que Smythe est tatoué.

D'après la police, il porterait sur son épaule droite un petit tatouage. Représentant une montre molle, dans le style de Salvador Dalí.

Je pose le morceau de papier, vais dans la cuisine, me fais couler un verre d'eau du robinet. Dans le placard, je prends un flacon de Tylenol, en extrais deux comprimés que j'avale. Debout dans la cuisine où quelques jours plus tôt tant d'horreurs ont été commises, je songe que rien n'est terminé.

Impossible de m'endormir. Je ne cesse de tout remuer dans ma tête, de passer en revue des bribes de conversation.

Par exemple, Earl m'affirmant qu'il n'avait jamais vécu en centre-ville mais qu'il venait de la côte Est – ou Ouest ? j'essaie de me rappeler.

Et la nuit où, m'étant égaré dans sa maison et ayant découvert ses cultures, j'avais dit que ce genre de choses n'était jamais arrivé en ville, sur Crandall, où nous habitions. Earl m'avait répondu un truc du style : « Vous avez vécu sur Crandall ? Un quartier sympa. Il y avait ce marchand de fruits, au bout de la rue. »

Sur le moment, je n'avais pas relevé cette contradiction. Maintenant elle est primordiale. D'autant que je sais que Carrie Shuttleworth emmenait sa fille chez ce marchand de primeurs.

Bien sûr, il n'est pas certain que cela ait une signification particulière. Le monde compte sans doute des tas d'hommes avec une montre molle tatouée sur l'épaule droite. Dalí avait fait de sa montre molle une figure emblématique.

Pareil pour l'habitude de fumer. Le pays compte des millions de fumeurs.

Et ses qualités d'électricien et de bon jardinier ? D'éventuelles coïncidences, bien sûr.

On ne pendrait pas un type sur des témoignages aussi fragiles.

Dans ces conditions, pourquoi le sommeil m'échappe-t-il ? Pourquoi cette horrible angoisse me tord-elle le ventre ?

— Et si on se faisait griller quelque chose sur le barbecue, ce soir ? suggère Sarah.

Je l'escorte jusqu'à sa voiture.

— Quelle bonne idée !

C'est également bon d'entendre ma femme m'adresser la parole, même s'il ne s'agit que de choisir un menu.

— À quelle heure es-tu venu te coucher ?
— Tard, un peu après minuit.
— Tu travailles sur un nouveau projet ?
— D'une certaine façon. Je consultais des vieilles coupures que j'avais gardées sur le meurtre de Jesse Shuttleworth.

Sarah fronce les sourcils et hoche tristement la tête.

— Après ce qu'on vient de vivre, je ne veux même pas penser à un tel drame. Pourquoi t'y intéresses-tu ?

De l'autre côté de la rue, Earl balance des outils de jardinage dans son pick-up.

— Je ne sais pas. J'ai sans doute besoin de me concentrer sur quelque chose.

Sarah se glisse dans sa voiture, boucle sa ceinture. Elle descend sa vitre.

— Achète donc des hamburgers. On dînera tôt, d'accord ? Après, on parlera de ce que tu as suggéré hier soir.

J'acquiesce et me penche pour lui donner un bécot sur la joue, près de l'œil. Elle passe la marche arrière et s'éloigne sans un petit signe de la main.

Ce n'est pas le cas pour Earl. Il traverse la rue. D'habitude, c'est moi qui vais le rejoindre si je veux bavarder.

— Salut, Zack !
— Salut, dis-je en souriant.
— Les choses reprennent peu à peu leur cours naturel, au fil des jours.

Il fourre une cigarette entre ses lèvres et l'allume.

— Absolument. Je dois chercher une nouvelle voiture. La compagnie d'assurances va me rembourser le prix de la Civic, ce qui n'est pas lourd. Elle n'était pas de la première jeunesse.

Earl, tout près de moi, inspecte la rue.

— Ah bon.

— Ouais.

Une légère brise m'envoie la fumée de sa cigarette au visage.

— Pardon !

— Pas de quoi !

Nous regardons passer deux voitures, puis un minibus.

— Tu vas permettre à Paul d'avoir son tatouage ? me demande Earl.

— Non, il est trop jeune.

— Je suis d'accord. Il a pas l'âge. Il doit être au moins assez grand pour se saouler. C'est ce qui amène la plupart des gens à se faire tatouer.

Nous rions en chœur.

— Bon, il faut que j'y aille.

— Moi aussi.

Je regagne la maison, et Earl retraverse la rue pour rentrer chez lui. Je me retourne une fois et je vois qu'il m'observe.

Merde.

J'en suis au point où je passe tout en revue. Qu'Earl soit Devlin Smythe, j'en suis désormais convaincu. Ce sont ses motifs que je dois à présent examiner.

Pourquoi Earl a-t-il accepté de m'aider l'autre soir ?

Un homme qui cultive de la marijuana dans sa cave a beaucoup à perdre en se mêlant des affaires des autres, surtout si celles-ci impliquent la police.

Pourquoi ne m'a-t-il pas refusé son aide ? Ou du moins, pourquoi ne s'est-il pas contenté de me prêter son arme ? Pourquoi m'accompagner ?

J'avais pensé qu'au fond de lui-même Earl avait le sens de l'honneur. Comme je ne l'avais pas dénoncé, il se sentait une dette envers moi. Maintenant, j'ai le sentiment qu'il existe d'autres raisons. Earl a sans doute agi selon le vieux principe : « Charité bien ordonnée commence par soi-même. » M'aider à me sortir d'un mauvais pas a en quelque sorte été pour lui une occasion à saisir. Il me semble qu'il a pris sa décision quand Trixie et moi lui avons parlé du meurtre de Stefanie Knight, du rouleau de pellicule où on la voyait au lit avec Roger Carpington.

En quoi cela concernait-il Earl ? Qu'étaient ces gens pour lui ?

Un peu plus tard dans l'après-midi, je téléphone à Dominic Marchi. Il faut passer par plusieurs interlocuteurs avant de pouvoir le joindre.

Je me présente, lui manifeste mon intention d'écrire un article pour le *Metropolitan* sur l'affaire Jesse Shuttleworth.

« Je connais votre nom, dit Marchi. Vous êtes le type qui était dans sa maison avec sa femme, dans cette affaire d'escroquerie immobilière, et vous avez failli être tués tous les deux.

— Exact.

— Vous teniez la rubrique des faits divers il y a quelques années ? »

J'en conviens.

« Je me souviens des noms, reprend-il. Des visages également. Mais je ne suis pas votre homme.

— Comment ça ?

— Je vais transférer votre appel au détective qui s'occupe toujours de l'affaire. Lorenzo Penner. Ne quittez pas. Si ça coupe, rappelez le standard et demandez le poste 3120. »

J'attends, et au bout de deux sonneries j'entends :

« Ici Penner. »

Je me présente, admets une fois encore que je suis le type qui était dans la maison avec sa femme et le tueur, etc. Je lui dis que j'ai des questions à lui poser au sujet de l'affaire Jesse Shuttleworth.

« Le dossier n'est pas classé. On travaille toujours dessus. Que vous dire ? Ça fait deux ans, mais nous vérifions toutes les pistes que nous trouvons.

— Il y a deux semaines, j'ai entendu à la radio que Devlin Smythe avait été repéré du côté de Seattle et de Vancouver.

— Oui, on a eu des tuyaux, mais ils n'ont rien donné. Rien ne nous permet de penser qu'il serait là-bas plutôt que n'importe où ailleurs.

— Croyez-vous qu'il soit toujours dans le coin ?

— Ce n'est pas impossible. Mais il aura été obligé de changer de tête. Le portrait-robot que nous avons diffusé était plutôt exact, enfin nous le pensons.

— Avez-vous fait faire d'autres dessins où il aurait modifié son apparence ? En se laissant pousser la barbe, par exemple ?

— Bien sûr. Mais on ne les a pas diffusés aux médias, car même notre premier portrait n'était qu'une approximation. Si vous commencez à faire des variations sur ce qui est déjà une interprétation personnelle basée sur les souvenirs d'un témoin, vous voyez où ça peut vous mener.

— Je comprends. Auriez-vous cependant un dessin où il se serait rasé le crâne, coupé la moustache, enfin, vous voyez ?

— Je crois que oui.

— Seriez-vous d'accord pour me le faxer ? » Penner hésite.

« Monsieur Walker, vous savez quelque chose ?

— L'affaire m'intéresse. Je l'ai suivie depuis le début et je songe à en faire un livre.

— Je croyais que vous n'écriviez que de la science-fiction ? C'est ce que disait l'article.

— Oui, jusqu'à présent.

— Alors, vous pensez que ce Smythe était un extraterrestre ? »

Carrément ! On ne peut pas dire que les gens aient beaucoup de considération pour les auteurs de science-fiction ! Mais je ne mords pas à l'hameçon et j'insiste.

« Alors, vous me le faxez, oui ou non ?

— Donnez-moi votre numéro. Vous l'aurez dans cinq minutes. »

Il raccroche.

Pendant une demi-heure, je reste à côté de ma machine à la regarder, telle une vache contemplant une voie de chemin de fer, quand enfin elle sonne et se met à vibrer.

Le portrait apparaît, le crâne d'abord. Puis un bip et elle s'éteint. Je retire l'unique feuille de papier du plateau, la retourne et l'examine.

Salut voisin !

J'en reviens sans cesse à la pelle.

En allant à pied chez Mindy – une promenade d'à peine vingt minutes – pour acheter de la viande hachée, des petits pains et de quoi préparer une salade composée, j'essaie de mettre de l'ordre dans mes idées.

Admettons que Roger Carpington ait tué Stefanie Knight. Qu'il l'ait attendue en dehors de chez elle, ce qui expliquerait la vitre cassée de la porte de derrière. Sans doute le faisait-on déjà chanter. Ou alors Stefanie l'avait menacé de le dénoncer. De mettre sa femme au courant. D'anéantir sa carrière politique. À ce moment-là, elle détient le registre. Elle est en position de mettre en péril toute l'opération immobilière autour du Domaine des Vallées-Boisées. Il l'entraîne dans le garage, saisit la pelle accrochée à un mur, lui en donne un bon coup sur la tête. Et s'enfuit.

C'est une possibilité.

Et puis j'apparais, trouve le corps de Stefanie. Vois la pelle pleine de sang. Et décampe sans demander mon reste.

Carpington réfléchit : Bon Dieu ! J'ai laissé mes empreintes digitales sur le manche. Je dois y retourner pour les faire disparaître avant l'arrivée de la police.

Ce serait logique. Sauf qu'à cette heure-là Carpington assiste à une séance du conseil municipal. Et que, selon mon témoin, il n'a pas quitté la réunion un seul instant.

Donc, quelqu'un d'autre s'est emparé de la pelle. Soit une personne qui protégeait Carpington, soit un autre tueur revenant sur les lieux pour la même raison que dans l'hypothèse Carpington : effacer ses empreintes.

Mais s'il s'agissait d'un individu protégeant Carpington pour lui éviter d'être mêlé au crime, pourquoi la pelle a-t-elle refait son apparition dans le coffre de sa voiture ?

En revanche, si le tueur n'était pas Carpington, placer la pelle dans son coffre était un trait de génie. Cela garantissait sa mise en accusation.

Le tueur devait donc savoir que Carpington était un éventuel suspect. Et que la pelle trouvée dans le coffre serait une pièce supplémentaire du puzzle.

— Ça fait 14,56 dollars.
— Pardon ?

C'est la caissière de chez Mindy. Elle a scanné tous mes achats et m'annonce le total. Je lui tends un billet de 20 dollars et elle me rend la monnaie.

J'étais dans un autre monde.

En rentrant à la maison, je songe à la conversation que j'ai eue avec Earl quand nous sommes allés au Domaine des Vallées-Boisées. Son besoin de s'assurer que Carpington avait été photographié au lit avec Stefanie. Son insistance à m'enfoncer dans le crâne que le conseiller municipal avait des tas de raisons de se débarrasser de la jeune femme.

Et quand nous sommes arrivés au parking, il a voulu savoir à qui appartenaient les voitures déjà garées.

Enfin, après avoir menotté Greenway et Carpington, il a insisté pour que je les surveille pendant qu'il prenait leurs clés afin de garer leurs véhicules à l'abri des regards.

Le moment idéal pour prendre la pelle dans son pick-up et la placer dans le coffre de Carpington.

Un seul point reste obscur : pourquoi Earl a-t-il tué Stefanie Knight ? Mais j'en sais déjà pas mal.

Je me mets à courir, le sac à provisions me battant le flanc. Je fonce en montant Chancery Park, reprends difficilement mon souffle en tournant la clé dans la serrure, largue mes courses sur le comptoir de la cuisine et saisis le téléphone.

Au standard de la police, je demande le poste de Lorenzo Penner. Trois sonneries puis la boîte vocale s'enclenche :

« Ici le détective Lorenzo Penner. Laissez votre message après le bip sonore.

— Bonjour, ici Zack Walker. Veuillez me rappeler dès votre retour, je vous prie. »

Je donne mon numéro.

Puis je consulte la pendule : il est plus de dix-sept heures. Sarah sera bientôt de retour. Où sont fourrés Angie et Paul ?

En arrivant, j'étais si pressé de décrocher le téléphone que je n'ai pas vu le clignotant rouge des messages. Il y en a deux : l'un de Paul, l'autre d'Angie.

« Je suis chez Hakim, dit Paul, je rentre vers six heures. »

« Je travaille au labo photo de l'école, dit Angie. Je me ferai déposer à la maison vers cinq heures et demie. »

Depuis le drame, nous nous efforçons de nous tenir au courant de nos faits et gestes et de nous prévenir si nous risquons d'être en retard.

Je déballe mes achats, sors de son emballage la viande hachée que je pétris en galettes. Il est bien possible que les enfants se joignent à nous pour le dîner, quoique, avec les ados, on ne sache qu'à la dernière seconde s'ils auront faim ou pas.

Je prépare six hamburgers. Paul, s'il est en appétit, en engloutira au moins deux. Je rince les feuilles de salade, coupe des tomates, sans cesser de surveiller le téléphone toutes les trois secondes, au cas où Penner me rappellerait.

Ça commence à m'énerver :

— Allez ! Appelez ! Je débrouille votre affaire à votre place, connard !

Mon message n'a peut-être pas été suffisamment explicite. Il croit sans doute que je lui ai téléphoné pour lui poser d'autres questions. Je devrais lui laisser un autre message. Lui dire que j'ai identifié Devlin Smythe. Que l'assassin de Jesse Shuttleworth habite en face de chez moi. Qu'il a également tué une autre personne. Une habitante d'Oakwood dont le meurtre a été mis sur le dos d'un autre.

Mais, d'abord, je dois allumer le barbecue. Pendant qu'il chauffe, j'essaierai de nouveau de joindre Penner ou je demanderai au standard de le localiser.

Le téléphone sonne. Avant la fin de la première sonnerie, j'ai déjà décroché.

« C'est du rapide, commente Sarah.
— C'est vrai.
— Désolée, tu attends un autre appel ?
— En fait, oui.
— Il se passe des choses ?
— On dirait, mais je t'en parlerai plus longuement quand tu seras là. Tu es dans le coin ?
— Pas tout à fait. J'arrive dans un quart d'heure.
— Parfait, je mets tout juste le barbecue en route. »

J'ouvre les portes coulissantes, sors sur la terrasse avec l'assiette de hamburgers. Je la pose sur le comptoir à la gauche du barbecue, soulève le couvercle, ouvre le robinet de la bonbonne. Je reconnais le chuintement familier du gaz s'échappant des brûleurs.

J'appuie sur le bouton rouge. *Clic !* Rien. Je recommence, plus vite, plus fort, espérant qu'une étincelle va jaillir. Mais toujours rien.

Je vais devoir me résoudre à utiliser la vieille technique : laisser-tomber-une-allumette-sur-le-charbon-de-bois, et...

— Zack !

Je sursaute et pivote sur moi-même. Earl se tient en haut des quelques marches qui vont du jardin de derrière à la terrasse. Il a un jean couvert de boue, son vieux sweat-shirt des Blue Jays et une cigarette fichée dans sa bouche. Il tient un revolver dans sa main droite. Celui-là même que nous avions l'autre soir.

— Bon sang, Earl, tu m'as foutu une de ces trouilles. Tu ne devrais pas arriver sans crier gare, comme ça.

Earl avançant d'un pas, je recule pour m'éloigner du barbecue et me rapprocher des portes coulissantes.

— Qu'est-ce que tu fous avec cette arme ?
— Tu sais qui je suis. Dès que tu as vu mon tatouage, tu as deviné.
— Tu parles de quoi ?

À chaque pas que je fais en arrière, Earl en fait un en avant. Il arrive à la hauteur du barbecue.

— Je te connais. Je sais que Sarah travaille pour le journal. Une fois, tu m'as dit qu'elle suivait l'affaire Jesse Shuttleworth. Je sais que vous deux, vous ne décrochez pas, et que cette montre molle t'a tout de suite mis la puce à l'oreille. Je l'ai vu sur ton visage dès que je te l'ai montrée.

Je me tais. J'écoute le sifflement presque imperceptible du propane qui s'échappe des brûleurs.

— Il faut que je me tire. Mais pas avant d'avoir fini quelques affaires restées en suspens.

J'ai du mal à avaler ma salive. Je cesse de regarder l'arme et fixe Earl dans les yeux.

— Comment as-tu pu faire ça, Earl ? Ou devrais-je t'appeler Devlin désormais ?
— Faire quoi ?
— Comment as-tu pu assassiner une petite fille de cinq ans ?
— Elle m'avait vu.
— Faisant quoi ?
— J'entrais par effraction dans une maison, je forçais la porte de derrière et elle était là, dans

le jardin. Elle m'a dit que ce n'était pas bien de faire une chose pareille. Qu'elle allait cafter. J'ai essayé de lui parler, mais elle s'est mise à pleurer et j'ai été obligé de la faire taire.

Earl secoue la tête.

— Les femmes n'ont jamais cessé de me dénoncer. Jeunes ou vieilles, c'est toujours la même histoire.

— Alors tu l'as tuée.

— J'avais la main sur son visage pour l'obliger à se taire. Je lui ai dit de cesser de pleurer, mais elle n'a rien voulu entendre.

— Et Stefanie ? Pourquoi tu l'as zigouillée ?

Earl lève les sourcils. Il n'avait pas dû se rendre compte que j'avais deviné.

— Ça n'a pas marché avec elle. Personne ne l'a su, mais nous sommes sortis deux fois ensemble. J'ai un problème avec les femmes. On n'est pas sur la même longueur d'onde. Je ne crois pas qu'il y ait beaucoup de femmes capables de me comprendre, tu vois ?

Je ne réponds pas.

— Et puis je l'ai surprise en train de fouiller dans mes affaires. Elle a trouvé mes cartes d'identité aux noms de Daniel Smithers ou de Danny Simpson, elle m'a dit qu'elle avait entendu ces noms à la radio, eux et d'autres que les flics avaient utilisés pour désigner un type qu'ils recherchaient. Stefanie était mal placée pour me juger, elle qui baisait avec des mecs pour les faire chanter. Pas vraiment un parangon de vertu !

L'odeur du gaz me parvient, et pourtant je suis plus loin du barbecue qu'Earl. Est-il possible qu'il ne sente rien ?

— Mais même une Stefanie ne pouvait supporter un tueur d'enfant, je remarque. C'est pour ça qu'elle a pris la tangente. Elle a eu peur de ce qu'elle avait découvert à ton sujet. Elle avait la trouille de ce que tu pourrais lui faire. Alors elle s'est imprimé un paquet de dollars, a pris le registre, sans doute dans l'idée de le revendre à Greenway, et décidé de fuir aussi loin que possible.

Smythe retire la cigarette de sa bouche avec sa main gauche, exhale lentement la fumée. Quand il la replace entre ses lèvres et tire une longue bouffée, le bout rougit. Non, il ne sent rien, me dis-je. Il ne s'était pas aperçu de l'odeur pestilentielle de son frigo. Il n'a pas d'odorat.

— J'ai fracturé sa porte et je l'ai attendue à l'intérieur. Longtemps. Elle n'avait pas sa voiture. Je l'ai emmenée dans le garage pour essayer de lui faire entendre raison.

— Et tu as décidé de revenir chercher la pelle.

Smythe acquiesce.

— Je n'étais pas certain d'avoir essuyé le manche. Je suis fiché, les flics ont relevé mes empreintes dans la chambre que j'avais en ville. Quand tu es venu me trouver au milieu de la nuit avec Trixie, je ne m'étais pas encore débarrassé de la pelle.

— Ça t'a donné l'occasion de la mettre à l'endroit idéal : le coffre de la voiture de Carpington.

— Ç'a marché. T'as bien fait ton boulot. Comme je te l'ai demandé, tu leur as dit de regarder dans sa voiture, hein ?

Ça ne va plus tarder. Le gaz continue à s'échapper.

— Oui, j'ai fait exactement ce que tu voulais.

— Zack, je suis désolé. T'as l'air d'un type sympa. T'aurais pu me dénoncer plus tôt, mais tu ne l'as pas fait. T'es un vrai mec et les mecs se comprennent entre eux. Et tu as le sens moral, ce qui te vaut mon respect. Alors, je regrette vraiment d'avoir à faire ça.

Il lève un peu sa main droite qui tient le revolver, le pointe droit sur ma poitrine.

La boule de feu éclate devant sa bouche, à l'extrémité de sa cigarette. La flamme enveloppe son crâne rasé puis se propage jusqu'au barbecue. Je plonge vers la porte ouverte. La vague de chaleur atteint mon dos. L'explosion retentit tel un coup de tonnerre. Je suis projeté au sol, face contre terre. Je ferme les yeux, protège ma tête de mes mains.

Les portes coulissantes éclatent, des morceaux de verre fusent dans la cuisine et me tombent dessus.

Quelque part derrière moi s'élèvent des hurlements de douleur. Puis, au bout de quelques secondes, c'est le silence.

30

Avec un peu de chance, le panneau À VENDRE ne va plus rester longtemps dans le jardin. Le week-end dernier, lors d'une journée « Maison ouverte », nous avons eu pas mal de visiteurs. Inutile de dire que nous avons dû faire des tas de travaux avant de la mettre sur le marché. Les réparations de l'arrière du bâtiment ont coûté des milliers de dollars. Des kilomètres de vitres à remplacer. L'avant-toit était tordu, la terrasse presque totalement détruite, des rangées de briques salement fissurées. Les entreprises – pas celles du Domaine des Vallées-Boisées – ont fait du bon boulot. Pour qui ne sait pas ce qui s'est passé, on ne remarque plus rien. Bien sûr, certains curieux sont venus parce qu'ils étaient au courant. Nous jouissons en effet d'une certaine notoriété. Un avantage ou un inconvénient pour la vente ? On verra.

Quelques précisions générales sur la situation sont peut-être souhaitables :

Le barbecue est une perte sèche. Nous n'avons pas pris la peine d'en acheter un neuf. J'ai lu des tas d'articles sur les méfaits de la viande grillée au charbon de bois, les risques de cancer. Il faut en tenir compte. De toute façon, je mangeais trop de viande rouge. Ces temps-ci, je me nourris plus sainement.

Notre compagnie d'assurances menace de nous exclure de sa clientèle.

Les patrons de Sarah m'ont demandé de leur écrire un article exclusif, du genre « Comment j'ai démasqué l'assassin de Jesse Shuttleworth ». De plus, ils m'ont offert une place de grand reporter. J'ai sauté sur l'occasion. Comme je l'ai expliqué à Sarah, si nous prenons un nouveau crédit, nous aurons besoin de deux salaires fixes. Ils m'ont également offert de contribuer à la rubrique littéraire en rédigeant chaque mois la critique des nouveaux romans de science-fiction. Je leur ai proposé de m'occuper de toute la fiction, mais ils n'ont pas été emballés, étant donné mon manque de formation.

En cherchant une maison dans notre ancien quartier, nous avons appris que Mme Hayden, qui habitait juste à côté de chez nous, était morte. C'est elle qui aimait signaler les erreurs typographiques ou grammaticales du journal à Sarah quand elle la croisait dans la rue. Nous avons regretté de ne pas avoir été informés de son décès. C'était une charmante vieille dame que nous aimions beaucoup et nous aurions voulu assister à son enterrement pour lui rendre un dernier hommage.

Peu de temps après, ses enfants ont mis sa maison en vente. Elle nous a toujours plu. Une grande terrasse en façade, de beaux balcons en fer forgé, un garage indépendant à l'arrière. Pas de porte béante qui laisserait passer une caravane.

Nous avons fait une offre.

Notre agent immobilier nous a suggéré de proposer 15 000 dollars de moins, mais après une conférence au sommet avec Sarah, nous avons annoncé que nous étions prêts à payer 10 000 dollars de plus. L'agent a transmis nos desiderata.

Et puis il y a Earl, ou Devlin Smythe, comme je l'appelle désormais. Je pense souvent à lui. Il est mort avant d'avoir atteint l'hôpital. Sa tête, nous a dit la police, ressemblait à du marshmallow grillé.

L'autre jour, je me suis promené le long de la Willow Creek. Le plus bel endroit du coin, encore sauvegardé. Et désormais, rien n'est moins sûr que la construction de nouvelles maisons sur ses berges. Le conseil municipal d'Oakwood a décidé d'examiner à nouveau tous les contrats passés avec le Domaine des Vallées-Boisées étant donné qu'un de ses responsables a été accusé de corruption et que Don Greenway a été emprisonné pour meurtre. Après tout, c'est lui qui a donné à Rick l'ordre de tuer Spender, même si Rick n'est plus là pour lui faire porter le chapeau. Quant à Carpington, il semble prêt à tout déballer pour alléger sa condamnation. De nouvelles auditions environnementales sont prévues, et le Domaine des Vallées-Boisées comme la Ville vont devoir affronter un nombre impressionnant de procès.

Le *Suburban* a couvert tous les rebondissements de l'affaire, mais je n'ai pas trop lu les articles. Ma seule envie était de m'en aller et d'oublier tout ça. Une chose me permet néanmoins de continuer à pouvoir me regarder dans la glace : la conviction qu'en prenant son sac je n'ai pas été à l'origine de la mort de Stefanie Knight. Smythe était déjà dans sa maison, attendant son arrivée, lorsque j'ai commis cette énorme bévue au supermarché. Il est même possible – mais je n'ai pas voulu creuser le sujet – que, sans moi et mes bêtises, on n'aurait jamais découvert l'assassin de Jesse Shuttleworth.

Je remonte la rue, souris à la femme au peignoir fleuri qui arrose son allée, et constate que Sarah est rentrée de son journal. Sa Camry est dans l'allée.

Nous n'avons pas jugé utile de remplacer la Civic, car en ville une seule voiture suffit. L'argent de l'assurance contribuera à financer la nouvelle maison. Je traverse lentement le jardin, passe ma main sur le panneau À VENDRE, et contourne la Camry en me dirigeant vers l'entrée.

En longeant la voiture côté passager, je remarque les clés, toujours sur le contact. Le trousseau de Sarah ou celui d'Angie ? L'une ou l'autre l'a oublié, et la Camry est prête à être embarquée, à faire grimper le nombre des véhicules volés.

Que dois-je faire ? À cet instant, Sarah sort sur le perron, hilare :

— Ça y est ! Ils ont accepté !

— Formidable.

Elle parle des Hayden. La maison sur Crandall est à nous.

— Un agent immobilier passe ici à dix-neuf heures avec une offre, poursuit-elle en s'approchant jusqu'à la portière conducteur.

J'ouvre la portière passager, me penche, prends les clés, contourne la voiture et les lui tends.

— Tiens !

Pas de sermon, pas de commentaire pédant, pas d'yeux au ciel, pas de hochement de tête agacé.

— Merci, dit Sarah qui sourit en me voyant aussi maître de moi. Si tu continues à te conduire comme ça, les gens vont penser que finalement tu n'es pas un sale con.

Elle me prend la main et m'entraîne à l'intérieur.

Remerciements

Je tiens à remercier Helen Heller, mon agent, qui m'a aidé à mettre au point ce livre avant de lui trouver un éditeur. En prétendant qu'il n'y avait pas beaucoup de travail – et pourtant il y en avait.

Toute ma gratitude à l'équipe de Bantam, et en particulier à Bill Massey et Andie Nicolay pour leur confiance, leur souci du détail et leur joyeuse collaboration.

Un immense merci à ma femme Neetha, qui m'a donné l'idée de ce livre en laissant toujours traîner son sac dans les chariots des supermarchés. La raison pour laquelle elle reste attachée à un type comme moi, qui ressemble plus à Zack qu'il ne le voudrait, demeure un délicieux mystère.

10338

Composition
PCA à Rezé

*Achevé d'imprimer en Slovaquie
par NOVOPRINT SLK
le 4 août 2013*

Dépôt légal août 2013
EAN 9782290068731
OTP L21EPNN000234N001

ÉDITIONS J'AI LU
87, quai Panhard-et-Levassor, 75013 Paris

Diffusion France et étranger : Flammarion